트리에스테의 언덕길

트리에스테의 언덕길

トリエステの坂道

스가 아쓰코

송태욱 옮김

mu**j**intree
뮤진트리

▪ 일러두기

– 이 책은 스가 아쓰코의 《トリエステの坂道》(新潮社, 1998)를 우리말로 옮긴 것이다.
– 책은 《 》, 신문·잡지·영화는 〈 〉로 표기했다.
– 옮긴이 주는 본문 하단에 각주로 표기했다.

차례

트리에스테의 언덕길

21시 50분, 밀라노의 리나테 공항 출발. 현지 사정을 잘 모르는 트리에스테로 혼자 떠나는 여행치고는 비상식적일 만큼 늦은 시간의 비행 편이었다. 하지만 그 도시에서의 하루를 온전히 확보하기 위해서는 그 방법밖에 없었다. 그런데 그 시간에도 공항 로비는 이탈리아를 비롯하여 유럽 각지로 떠나는 여행객으로 북적여서 눈 깜짝할 사이에 나는 그들의 열기에 휩쓸려 마음이 들떴다. 하지만 그것도 잠깐의 일이었다. 체크인을 마치고, 공항까지 와서 전송해준 친구들과 헤어져 탑승 대기실로 가보니 트리에스테행 승객은 그저 몇 사람밖에 없었다.

너무 무리하는 건 아닐까. 이런 생각에 사로잡힐 만큼

갑자기 불안해진 것은 출발을 기다리는 사람 중에 여자
는 나 혼자, 게다가 남성 대부분이 잘 닦인 구두를 신고 잘
지은 거뭇한 신사복을 입은 신사연하는 사람들이었기 때
문인지도 모른다. 그들은 다 같이 약속이나 한 것처럼 반
듯하게 앉아 말없이 이탈리아어나 독일어 신문을 훑어보
고 있다. 대기 시간에 말소리가 들리지 않는다는 것이 우
선 이탈리아 공항에서는 드문 광경이었고, 남성들의 표정
은 이것이 국내선이라고는 생각되지 않을 만큼 엄숙해서
아아, 이게 북쪽 지방 사람들 분위기인 모양이구나, 해서
나는 숨이 막힐 지경이었다. 나는 유대인의 피를 이어받은
이탈리아의 시인 움베르토 사바(Umberto Saba, 1883~1957)가
평생 견디지 않으면 안 되었던 무거운 짐을 떠올리고 있
었다. 그 사바에 이끌려 여행을 떠나려고 밤이 이슥한 공
항에 있는 내가 꼭 계절에 맞지 않은 까맣고 작은 곤충 같
았다.

　게다가 한 시간 남짓 후에 착륙한 공항이 내 의표를 찔
렀다. 대체 뭘 기대했던 거냐고 물으면 대답이 궁하기는
하겠지만, 밀라노 공항만큼은 아니더라도 삼삼오오 활기
차게 오가는 여행객이 있는 광경을 머릿속 어딘가에서 상

상하고 있었다는 것은 부정할 수 없다. 우선 이곳이 공항임을 나타내는 것은, 투명해서 어딘가 부예진 듯한 쓸쓸하고 파란 네온사인 하나뿐이었다. 그것은 오래전 소비에트 시절 모스크바 공항 기내에서 새벽녘에 본 네온사인 색과 비슷했다. 그것은 당시 쓸쓸했던 나 자신을 떠올리게 했다. 하지만 그것만이 아니다. 네온사인의 글자는 프리울리베네치아줄리아(Friuli-Venezia Giulia)[1] 공항이라고, 이 지방의 행정상 명칭만 덩그러니 알려주고 있을 뿐이었다. '트리에스테'라는 표시는 어디에도 보이지 않는다. 어쩌면 나는 어처구니없는 세계의 끝에 와버린 게 아닐까, 하고 다시 한번 불안감에 휩쓸릴 것 같았다.

행정상 명칭이 자아내는 위엄과는 다르게 공항 건물은 마치 벽촌의 터미널 정도 크기밖에 되지 않았다. 입구로 들어섰나 했는데 이미 거기가 출구였다. 그곳을 나가자 벽 같은 어둠이 가로막았다. 버스 두 대가 시동을 건 채 검은 나무숲을 등지고 손님을 기다리고 있다. 비행기에서 내린 사람들이 모두 그쪽으로 가나 싶더니 다시 한번 기

---

[1] 이탈리아 북동부에 있는 주州로, 중심 도시는 트리에스테Trieste다.

대에 어긋났다. 그들 대부분이 마중 나온 차에 올라타거나 그 근처 나무 그늘에 주차해둔 메르세데스 벤츠나 알파로메오에 호주머니에서 꺼낸 열쇠를 꽂고는 서둘러 어두운 길로 사라진 것이다. 나는 기다리고 있는 버스 한 대에서 드디어 트리에스테행이라는 글자를 발견하고 올라탔으나, 손님은 대여섯 명에 불과했다. 이제 인원이 적은 것이 마음에 걸렸다.

이 공항이 트리에스테시의 어디쯤 있는지 정도는 지도에서 확인했어야만 하지 않을까. 버스가 달리고 있는 도로의 위치가 바닷가인지 아니면 산속인지조차 전혀 알 수 없었다. 헤드라이트에 비쳐 떠오른 빛의 역삼각형 외에는 모든 것이 끈덕지게 들러붙는 듯한 칠흑같이 어두운 도로를, 버스는 타이어 소리를 축축하게 울리며 조용히 질주하고 있다. 맨 앞자리에 앉은 나는 어렴풋이 후회하고 있었다. 낯선 도시에, 게다가 이렇게 늦은 밤에 비행기로 도착하는 것은 역시 무모한 일이었는지도 모른다.

한 시간쯤 달렸을까. 이것도 어쩔 수 없이 원칙상 있는 듯한 네온사인이 없다면 도저히 터미널이라고는 믿을 수 없는, 널찍한 도로에 면한 석조 건물 앞에서 내렸다. 개미

새끼 한 마리 보이지 않았다. 마중 나온 가족인지와 간단히 인사를 나눈 여행객을 태운 자동차가 조용히 사라지고, 버스에서 내려 운전사에게 뭔가 묻던 로덴 코트를 입은 중년 남성도 아아, 밀라노 호텔이라면 걸어서 갈 수 있소, 하는 말을 듣고는 한 손으로 슈트케이스를 드르륵 끌며 가버렸다. 흡사 한밤중의 고양이처럼 헤드라이트를 노랗게 번쩍이며 택시 한 대가 주차장으로 들어올 때까지 나는 낯선 도시의 어두운 도로에서 정말이지 철저히 외톨이였다.

피렌체의 여행사에서는 호텔 예약을 취급하지 않는다고 해서 어쩔 수 없이 밀라노에서 직접 전화를 해 예약한 비즈니스호텔은, 공항 터미널이나 그것에 인접한 중앙 정거장이 있는 해안가 중심가와는 정반대 쪽에 있었다. 그러니까 항구에서 본 이른바 이 도시의 배경이 된 듯한 언덕 꼭대기에서 마치 무대의 막 뒤쪽으로 뛰어든 것처럼 약간이기는 하지만 '건너편'으로 내려간 곳에 있었다. 트리에스테는 아직 안전한 도시입니다, 밤중에도 위험하지 않습니다. 믿을 것은 예약을 받아준 호텔 종업원의 그 말뿐이었다. 짐을 내리고는 호텔 문이 열릴 때까지 함께 기다려준 친절한 택시 운전사가 내미는 짐을 고맙게 어깨로 받았다. 벨을 눌러 문지기를 깨우고 방 열쇠를 받아 엘리베이터에 탔을 때는 그럭저럭 한 시 가까운 시각이었다.

　이튿날은 2월 27일이었다. 아침을 먹으러 가려고 엘리베이터 앞으로 가자 식당은 6층이라고 적힌 종이가 붙어 있다. 말로 설명하면 손님은 금세 잊어버릴 것이다. 6층에 내리자 엘리베이터 바로 앞에 좁은 나선형 계단이 있고, 이번에는 그 계단 어귀의 난간에 아침을 드실 분은 이 위로, 라고 쓴 팻말이 매달려 있다. 덜커덩거리는 계단을 다 올라가니 의외로 주변이 확 환해졌다. 객실도 복도도 어둑한 호텔에서 그곳만은 활짝 열어놓은 널찍한 창으로 아침 햇살이 폭포처럼 쏟아져 들어오고 있다. 9시로 그다지 늦은 시간이 아니었는데도 작은 식당에는 이미 사람 그림자는 거의 없고, 언뜻 보기에도 아르바이트생인 듯한 한 청년이 따분하게 창밖을 내다보고 있다. 내가 들어가자 돌아보며 본조르노buòn giórno, 라고 인사하고는 주문을 받으러 와서 말한다. 이 호텔에서 바다가 보이는 곳은 여기뿐입니다. 그렇게 말하는데도 식탁에서는 바다가 전혀 보이지 않았다. 서 있는 그에게만 "이 호텔에서" 바다가 보이는 것이다. 심심해서 프런트에서 받은 트리에스테 지도를 천천히 들여다보며 카페오레와 퍼석퍼석한 브리오슈를 억지로 입에 밀어 넣고 있으니, 손님이 끊긴 것을 확인한 청년은 종종걸음으로 발코니로 나갔다.

청년이 밖으로 나간 것과 동시에 창밖에서 시끄러운 날갯짓 소리가 들렸다. 뭐지, 하고 생각하는 순간 긁히는 듯한, 빈말로도 아름답다고는 말할 수 없는 울음소리가 들려온다. 비둘기는 아니다. 무슨 새를 키우고 있는 걸까, 하고 호기심이 생겨 나도 발코니로 나갔다가 무심코 소리를 질렀다. 눈 아래에 펼쳐진 근사한 조망이 아직 미덥지 못한 아침 햇살 속에 숨을 쉬고 있었다. 아아, 드디어 사바의 트리에스테에 왔다. 어젯밤 밀라노의 공항을 떠난 이래 트리에스테에 있다는 것을 처음으로 실감했다.

사바가 사랑한 트리에스테. 서로 겹쳐지고 넘실거리며 이어진 구시가지의 검은색 슬레이트 지붕 위로 아련한 하늘이 펼쳐지고 그 너머에 아드리아해가 있었다. 그리고 그 모든 것을 등지고 커다랗고 하얀 꽃다발 같은 갈매기 무리가 둥글게 원을 그리며 공중에서 춤을 추고 있다. 쉰 듯하고 시끄러운 울음소리의 주체는 그들이었다. 청년이 손에 든 빵을 뜯어서 춤을 추는 듯한 몸짓으로 하늘을 향해 던진다. 그때마다 새들은 윤무의 원을 떠나 부리로 잽싸게 빵을 받고는 다시 원을 그리는 무리로 돌아간다. 사바가 있다면. 나는 큰 소리로 그의 이름을 부르고 싶었다. 아침 햇살 속에 금빛 머리를 바람에 나부끼며 갈매기와 놀고 있는 장신의 청년을 보고 시인은 뭐라고 했을까.

단 하루 머물기로 한 예정을 생각하자 날이 저물 때까지 모든 일정을 걸어서 다녀보고 싶었다. 하지만 '모든'이라고 해도 그것이 사바의 시와 연관된 장소라는 어렴풋한 상념으로 가늠한 것이어서 실제 어느 정도의 거리일지는 짐작도 안 되었다. 헝클어진 실타래에서 실마리를 찾는 듯한 기분으로 나는 맨 먼저 사바가 생애의 긴 시간을 보낸 '그의' 서점에 가보기로 했다. 시인이 죽은 지 35년 가까이 지난 현재도 그 서점은 같은 장소에 있다. 지금은 사바의 생전에 조수였고 사바와 특별한 관계를 맺었던 (그의 시에도 종종 등장하는) 카를레토라는 인물의 장남 마리오가 이어받아 경영하고 있다고 한다. 그 이야기는 로마에서 만난 작가 나탈리아 긴즈부르그(Natalia Ginzburg, 1916~1991)

로부터 들었다(그러고 보니 나탈리아의 아버지도 유대인이고 트리에스테 출신이었다). 하지만 나는 그 서점이 어디에 있는지 나탈리아에게 물어보지 않았다. 서점이라고 해도 사바는 아마 헌책만 취급했을 터이므로 넓지 않은 항구 도시, 그것도 구시가지에 여러 개가 있지는 않을 것이다. 문득 그렇게 생각하고 나는 방으로 돌아가 외출 준비를 하고는 로비에 비치된 전화번호부에서 위치를 확인하기로 했다.

주 전체의 전화번호를 담은 것치고는 믿을 수 없을 만큼 얇은 전화번호부의 트리에스테 부분에는 고서점까지 포함해 서점이 고작 대여섯 개 나와 있었다. 사바의 서점은 맥이 빠질 만큼 싱겁게 나타났다. 사바가 살던 무렵에는 아마 '두 세계의 서점'이라는 이름이었을 텐데, 번호부에는 '움베르토 사바 서점'이라는 이름으로 나와 있었다. 멋대가리라고는 없는 관광객용의 그 이름은 서점을 이어받은 사람들의 무신경함을 말해주고 있었다. 번지는 산니콜로 거리인데, 아무래도 해안도로와 직각으로 교차하는 길일 듯했다.

설령 아무리 먼 길이어도 탈것에 의지하지 않고 걸어가자. 이것이 그날 나 자신에게 부과한 작은 규칙이었다. 사바가 늘 걸었던 것처럼 나도 그냥 걸어보고 싶었다. 어렸을 때 어머니나 젊은 숙모들에게 이끌려 걸었던 고베의 거리와 마찬가지로, 트리에스테도 배후에 쭉 이어진 산들이 바다에 인접한 지형이라서 길이 변화무쌍했다. 그래서 걷는 것이 그다지 마음에 부담이 되지는 않을 터였다. 한 손에 지도를 든 나는 우선 시의 중심지를 향해 언덕을 내려가기 시작했다.

나는 왜 이리 오랫동안 사바에게 마음을 써왔던 것일까. 아직도 20년 전 6월의 어느 날 밤 숨을 거둔 남편에 대한 기억을 그와 함께 읽었던 이 시인에게 겹쳐보려는 것일까. 이탈리아에서 문화적으로도 지리적으로도 틀림없이 변경의 도시인 트리에스테까지 온 것이 사바를 좀 더 알고 싶은 일념에서라고 자신에게 다짐하면서도, 한편으로는 그렇게 생각하는 자신을 어쩐지 불안해하고 있다. 사바를 이해하고 싶다면 왜 그가 편집한 시집 《칸초니에레Canzoniere》를 공들여 읽는 것에 전념하지 않는 걸까. 그의 시 세계를 명확히 파악하기에는 그 방법밖에 없지 않은가. 실제의 트리에스테를 보며 아마 거기에는 없을 시 안의 허구를 확인하려는 것은 무의미하지 않을까. 사바의 무엇을 이해하고 싶어 나는 트리에스테의 언덕길을 걸으려는 것일까. 이런저런 생각이 뒤섞인 가운데 억누를 수 없는 무언가가 나를 이 도시로 불러들인 것이었다. 그 '무언가'는 아마 사바의 삶의 궤적으로 이어져 있겠지만, 동시에 어딘가에서 사바를 지나쳐 그 뒤에 있는 듯한 기분도 들었다. 트리에스테를 방문하지 않고서는 그 뒤가 보이지 않을 것 같았다.

호텔 옆을 지나는 국도를 건너면, 그다음에는 언덕 기슭에 있는 구시가를 향해 오로지 언덕길을 내려가기만 하면 될 터였다. 걸어감에 따라 색바랜 벽돌이 줄지어 있는 길이 커다란 그림책 페이지를 넘기듯 차례로 열리고, 발끝에 힘을 주며 걸어가는 동안 나는 이리저리 사방으로 눈을 돌렸다.

유고슬라비아(크로아티아) 지역 내부로 가느다란 혀처럼 파고든 맹장 같은 이탈리아의 영토, 게다가 그 끝에 위치하는 트리에스테는 선사 시대부터 중부 유럽과 지중해 연안의 여러 지역을 잇는 교통의 요충지였다. 기원전 2천 년에 이미 발틱해 연안의 호박을 그리스나 에트루스크Etrusc의 여러 도시로 나르는 '호박의 길'이라 불린 무역로가 트리에스테를 통과했다. 게다가 중세부터는 오스트리아령이 되어 지중해에 면한 제국의 군항으로서 번영을 누렸고, 18~20세기에는 무역항으로서 번영의 정점에 달했다. 하지만 언어적으로 보자면, 대다수 트리에스테 사람들은 로마 시대부터(이 지방이 베네치아줄리아라 불리는 것은 줄리어스 시저의 패권 내에 있었기 때문이다) 이탈리아 방언을 구사했고, 독일어를 사용한다고 해도 스스로는 이탈리아 민족이라고 생각했다. 그 때문에 이탈리아 통일운동이 활발해진 19세기 말에는, 하루라도 빨리 오스트리아의 예속에서 해방되어 이탈리아에 귀속되는 것이 지배층에 속하지 않은 대다수 트리에스테 사람의 정신적 버팀목이었다. 그러나 실제로는 제1차 세계대전 후인 1919년에야 이탈리아령이 되었고, 그 해방운동은 많은 희생자를 낳았다. 하지만 아이러니하게도 트리에스테의 이탈리아 복귀론자들의 염원이 이뤄진 때부터 이 도시는 경제적으로 벽에 부딪혀 오랫동안 하강 곡선을 그리게 된다. 훌륭한 항구를 가진 지중해의 여러 도시가 이탈리아의 영토가 되자 항만 도시로서 트리에스테의 가치는 근저에서부터 흔들려 이탈리아 동쪽 끝의 도시라는 공허한 정치적 의미밖에 가질 수 없게 되었다.

문화적인 면에서도 트리에스테는 특이한 도시라고 할 수 있다. 독일어 문화권과의 정신적인 연결을 완전히 단절하지 못한 채, 트리에스테 사람은 존경과 동경과 증오가 뒤얽힌 감정으로, 이미 과거의 것이 된 빈의 문화와 사람들을 바라보고 있다. 자신들에게는 북쪽 나라들과의 연계가 정신적 사활의 문제인데도 언어적·인종적으로는 끊임없이 이탈리아를 동경하는 이중성이 트리에스테 사람의 정체성을 비할 바 없이 복잡하게 만든다. 처음에는 독일어로 다음에는 이탈리아어로 교육을 받기 때문에 하인리히 하이네의 서정시와 프란체스코 페트라르카의 형식 사이에서 동요하고, 그 복잡함은 프로이트에게 경도된 사바의 시에도 어두운 그림자를 드리웠다.

언덕에서 내려다본 이어진 지붕들에는 마치 동화의 세계 같은 아름다움이 보였다. 하지만 언덕을 내려가며 가까이서 보는 집들은 예상외로 가난으로 낡아 있었다. 뒷길을 골라 걸었던 탓도 있을 것이다. 예스러운 희극 배우처럼 큰 구두만 눈에 띄는 장신의 노인이 출입문 계단에 걸터앉아 두 손을 모아 무릎 앞으로 내미는 듯한 모습으

로 멍하니 통행인을 바라보고 있다. 자동차는 거의 지나
시 않는다. 가볍게 눈만 감으면 그곳은 그대로 옛날에 어
머니의 소매를 잡고 내려간 고베의 언덕길이었다. 어머니
의 게다 소리와 발끝에 힘을 주며 걷던 신발의 감촉. 서양
관 뒤에서 튀어 오르듯이 시야로 뛰어든 파란 바다의 자
투리.

　겨울, 트리에스테에 휘몰아친다는 추운 북동풍bòra이
남긴 상흔이 없나, 하고 나는 페인트가 벗겨지고 빛이 바
랜 셔터 여기저기를 살폈다. 언덕길이 끝나고 이어서 여
러 번 꺾어지는 긴 계단을 내려가자 거리는 조금씩 변화
해졌고, 머지않아 시의 중심지에 있는 증권거래소 앞에
도착했다. 신고전주의 양식으로 지어진 묵직한 건물의 훌
륭함에 비해 거리에는 왕래하는 사람이 적었다. 증권거래
소 기둥 뒤에서 빛바랜 금발을 아무렇게나 묶고 우울한
안색으로 서 있던 소녀가 통행인에게 다가와 거친 손으로
쥔 꽃다발을 내밀었다. 창백한 설앵초, 빛바랜 보라색 히
아신스, 호리호리한 노랑 수선화, 레몬색의 프리뮬러. 이
름들을 늘어놓으면 품위 있고 아름답게 느껴지지만, 근
교의 숲이나 산마루에서 꺾어온 것인지 볼품없이 시들어

있다. 어쩌면 이웃 나라라고는 해도 엎어지면 코 닿을 데인 유고슬라비아에서부터 국경을 넘어 팔러 온 것이 아닐까.

증권거래소에서 움베르토 사바 서점이 있는 산 니콜로 거리까지는 백 미터도 안 될 터였다. 하지만 곧장 목적지로 직행하는 것이 아쉬웠다. 언젠가 자기 것이 되리라는 것을 알고 있는 보물에 일부러 서둘러 뛰어갈 필요는 없다. 그런 기분도 있었으나 한편으로는 오랫동안 몹시 그리워해 온 대상을 실제로 손에 넣는 게 어쩐지 두려웠다. 서로 맞서는 마음의 골짜기에 추락한 채 나는 산 니콜로 거리와 교차하는 몇몇 좁은 길 여기저기를 향해 걸었다. 시대에 뒤떨어진, 색도 모양도 기묘한 마네킹이 세워져 있거나 그저 상품 상자만 쌓여 있을 뿐인 쇼윈도들을 하나하나 들여다보며.

해안 길로 나가서 제1차 세계대전 참전 장군들에 대한 열렬하고도 공허한 찬사가 새겨진 이탈리아 병합 기념비가 있는 부두에 서자, 드문드문 서 있는 사람들이 한결같이 하늘을 보고 있었다. 뭐지, 하고 멈춰 서서 그들의 시선을 따라 하늘을 보자 작은 헬리콥터가 기체에 아침 햇살을 받으며 내려오는 참이었다. 그러고 보니 파란색과 빨간색 제복을 입은 국가 경찰의 작은 악대가 부두에 정렬해 있다. 말도 섞지 않고 멍하니 그 광경을 지켜보고 있는 사람들은 대부분 연금생활자인 듯한 노인이다. 베레모를 쓰고 있는 모습에서 이 지역의 겨울 추위가 떠올랐다. 야외에서 찍은 몇몇 사진에서 사바도 그들과 똑같은 베레모를 쓰고 있었다.

정오 무렵까지 해안 길을 서성거린 후에 나는 드디어 산 니콜로 거리로 접어들었다. 폭 10미터 정도의 좁은 길로, 마찻길의 납작한 돌을 여전히 유지하고 있는 찻길 양옆에는 좁은 보행로가 있었다. 일본에서라면 금세 오기스 다카노리(荻須高徳, 1901~1986)[2]나 모리스 위트릴로(Maurice Utrillo, 1883~1955)의 그림에 비유할 것 같은(영화라면 장 가뱅Jean Gabin이나 이브 몽탕Yve Montand이 묵직한 놋쇠 손잡이를 밀며 출입하는) 초록색이나 적갈색 쇠틀이 달린 유리문이며 구조들이 서로 비슷한 가게가 늘어서 있었다. 파리나 밀라노에서는 점차 뒷골목으로 밀려나는 이런 구조의 가게

---

2) 위트릴로 화풍으로 파리의 풍경을 주로 그린 일본의 화가.

가 트리에스테에서는 회고 취미에서가 아니라 이브생로 랑이나 루이비통 상표가 늘어선 고급 부티크 거리에 버젓 이 자리하고 있다. 이 거리가 시대의 물결에 뒤처지긴 했 지만, 그렇다고 해서 값싼 대용품을 늘어놓고 눈가림하려 는 것도 아니었다. 그저 모든 것이 수수했던 과거의 시간 을 천천히 살고 있을 뿐이다.

움베르토 사바 서점은 좁은 길이 끝나는 부근 왼쪽에 있었다. 어찌 된 영문인 걸까. 예전에 남편이 이야기해주 었을 때부터 내내 나는 이 가게가 경사 급한 언덕 위, 길 이 두 갈래로 갈라지는 모퉁이에 있는 것으로 마음속에 담고 있었다. 일에 지쳐 가게 앞으로 나온 사바가 허리에 댄 두 손으로 등을 지탱하듯 서서 바다를 바라본다. 입에 는 파이프 담배를 물고 파란 눈에는 하늘의 파랑이 비치 고 있다.

하지만 현실의 서점은 좁고 낡아 보이는 부티크 거리의 막다른 길에 있었고, '두 세계의 서점'이라는 원래 이름은 약간 속된 느낌의 '움베르토 사바 서점'으로 바뀌어 있었 다. 용기를 그러모아 나는 문손잡이를 밀고 안으로 들어 갔다. 몸집이 큰 금발의 남자가 비위를 맞추는 웃음을 띠며 나왔다. 이 부근에서 '슬라브계'라 불리는 부류의 너부데데하고 굴곡 없는 체격의 중년 남자다. 그쪽이 먼저 인사했다. 사바의 조수였던 카를레토의 아들입니다. 서점의 주인인 마리오다. 나도 내 소개를 했다. 사바의 시를 좋아합니다. 도쿄에서 왔는데 서점이 보고 싶어서요. 이런 대사에는 진절머리가 났을 텐데도 마리오는, 잘 오셨습니다, 하며 두 손을 내밀었다. 그러고는 마치 내가 오는 걸 기다리고 있었던 것처럼 천장이 높고 사바가 '불길한 동굴'이라고 불렀던 그다지 크지 않은 가게 내부를 빙 돌며 안내해주었다. 그러더니 이건 사바가 직접 쓴 것입니다, 하며 가지런한 서체가 초록색 잉크로 담긴 시집《트리에스테와 한 여자》를 튼실한 책상 서랍에서 꺼내 페이지를 넘기며 보여주었다. 확실히 그것은 사진으로 본 적 있는 둥그스름한 모양의 아름다운 서체였지만, 나는 마리오가 하는 행동이 모두 관광 코스의 일환처럼 느껴져 마음이 무거웠다. 단 하나, 그가 그것에 대해서는 아무런 설명도 덧붙이지 않았던, 천장까지 닿는 키가 큰 접이사다리만이 간신히 내게 사바를 '개인적으로' 그리워할 여지를 남겨주었다. 사진으로 보기에는 그다지 요령 있어 보이지 않은 시인이 그 접이사다리에 올라 높은 곳에 있는 책을 꺼내는 일이 있었을까. 책을 꺼내러 올랐다가 그대로 접이사다리 꼭대기에 걸터앉아 정신없이 책을 읽은 일도 있었을까. 아니면 위험한 일은 전부 마리오의 아버지인, 사바가 진심으로 사랑했던 카를레토에게 맡겼을까.

친절한 마리오에게 작별을 고하고 나서 간단한 식사를 마친 나는 우선 가까운 데서부터 사바의 시에 나오는 장소를 찾아보기로 했다. 구舊 라자레토lazaretto 거리의 라자레토라는 이름은 그리스도에 의해 죽음에서 부활한 라자로라는 청년에게서 유래한 것으로, 그곳은 원래 전염병 특히 흑사병이 만연했던 시대에 병자를 격리하기 위해 세운 빈민 병원 같은 시설이었다(항구가 동방의 꺼림칙한 전염병을 가져오는 위험한 지점이었다는 기술은 대니엘 디포Daniel Defoe의 명저 《역병의 해 일지Journal of the Plague Year》에도 들어 있다).

틀어박힌 슬픔의 날들에 내가
자신을 비춰보는 한 줄기 길이 있다

사바가 이렇게 노래한 구 라자레토 거리에는 향료나 콜

타르 냄새가 자욱하고, 범선이나 기선에서 쓰는 로프나 어망을 파는 가게가 즐비하다. 만국기를 꿰매는 여자들이 길을 지나는 사바의 눈에 들어온다.

힘든, 인생이라는 죄를 씻고 있는 그녀들

하지만 내가 본 구 라자레토 거리는 점잔을 뺀 중류 계층의 주택이 늘어선, 특별할 것 없는 평범한 거리였다. 끝까지 침묵을 지키고 있는 정오가 조금 지난 무렵의 즐비한 집들과 서너 군데의 수수한 의류점(부티크라고 하기에는 너무 초라한)의 쇼윈도를 들여다보며 먼 도시나 마을에 남겨두고 온 여자친구를 생각하는 듯한 젊은 병사를 만났을 뿐이다. 예전에도 교차하는 좁은 길 너머로, 도로 폭만큼 좁은 자투리 바다가 보였을 것이다.

같은 시에서 사바가 "기쁨과 사랑의 거리"라고 노래했던 도메니코 로세티Domenico Rossetti 거리는 그때까지 있던 항구에서 가까운 도심 구역에서 서북쪽에 해당하는 고지대였고, 도메니코 로세티 거리와 교차하는 크리스피 거리에는 어느 시기에 사바가 살았던 집도 남아 있을 터였다.

그곳으로 가기 위해서는 다시 한번 거리를 가로질러 언덕길을 올라가지 않으면 안 되었다. 거기까지는 30분쯤 걸리는, 당연히 오르막길뿐이다. 발길을 멈추고 지도를 살펴보며 현재 내가 있는 도로명을 확인하고는 다시 언덕길을 올라 시민병원 모퉁이를 비스듬히 가로질러 계속 올라갔다. 도메니코 로세티 거리라는 표시가 눈에 들어왔을 때는 숨이 찼다.

시에 등장하는 "변두리의 초록 구역"에는 확실히 가로수가 있었다. 다만 1910년대 초 사바가 그 시를 쓰던 무렵에는 좀 더 시골티가 나는 구역이었을 것이다. '변두리'로 번역했으나 원 단어는 'suburbana'이므로 교외라고 해도 좋고, 지금의 일본으로 보면 신흥 주택지라고 부를 것이다. 아직 시골 정취가 남아 있으나 점점 도시다워져, 라고 사바는 썼다. 당시 여기에 없던 것은 엔진을 전력으로 가동하여 끊임없이 언덕길을 올라가는 자동차들이고, 예전에는 젊은 기운으로 화려했던 중류 주택가에 지금은 보수성이 들러붙어 있다. 사바가 거주했었다는 크리스피 거리와 도메니코 로세티 거리 모퉁이의 아주 평범한 집은 바깥에서 바라봐도 특별한 감흥이 일지 않아, 그만 해안에서 가까운 구시가지로 돌아가는 편이 좋을 것 같았다.

올라왔던 것과는 다른 길로 내려가자 나는 어느새 평탄하고 널찍한 길을 걷고 있었다. 이름은 모르나 중앙에 큰 차도가 있고, 가로수를 사이에 두고 양쪽에 또 하나씩 좁은 찻길이 있다. 그 옆의 보행로에도 가로수가 심어져서 길에는 총 네 줄의 가로수가 나란히 서 있는 셈이다. 2월 말이라 실제로는 있을 수 없는 일인데도 가로수에는 초록색 잎이 나풀나풀 흔들리고 있고, 그것이 이 길에 친근한 분위기를 자아낸다. 보행로를 따라 폭이 좁은 가게가 늘어서 있고, 아직 십 대로 보이기도 하는 젊은 어머니가 그녀의 어머니인 듯한 여성과 함께 유모차를 밀고 있다. 손발이 유달리 긴 고등학생인 듯한 소년들이 카운터처럼 좁은 테이블이 늘어선 가게에 모여 떠들썩하게 웃고 있다. 길게 땋아 늘어뜨린 머리에 자홍색 리본을 맨 소녀가 오빠인지 얼굴 생김새가 어딘가 닮은 청년에게 하얀 이마를 드러내고 진지한 표정으로 이야기를 하며 걷고 있다. 약간 긴 듯한 짙은 남색 외투를 입고 무릎 아래까지 올라오는 하얀 양말에 검은색 목달이구두를 신은 작은 사내아이가 자세가 좋은 노인의 손을 잡고 간다. 프렌치프라이 튀기는 냄새가 옛날 친구가 부른 노래처럼 연보라색 저녁 공기에 떠돌고 있다.

갑작스러운 흥청거림이었다. 내가 이 도시에서 찾고 있던 것이 문득 그쪽에서 나를 찾아와 에워쌌다. 사바가 사랑했음이 틀림없는, 그리고 사바가 자신의 것으로 하려고 했으나 하지 못했던 모든 것이 거기에 있었다.

거리에 떠도는 프렌치프라이 냄새는 내가 트리에스테에 끌리는 또 하나의 이유를 알게 해주었다. 사바 내면에 면면히 흐르고 있는 이국성, 또는 이문화의 중층성. 사바는 유대인 어머니에게 태어났을 뿐만 아니라 빈과 피렌체 문화가 합류하여 서로 싸우는 이곳 트리에스테라는 거리에서 살았다. 사바가 서점에 붙인 이름인 '두 세계'에는 그런 의미도 포함되어 있었던 게 아닐까. 그리고 시인은 고통과 함께 그것을 알고 있었다. 두 세계에서 살려고 하는 자는 끊임없이 불편한 생각에 시달리는 운명에서 벗어날 수 없다는 것을.

사바에게는 금지당했던 소년 시절의 '사랑'에 대해 쓴 《에르네스토Ernesto》라는 자전적 소설이 있다. 다니던 회사에서 해고된 열일곱 살의 에르네스토는, 아들의 실패에 낙담하는 어머니를 위로하며 말한다. 괜찮아요, 어머니. 어른이 되면 제가 전 세계로 데려가 줄 테니까요. 그리고 어머니의 손을 잡고 춤을 춘다. 음악은 물론 왈츠였다. 크게 원을 그리며 빙글 한 바퀴 돌 때마다 아들은 세계 도시들 이름을 하나씩 어머니에게 속삭인다. 그런데 맨 먼저 그의 입에서 나온 도시는 밀라노도 아니고 로마도 아니고 오스트리아의 수도 빈이었다는 것을, 나는 초록색 잎이 바람에 살랑거리는 가로수길 모퉁이에서 떠올리고 있었다.

"세 개의 길"이라는 제목이 붙은 사바의 시에서는 '구라자레토 거리'와 '도메니코 로세티 거리' 외에 또 하나, 그날 내가 아직 찾아가지 않은 언덕길을 노래하고 있다. '산길Via del Monte'이라는 단순하기 그지없는 이름이 붙은 그 길은 오늘 아침에 내가 이 '여행'을 시작한 증권거래소 근처에서 언덕으로 이어지는 길인 모양이다. 하지만 호텔을 나설 때 받은 관광용 지도에서는 그 길을 찾을 수 없었다. 나는 어쩔 수 없이 기억 속의 시행에 의지하여 지도 없이 걷기 시작했다. 이리저리 헤매더라도 밤까지 시간은 충분하다.

아마 이 근처일 거라 생각하고 뒷길로 들어섰는데, 다

시 원래의 장소가 나온다. 좁은 길로 들어가 봐도 곧 막다른 길이다. 시간으로는 여유가 있다고 해도 어두워지기 전에는 찾아내고 싶었다. 포기할까, 하고 마음이 약해졌을 때 한 서점이 눈에 들어왔다. 윈도에는 신간이 늘어서 있고 책을 고른 취향이 밀라노에서 남편이 운영했던 서점을 떠올리게 했다. '산길'을 찾지 못한다면 서점에서 시간을 보내는 것도 나쁘지 않았다. 문으로 다가가 아무렇지 않게 옆쪽을 들여다보니 한길에서는 보지 못했던 좁은 오르막길이 보였다. 조금 전부터 몇 번이나 지났을 텐데, 하고 길 이름을 확인하자 Via del Monte였다.

꼬불꼬불한 좁은 언덕길인데, 사바가 "버려진 유대인 묘지"라고 노래했던 길 한쪽은 높다란 담이 시야를 가로막고 있다. 담장 안은 아무래도 상당히 널찍한 정원인 듯하고(묘지일까), 담 너머로 짙은 초록색 나무들이 무성하다. 마침 내가 담 아래에 이르렀을 때 갑자기 젊은 남녀의 것으로 생각되는, 터져 나오는 듯한 목소리가 담 너머에서 들려왔다. 이런 시간에 나무숲 속에서 대체 무슨 일일까. 귀를 기울였는데 테니스 공이라도 찾으러 온 것인지 목소리가 잠시 서로 뒤엉키고 나서 멀어졌다.

언덕은 숨이 차오를 만큼 급했다. 담장 맞은편 쪽은 하얀 벽에 레이스 커튼을 친 깔끔한 창이 늘어서 있다. 가장자리에 손으로 뜬 레이스가 달린 커튼이며 창의 튼튼한 나무틀에서 이탈리아풍이라기보다는 오스트리아 느낌이 난다. 봄이 오면 하얀 벽에 비치는 빨간 꽃의 제라늄 화분이 이 창가를 장식할 것이다. 꽃 화분을 놓을 수 있는 이런 창이 있는 집에 사는 것도 나쁘지 않겠구나. 내가 이대로 트리에스테에 살고 싶다고 한다면 도쿄의 친구들은 뭐라고 할까. 언덕을 계속 올라가자 그 주변까지 이미 해가 저물어 묽은 먹빛이었던 경치가 하늘이 열림에 따라 저녁놀에 어슴푸레하게 빛나기 시작했다. 아주 옛날에는 교수대로 가는 길이었다는 이 언덕길의 납작한 돌길을 사형수들은 어떤 심정으로 끌려갔을까. 그들 뒤에서는 군중이 앞을 다투어 뛰어 올라갔을 것이다. 사형수 중에는 이탈리아 독립을 열망하다 체포된 애국자도 있었을까. 형장이 있던 성터는 공원이 되어 있고, 해가 이미 완전히 저문 숲에서 하얀 대리석 기념비가 차갑게 빛나고 있었다. 납작한 돌이 깔린 언덕을 왔던 방향으로 내려가자 멀리서도 떠들썩한 소리가 들렸던 돌담 안은 쥐 죽은 듯 조용해져 있었다.

카페 토리네제 디 베르무트(caffè torinése di vermut, 베르무트의 토리노풍 카페). 터무니없이 애국적이고 터무니없이 장황한 옥호의 커피점 간판에, 온종일 걸어 다닌 자신을 치하하고 위로하는 마음에, 그리고 이탈리아 통일운동의 중심지였던 토리노에 대한 꿈과 향수를 담은 그 이름에 이끌려 입구의 문을 밀고 들어갔다가 나는 깜짝 놀라고 말았다. 아무리 미지의 도시에서라도 고작해야 커피점에 그 정도의 당혹감을 느낀 적은 없었다.

입구 폭이 좁은 것에 비해 안은 아주 널찍했다. 안쪽의 한 단 높은 곳에는 모든 벽면이 거울로 된 홀이 있었다. 그곳에 이르는 통로에는 제정 시대 양식이랄까, 앉는 자리가 딱딱한 비단 소파를 둘러싸듯이 광택이 나는 마호가니색 의자와 하얀색 바탕에 딸기 무늬의 보가 덮힌 작고 둥근 테이블이 늘어서 있다. 베네치아의 유리가 아니라 바카라 크리스털 사의 샹들리에 아래에서, 은색 머리카락이 눈에 띄는 하얀 장갑을 낀 급사들이 테이블 사이를 우아한 몸놀림으로 누비고 다닌다. 하지만 무엇보다 나로 하여금 탄성을 지르게 한 것은 가게에 흘러넘치는 손님들의 모습이었다. 그 모두가 유복하다고 정의해도 좋을 계층의 사람들이고, 게다가 대개가 노인이다. 칠십 대로 보이는 커플, 또는 몇몇 노부인이 혼자 또는 두 명의 노신사를 에워싸고 소리 죽여 이야기를 나누고 있다. 남자들이 입고 있는 신사복의 만듦새도, 여자들이 몸에 걸치고 있는 모피나 보석도 그들 자신의 손을 더럽혀서 얻은 것이 아닌, 은밀한 아름다움이 빛을 발하고 있었다.

젊은이들이 모두 참가한 이탈리아 통일과 연관 지은 다소 과장된 옥호에는 어울리지 않는 황금빛과 핑크빛 광경 앞에서 내가 몇 세대 앞선 빈에 있는 게 아닐까 착각하면서도, 아버지가 이걸 보면 얼마나 기뻐할까, 하고 생각했다. 노인들 대부분은 아버지가 생존해 계신다면 비슷한 나이일 거라고 생각되는 사람들이었다. 아버지가 만년에 트리에스테에 가보고 싶다고 자주 말했던 것은, 이 항구 도시에서 모양이 아름답다는 이유로 사랑했던 해운회사 로이드 트리에스티노Lloyd Triestino의 대서양 항로 대형선을 자신의 눈으로 직접 보고 싶었기 때문이다. 아버지는 젊은 시절 빈에서 베네치아를 향해 오리엔트 특급열차를 타고 가며 이 항구 도시를 통과했었다. 여기에 있는 노인들의 재산도, 그들의 부모 또는 조부모 시절에 오스트리아 궁정과 그 나라의 정부가 떠받친 금융자본과 해운업으로 축적된 것이리라. 지나간 시대의, 지금은 못된 장난을 하지 않게 된 망령들에 둘러싸여 마신 따뜻한 밀크티 잔에는 합스부르크가의 문장인 핑크빛 장미가 작은 보석처럼 빛나고 있었다.

  이튿날 아침, 만을 크게 돌며 베네치아로 향하는 열차의 창을 통해 바다 저편으로 멀어져가는 트리에스테를 바라보며 나는 이탈리아에 속하면서도 계속 이국異國을 살아가고 있는 이 도시의 모습에, 밀라노에서 살던 무렵 너무나도 굳건한 문화에 견딜 수 없어지면 리나테 공항의 북새통으로 이국의 소리를 찾아가곤 했던 나 자신의 모습을 겹쳐보았다. 아마 트리에스테의 언덕 위에서는 오늘도 눈에 지중해의 파랑을 담고 있는 '두 세계의 서점 주인'인 나의 사바가 자신이 애용하던 파이프를 느긋하게 피우고 있을 터였다.

전찻길

남편과 함께 5년 반을 살았던 밀라노의 집 옆 전찻길에는 35번 시영전차가 다녔다. 밀라노의 도심에 있는 두오모 대성당 부근에서 비토리아문을 지나 우리가 살던 곳 근처까지 '3월22일 거리'를 거의 일직선으로 오는 노선이었다. 바로 집 근처에서 거리 이름이 '3월22일 거리'에서 '코르시카 대로'('대로viale'라는 명칭은 흔히 변두리의 넓은 길에 붙인다)로 바뀌고, 리나테 공항 방향으로 1킬로미터쯤 똑바로 달린 후 그곳 주민들이 트레 폰티(tre ponti, 세 개의 다리)라 불렀던 굴다리를 지나 오른쪽으로 빙 돌면 바로 나오는 오비디오 광장이 그 노선의 종점이었다.

종점의 광장은 아무것도 없고 그저 잡초만 무성한 변두

리였다. 그러므로 우리 집 근처부터는 전차도 그다지 혼잡하지 않고, 노선 전차다운 한가함으로 삐걱거리며 느긋하게 승객을 나르고 있었다.

시댁이었던 철도원 관사는 그 굴다리를 지나자마자 바로 왼쪽에 있었고, 남편이 일했던 서점은 두오모 대성당 바로 옆에 있었다. 그러므로 결혼하기 전에도, 결혼한 후에도 외출을 싫어하던 그가 이용하는 교통편은 35번 전차뿐이었다. 나 역시도 그때까지 공부하던 로마를 떠나 1960년에 밀라노에서 살게 되면서, 집을 구하기 전까지 머물렀던 모차티mozzati 거리가 같은 전찻길을 따라 있었기 때문에 남편의 집을 방문할 때도 서점에 나갈 때도 35번 전차를 이용했다. 그뿐 아니라 1961년에 결혼했을 때 남편 친구인 티노가 집세도 아주 싸고 좋으니까 아는 사람이 살았으면 한다며 비워준 아파트 역시 모차티 거리 바로 맞은편에 있었기 때문에, 교통에 관한 한 나의 밀라노 생활 거점은 모두 35번 전차의 범위 내에 있었다고 해도 좋았다.

결혼하고 얼마 지나지 않은 어느 날 남편의 귀가가 늦

어 무슨 일인가 싶어 마음을 졸였던 적이 있다. 서점을 나올 때 전화를 해주기 때문에 보통이라면 20분 내로 집에 도착한다. 전차가 아무리 연착을 해도 30분 이상은 걸리지 않는다. 길에서 무슨 일이라도 있었나 해서 걱정되기 시작했을 때 그가 살며시 열쇠로 문을 열고 들어왔다. 어떻게 된 거야, 좀 걱정했잖아, 하고 말하자 그는 멋쩍은 듯이 중얼거렸다. "무심코 엄마 집으로 가버렸어."

결혼하자마자 우리 두 사람은 35번 전차에 농락당한 것이다.

내가 그 굴다리 조금 앞에 있는 수도원의 신부 루드비코를 알게 된 것은 그 전차 안에서였다. 처음에 루드비코라는 사람의 존재를 의식하게 된 것은, 그가 늘 차 안에서 운전사나 차장처럼 자연스럽게 큰 소리로 말하는 것을 봤기 때문이다. 검다고 해도 색이 바래서 붉은빛을 띠게 된 긴 옷자락의 수도복을 입고 뼛속까지 추위가 스며드는 밀라노의 겨울에도 맨발에 샌들을 신은, 키는 작지만 탄탄한 체격의 백발노인이 운전사에게 말을 걸고 있다. 목소리는 무척 크지만 무슨 말을 하는지 확실히 알아들을 수가 없다. 혼자 말하고는 이 빠진 입을 크게 벌리고 유쾌하다는 듯이 웃기도 한다. 머리가 좀 이상한 것이 아닐까 싶을 정도였다. 게다가 운전사도 다소 성가시게 여기는 듯하고, 때로는 건성으로 대답하는 것 같기도 했다.

처음에 나는 뻔뻔한 것 같기도 하고 호인 같기도 한 루드비코를 수도원에서 허드렛일이나 심부름을 하는 사람쯤으로 생각했다. 전차를 타면 늘 이상한 수도사가 있어요, 하고 어느 날 무심코 시어머니에게 말하자 그녀도 남편도 의심의 여지가 없다는 듯이 아, 그 사람은 루드비코야, 하고 말했다. 그래서 나는 루드비코가 이 근처에서는 누구나 아는 시영전차 병원(그런 곳이 집 옆에 있었다)의 전속 사제라는 것을 알았다. 그건 그의 모습을 처음 보고 얼마나 지나서였을까.

그러고 보니 그는 표 없이 전차를 타고 내렸다. 전차는 수도원 근처나, 그곳만 가로수가 미루나무인 곳을 지날 때 갑자기 덜커덩하고 정차하는 일이 있었다. 걷고 있는 루드비코를 태우기 위해서였다는 것은, 그가 이상한 이탈리아어 사투리로 그라치에grazie라고 소리치며 이영차 하고 수도복을 질질 끌며 올라탔기 때문에 금세 알 수 있었다. 꽤 먼 데서 뛰어오기 때문에 승객들까지 한참 기다려야 하는 일도 있었다.

병원 전속 사제의 역할은 병자의 고민을 들어주거나 죽을 때 곁에 있어 주는 것이다. 그런데 병원의 근대화와 함께 종교와 엄밀한 관계가 없는 분야는 점차 복지 관계자들이 대신하게 되어, 루드비코의 방문도 예전만큼 병원의 환영을 받지 못하게 되었다. 그런 이야기가 드문드문 들려왔으나, 세간의 평판과는 반대로 대체로 루드비코는 늘 유쾌하다는 듯이 전차를 타고 있었다. 당시 날아다니는 새도 떨어뜨릴 만한 기세였던 모타Motta 제과회사 건물이 있는 큰 모퉁이에 당도하면 전차는 늘 진저리를 치듯이 기우뚱 흔들린다. 전차와 함께 루드비코도 기우뚱 흔들린다. 그래도 그는 이야기를 그치지 않았다. 병자에게 대접할, 신문지에 싼 와인병이 수도복의 주름 사이로 언뜻 보이기도 했다.

루드비코가 이탈리아 사람이 아니라는 것을 안 것은 그 자신의 입을 통해서였다. 수다만 떨고 있다고 생각했던 그가 같은 전차에 자주 타는 외국인인 나를 단단히 감시하고 있던 거였다. 나는 내가 멀리서 봐도 확실히 알 수 있는 외국인이라는 것을 깜박 잊고 그의 이상한 이탈리아어 사투리에 마음을 빼앗기고 있었다. 생각해보면 그가 먼저 내게 흥미를 보인 것은 당연한 일인지도 모른다. 어느 날 그가 말을 걸어왔고, 그 이후 우리는 종종 말을 나누게 되었다. 그의 출신지는 크로아티아로, 이탈리아와 유고슬라비아의 국경에서 가까운 지역이었다. 그 주변이 한때 이탈리아령이었다는 것은 역사에 어두운 나도 어렴풋이 알고 있었지만, 그곳 출신과 이야기를 나눈 것은 처음이었다. 나는 그 지방의 경치가 어떤지, 어떤 언어를 쓰는지 상상도 할 수 없었다. 루드비코는 아드리아해에 면한 어촌의 가난한 어부 집에서 태어났다고 했다. 어부를 뜻하는 페스카토레pescatore라는 말의 토레라는 부분을 루드비코는 기묘하게 길게 끌며 발음했다.

내가 크로아티아어는 어떤 언어인가요, 하고 묻자, 루드비코는 하얀 눈썹 아래의 사람 좋아 보이는, 그러면서도 이 사람에게 붙들리면 뭔가 성가시겠구나, 하는 느낌을 주는 검은 눈을 슴벅거리며 아주 뜻밖의 대답을 했다. 잊어버렸어요, 라고 한 것이다. 설마, 하자 그는 입을 크게 벌리고 하하하 웃으며, 벌써 40년이나 되었는걸요, 기억하고 있을 리가 없지요, 라고 말했다. 자못 우습다는 듯이 이렇게 말하는 루드비코의 이탈리아어는, 군데군데 희한하게 라틴어를 빌려와서 변통하는 사투리가 심한 엉터리였다. 하나의 외국어를 완전히 배우기 전에 모국어를 잊어버리는 일이 가능한가. 어쨌든 그것만으로도 시영전차의 운전사들이 루드비코의 이야기를 열심히 듣지 않는 이유를 이해할 수 있었다.

그렇게 해서 나와 루드비코는 가끔 전차 안에서 만나는 것 말고는 아무런 관계도 없었기 때문에, 우리의 대화는 기껏해야 그의 고향이나 내 남편 가족의 안부에 대한 것 정도였다. 일단 그 이상 깊어지지는 않았다. 그런데도 나보다 먼저 내릴 때면 루드비코는 마치 아버지를 잃은 조카들을 걱정하는 숙부 같은 모습으로, 언제나처럼 큰 소리로 말했다. 페피노[3]한테 안부 전해줘요. 알도한테도요, 가끔 얼굴 좀 보여주라고 하고요, 알았죠. 남편만이 아니라 일찍 죽은 마리오나 브루나에 대해서도 그들의 어린

---

3) 스가 아쓰코의 남편 주세페 리카의 애칭이다.

시절 일까지 모조리 알고 있는 듯한 그가 이렇게 말하면, 나는 남편이나 시동생 알도를 루드비코로부터 잠시 떠맡고 있는 듯한 기분이 들기도 했다.

몇 년 전 여름, 밀라노에 들렀을 때 루드비코가 그해 봄에 백 살 가까운 나이로 세상을 떠났다는 것을 알았다. 그가 다녔던 시영전차 병원도 몇 년 전쯤 철거되어 모타 제과에 팔렸고, 그 터에는 시시한 창고 같은 건물이 들어서 있었다. 주변에서 루드비코를 알았던 사람들도 부쩍 줄어 있었다.

시영전차 병원이지만 교통국 직원만이 아니라 일반인도 그곳을 이용했다. 지금으로부터 2, 30년 전까지 오비디오 광장 근처에는 슬럼 해소책으로 1930년대에 지은 아파트 단지가 있었다. 각 세대에 화장실이 들어 있다는 것이(그때까지 밀라노의 하층계급 주택에서는 모두 각 층의 공동화장실을 이용했다) 당시의 광고문구였으나, 결국 초라함에는 차이가 없는 회색 지역이었다. '최소 주택Case minime'이라는, 너무나도 파시스트다운 관료적인 이름이 붙은 그 단지의 주민들에게는 이 병원이 그 지역에서 유일하게 이용할 수 있는 공공 의료기관인 셈이었다.

　어느 날 그 단지에 사는 이바나라는 소녀를 알게 되었다. 그녀가 누군가의 소개로 서점의 남편에게 장래 진로를 상담하러 온 것이 계기가 되었다. 이따금 일요일 오후에 잠깐 근처에 올 일이 있었다며 우리 집에 들렀다 가는 일도 있었다. 나이도 관심사도 동떨어진 우리와의 대화가 뭐 그리 재미있을까, 하고 우리는 생각했다. 하지만 이바나는 불쑥 찾아와서 자기 가족이나 친구, 또는 단지 내 주민 이야기 등을 자못 즐겁다는 듯이 하고는 그럼 또 올게요, 하는 느낌으로 선뜻 돌아갔다.

　설명할 것도 없이 이바나라는 이름은 러시아어 이반의 여성형이다. 적어도 이탈리아 북쪽 지방에서는 그다지 희귀한 이름이 아니다. 어떤 계층의 사람들에게는 어딘가 이국적인 울림이 선호되었던 게 아닐까. 하지만 우리의 이바나는 어머니가 진짜 러시아인이었다. 그러고 보니 이바나의 금발은 이탈리아에서는 거의 볼 수 없는, 빛바랜 듯한 황갈색이었다. 그 머리색이 파르스름한 눈과 잘 어울렸다. 미녀는 아니었으나 몸매가 좋고 마음씨도 고운 아이였다. 이바나의 아버지는 전쟁 당시 러시아 전선에서 싸우다 포로가 되었을 때 이바나의 어머니와 알게 되었다고 한다. 영화 〈해바라기〉를 연상시키는 이야기였는데, 기발한 것은 전쟁이 끝나고 아버지가 이탈리아로 귀환할 때 약혼자였던 어머니뿐만 아니라 그녀의 어머니, 즉 이바나의 외할머니까지 함께 왔다는 것이다. 나는 어떻게 그런 일이, 하고 생각했지만 이바나는 진짜 그랬대요, 하며 재미있다는 듯이 말했다. 남편도 잠자코 듣고 있었으니, 정말 그랬을 것이다.

이바나의 어머니는 밖에서 일을 했기 때문에 이바나는 러시아인 외할머니 손에 자랐다. 하지만 이바나는 고생하며 자신을 키워준 외할머니를 부끄러워했다. 우리 할머니는, 하고 그녀는 말했다. 일단 이탈리아어를 할 줄 몰라요. 이탈리아어를 배우기 전에 러시아어를 잊어버렸어요. 루드비코의 경우와 똑같다고 나는 생각했다. 슬라브계의 언어에는 뭔가 그런 점이 있는 건가, 하고도 생각했다. 그래서 이탈리아 사람은 할머니가 하는 말을 알아듣지 못해요. 제가 통역해줘야만 해요. 이바나는 한심하다는 듯이 이렇게 말했다.

또 한 가지, 이바나가 부끄러워한 것은 할머니가 추위

를 몹시 타서 옷을 아주 많이 껴입는 일이었다. 도쿄에 비하면 밀라노의 겨울은 확실히 춥다. 기온이 좀 내려가면 영하 6, 7도가 되기 때문에 결코 따뜻하다고는 할 수 없다. 하지만 러시아라는 북쪽 나라에서 왔는데 그렇게 추위를 탄다는 것이 좀 의아했다. 아무튼 할머니가 옷을 껴입는 건 굉장해요. 이바나는 웃었다. 창피해서 같이 걸을 수가 없어요. 외투 같은 것도 그냥 두 벌을 껴입는다니까요. 치마도 두 벌 정도는 아무렇지 않게 껴입어요. 짧은 것을 속에 입고 그 위에 긴 것을 입어요. 말랐으니까 이상하지는 않아요. 그 말을 듣고 보니 내가 어렸을 때 할머니가 하신 말이 떠올랐다. 러시아 거지. 혁명 때문에 러시아에서, 지금으로 말하면 난민이 일본으로 들어온 시절이 있었다. 리본 등을 팔아 생계를 꾸렸다고 한다. 어렸을 때부터 나와 여동생이 재미로 어머니나 숙모들의 옷을 질질 끌며 입거나 하면 할머니는 꾸중하기보다는, 아니 그런 러시아 거지 같은, 하고 얼굴을 찡그리며 웃었다. 그리고 마트료시카라고 하는, 모스크바 공항에서 팔던 볼이 붉은 목제 인형도 떠올랐다. 불룩한 치마의 허리 언저리를 두 손으로 세게 비틀어 열면 안에서 똑같은 원색의 꽃무늬 치마를 입고 번들번들하게 니스칠을 한, 눈을 크게 뜬 얼굴이 차례로 나오는 것이다. 어쩌면 러시아의 농부들은 정말 옷을 많이 껴입었는지도 모른다.

어느 날 이바나가 찾아와서 오늘은 시영전차 병원에 다녀왔다고 했다. 학교 친구가 입원해서 병문안 간 거라고 한다. 열일곱 살의 리타라는 아이로, 골육종이 퍼져 손을 쓸 수 없는 상태라고 한다. 이바나와 같은 최소주택에서 자란 친구인데, 아버지는 없고 이탈리아 남부 지방 출신의 어머니는 정신이 온전치 않은 상태다. 리타는 제가 곁에 있을 때만 잠깐 안심해요. 이바나는 아무렇지 않게 이렇게 말했다. 얼마 전부터 학교에서 돌아오는 길에 되도록 매일 들르기로 했어요. 제가 갈 수 없는 날은 우리 할머니가 가줘요. 할머니는 이탈리아어를 못 하니까 그냥 리타 옆에서 발을 어루만져주기만 할 뿐이지만요.

몇 주 지나 2월의 추운 어느 날 아침, 이바나가 불쑥 찾아왔다. 무슨 일이야? 학교는? 문을 열며 내가 물었다. 리타가 죽었어요. 어젯밤부터 상태가 안 좋다고 해서 오늘 아침에는 학교에 안 가고 병원으로 갔어요. 리타의 병실문을 열었더니 침대가 텅 비었고 갑자기 하늘이 보였어

요. 아침 일찍 죽은 것 같아요. 장례식에 와주세요. 이바나
는 이렇게만 말하고 흐느껴 울었다.

밀라노에서는 좀처럼 볼 수 없는 겨울의 파란 하늘을
보고, 그날 아침 이바나가 병실 창 너머로 봤다는 하늘을
떠올린다.

남편이 죽고 1년쯤 지난 무렵이었을까. 어느 일요일 오
후 이바나가 찾아왔다. 상업학교를 졸업하고 대형 출판사
에서 일하게 되었다는 소식을 전하러 온 것이다. 새로운
직장 이야기며 단지 내 주민들 이야기, 온순한 교구 사제
인 돈 주세페의 설교 흉내, 죽은 리타의 괴짜 어머니 이야
기 등, 이바나는 여전히 즐거운 듯했다. 할머니 소식을 묻
자 잘 계세요, 오늘도 묘지에 가셨어요, 하고 대답했다. 일
요일에는 35번 전찻길의 굴다리 건너편에서 시영묘지행
특별 버스가 출발한다. 그 노선만은 일요일에 차비가 할
인된다. 이바나의 할머니는 그 버스를 타고 성묘를 간다
는 것이었다. 성묘라니, 누구 묘, 하고 묻자 이바나는 말했
다. 아아, 특별히 누구 묘가 아니라 할머니는 그냥 일요일
에 성묘를 가기로 정한 거예요. 러시아에서는 그러는 모

양이다.

　내가 11년간 살았던 밀라노의 집을 정리하고 도쿄로 돌아가기로 한 것은 그로부터 3년째 되는 해였다. 마지막 일요일, 동서인 실바나와 함께 남편이 묻혀 있는 시영묘지를 찾아갔다. 성묘가 거북한 나는 묘지에 거의 간 적이 없었다. 동서와 함께 가는 것이 깔끔하고 마음도 편할 거라는 생각에서 그녀의 권유에 응한 것이었다. 어머, 이바나의 할머니가 와 있어요. 광대한 묘지 입구에 들어서자마자 실바나가 속삭였다. 그녀의 시선을 좇아가자 저 너머에 몸집이 작은 노파가 아장아장하는 느낌으로 걷고 있는 게 보였다. 영화에서 본 적 있는, 전족을 한 중국 여성의 걸음걸이 같았다. 이제 막 가을이 되었는데도 검은색 치마를 입고 머리에 검은색 숄 같은 것을 둘러쓰고 있었다. 마치 검은색 천 조각 덩어리가 천천히 움직이는 것처럼 보이기도 했다. 할머니가 걷고 있는 주변은 비용이 가장 싼 구역으로, 묘비도 눈에 띄게 빈약하고 나무도 드문드문 심어져서 땅의 붉은 흙이 그대로 드러나 있었다. 죽어서까지 빈부의 차이로 구별되는 시영묘지의 뚜렷이 가난한 사람들 구역을 이바나의 할머니가 아장아장 걷고 있었다. 전족을 한 여인 같은 걸음걸이로. 이따금 여기저기 묘비 앞에서 걸음을 멈추고 기도하듯이 두 손으로 얼굴을 가리고 있다. 잠시 그렇게 하고 나서 다시 아장아장 걸어 간다. 저분은 저렇게 일요일마다 근처 사람들 묘를 찾아 가고 있어요, 하고 실바나가 알려주었다. 아는 사람의 묘 앞에서는 그저 가만히 울고 있다.

몇 년쯤 지나 이바나의 할머니가 세상을 떠났다는 이야 기를 들었다. 그때 딱 한 번 그녀를 봤던 시영묘지를 떠올 렸다. 하나하나의 묘표 앞에서 걸음을 멈추고 두 손으로 얼굴을 가리고 있던, 오그라든 것 같은 노파의 뒷모습이 기억 속에 얼어붙어 있다.

러시아어를 잊어버린 이바나의 할머니는 크로아티아어 를 잊어버린 루드비코와 시영전차 병원에 관해 이야기를 나누며 천국에서 웃고 있을지도 모른다. 이제는 두 사람 다 천국어로 말할 수 있는 것에 만족하며.

그 후 오비디오 광장 주변이 개발되어 35번 전차 노선 은 최소주택이 철거된 후에 지어진 광대한 대단지까지로 연장되었다. 삐걱거렸던 전차 바퀴에는 고무가 씌워져 소음이 확실히 줄었다. 빛바랜 초록색 차체는 정신이 번쩍 들 만한 오렌지색으로 바뀌었지만, 대단지가 종점이고 두 량만으로는 혼잡도가 심해서 때로는 세 량으로 편성되기도 한다. 전차에는 이제 표를 찍는 차장이 없다. 예전에는 변두리였던 오비디오 광장에는 대형 주차장이 딸린 슈퍼마켓이 들어섰고, 도심에서 이사를 온 대형 출판사(이바나가 다니는 곳이기도 하다)의 사치스러운 유리 건물이 석양에 반짝반짝 빛나고 있다.

히아신스의 기억

하얀빛과 연보랏빛

두 그루의 히아신스, 조금 전

내게 주며, 살짝

웃었던, 그대를 닮았다.

창백한 얼굴로, 하얀 이를 드러내고

똑똑히 내게 내밀며.

지금, 컵 안에서 핼쑥하게 핀

꽃들, 빛바랜 벽을 배경으로,

창으로 들어와 닳아빠진 돌 위를

가로지르는 햇빛 옆에서.

모든 것 중에서 빛나는 것은 그

핼쑥한 연보랏빛뿐. 새벽이

남긴, 하나의 불꽃.

좋은 향기가, 집에 넘친다.

마치, 우리의 사랑 같아,

그것 자체는, 정말 아무것도 아니고

그저 핼쑥하다는, 그것뿐이지만. 빛나는 창백함으로,

불타는 창백함으로, 희망과 같은, 좋은 향기로.

문득, 깨달으면, 가슴 가득 퍼지는,

그 향기. 내 집이, 그대의 집이고,

그대와 내가, 테이블에

보를 함께 펼치고,

우리가 준비하는 것을

조그마한 발로, 발돋움하여

들여다보는, 누군가 있어.

이것은 트리에스테 출신의 시인 비르질리오 지오티(Virgilio
Giotti, 1885~1957)가 쓴 시 〈히아신스〉다. 트리에스테 방언
으로 쓴 작품이다. 히아신스라는 꽃은 이탈리아어로 자친
토giacinto인데, 이 시의 제목은 트리에스테 주변의 방언에

따라 '자친티'가 되었다. 이렇게 발음을 옮겨 적으면 아무 것도 아니지만, 이탈리아어로 살짝 발음해보면 '자친티'에 는 도시에서 떨어진 시골이랄까, 입속에서 우물거리는 소 리라고 하고 싶은 울림이 있다. 그것이 내게는 어딘가 그 리운 소리로 들린다. '자'라는 발음을 할 수 없어 '자'로 발 음하는 아주 어린 아이의 입가를 떠올리게 하는.

지오티라는 시인은 북쪽의 변경 도시 트리에스테에서 태어나 젊은 시절에는 피렌체에서 시를 쓰고 세일즈맨 같 은 일을 하며 살았다. 하지만 결국 트리에스테로 돌아와 그곳에서 1957년 72세의 나이로 세상을 떠났다. 표준어 로 쓴 그의 작품은 고전풍으로 대부분 특별히 이렇다 할 것이 없다. 그런데 트리에스테 말로 쓴 고요한 어조의 서 정시는, 역시 이 지방에서 태어난 시인이자 작가이며 영 화인이었던 피에르 파올로 파졸리니Pier Paolo Pasolini를 비 롯한 많은 시인이나 비평가에게 높은 평가를 받았고, 오 늘날에도 여전히 사람들의 사랑을 받고 있다. 위대한 시 인이라고까지는 말할 수 없을지 모르지만, 그의 시를 읽 으면 길고 힘든 여행을 마친 후 불 켜진 집에 당도했을 때 처럼 안도를 느끼게 된다. 내내 기다렸던 사람이 드디어

와준 것 같은 기분이 들기도 한다. 단조의 장점을 충분히 느끼게 해주는 시인이라고 할 수 있을 듯싶다. 두 아들이 러시아 전선에서 전사하고 아내가 정신이상을 겪고 있는 애처로운 처지에서 조용히 파묻혀 살았던 모양이다.

내가 아직 파리에서 유학하던 무렵, 비교문학 수업에서 이탈리아어에는 방언이 많고 나폴리나 베네치아, 로마 등의 방언은 역사에 남을 만한 시인도 배출했다는 이야기를 듣고 무슨 소리인가 생각했다. 몇 년 후 이탈리아에 살게 되면서 처음에는 그저 표준어를 알아듣는 일에 여념이 없었다. 하지만 머지않아 점점 어디 방언인지 조금씩 알게 되었다. 그리고 좋아하는 방언, 그다지 좋아하지 않는 방언, 싫어하는 방언 등이 내 안에서 몇몇 층을 만들어갔다. 또한 이탈리아에서 방언이라는 것은, 중앙 집권이 빨리 확립된 일본이나 프랑스와 달리, 각 도시의 역사와 문화의 전통이 세련을 거듭해온 과정에서 각각의 '국어'에 가까운 감각을 갖게 되었다는 사실도 알게 되었다. 내가 가장 오래 산 곳이고 추억도 많은 밀라노 사투리는 지금도 들으면 깜짝 놀란다. 하지만 그다지 배우고 싶다고, 말하고 싶다고 생각한 적은 없다. 이탈리아어치고는 소리가 딱딱해서 동그스름한 면이 없다. 말하자면, 부드러움이 없다. 밀라노 사투리로 시를 쓴 카를로 포르다(Carlo Porta, 1775~1821)의 작품에는 표정이 있어 서민적인 감정이 노래에 잘 스며들었다고는 생각하나 그 이상 마음에 끌리는 것은 없다.

나폴리 방언도 생기가 넘쳐 음탕하고 난잡한 나폴리 거리와 많이 닮았다. 살바토르 로사(Salvator Rosa, 1615~1673)의 시라든가 에두알도 드 필리포(Eduardo de Filippo, 1900~1984)의 희곡을 읽으면 대강 알 수 있는데, 무심코 끌려 들어가는 듯한 인간성으로 흘러넘쳐 어딘가 오사카 사투리와 닮은 재바른 면이 있다. 쓸데없이 요란하고 감상적이며 색채가 풍부해서 아주 근사한 말인 것은 틀림없는 사실이다. 하지만 무슨 까닭인지 나는 베네치아에서 동북쪽으로 뻗은 아드리아해를 끼고 있는 지방의 말에 강하게 끌린다. 일반적으로 북쪽의 문화에는 집착하지 않지만, 이것만은 예외여서 한없이 그립다.

그립다고 해도 스스로 그 지역에 여러 번 간 것은 아니다. 생전에 남편이 밤에 잠자리에 들기 전 사바의 시를 소리 내어 읽어준 정도에 지나지 않는다. 그 후에는 억양을 흉내 내어 스스로 살짝 발음해보지만, 그래도 말을 할 수는 없다. 그 지방에 가보면 말이 지저귀는 듯이 빨라 도무지 따라갈 수가 없다. 내게는 순수하게 책 안에서만의 말인 것이다. 그런데도 아주 옛날 기억에서 떠오르는 듯한 따뜻함과 그리움에 휩싸이는 것은 대체 어찌 된 일인가.

지오티 이야기로 돌아가자면, 이 사람이 쓴 《용도 없는 비망록》이라는 작은 일기체 문장을, 일본으로 가져간 남편의 장서에서 찾아내 읽은 적이 있다. 1957년 트리에스테의 작은, 거의 무명에 가까운 출판사에서 발행되었다. 불과 90쪽밖에 안 되는 얇은 책이다. 그런데 내용은 1944년부터 1955년까지의 세월 동안 쓴, 죽은 두 아들에게 보내는 진혼곡이다. '용도 없는'이라는 뜻은 읽게 할 사람이 죽어서 없기 때문이다. 그래도 시인은 유고 안에 그것을 제대로 정리해 두었다고, 역시 트리에스테의 작가인 지아니 스투파리치(Giani Stuparich, 1891~1961)가 서문에 썼다. 일기는 아들 파올로가 러시아군에 붙잡혀 수용소에 수감 중 폐렴에 걸려 죽었다는 것을, 전우였던 사람이 보낸 편지로 알게 된 날의 사흘 후부터 시작된다. 이미 3년 전에 죽었는데도 그날까지 지오티는 아무런 소식도 받지 못했다.

그러므로 내내 돌아오기를 기다리고 있었던 것이다.

그걸 읽고 나는 전쟁에서 죽은 외사촌인 요시후미義文 오라버니를 떠올렸다. 이모의 장남으로, 내 어머니가 가장 예뻐한 조카였다. 사촌이 아주 어렸을 때 아직 결혼하지 않았던 어머니는 언니 집에 머물며 가사를 도왔었다. 어머니는 우리가 어렸을 때 당신의 마음에 들지 않은 행동을 하면 곧바로 요시후미는 그런 짓 안 했어, 하고 말했다. 뜰에 화초 모종을 심어놓고는 자리를 잘 잡았는지 궁금해 몇 번이고 건드려본 탓에 화초들이 뿌리를 내리기 전에 말라버렸다는 이야기며, 그에 관해서는 여러 가지 에피소드가 있었다. 그래서 나와 여동생은 이따금 요시후미 오라버니 이야기 좀 해줘, 하며 어머니를 졸랐다. 기억으로는 피부가 희고 눈매가 시원한 청년이었다. 도쿄의 대학에 다니던 무렵에는 가끔이지만 아자부麻布의 우리집에 놀러 오곤 했다. 언젠가 어머니가 요시후미는 책을 많이 읽어서 도쿄대에 쓱 들어갔어, 하고 말해서, 내가 책을 읽으면 혼내면서 왜 요시후미 오라버니는 괜찮다는 걸까, 하고 생각했다. 요시후미 오라버니를 마지막으로 본 것도 아자부의 집에서였는데, 그는 거실의 직사각형 목제 화로 옆에서 어머니와 오랫동안 이야기를 나누고 돌아갔다. 하지만 저녁은 먹지 않았던 것 같다. 어머니가 먹고 가라는 말을 하지 않았는지도 모른다. 어머니는 그런 말을 거침없이 하지 못하는 사람이었다. 요시후미 오라버니는 학도 출진[4]으로 군대에 가야 해서 작별 인사를 하러 온 거였다는 이야기를 나중에야 들었다.

전쟁이 격렬해지자 이모 부부는 반슈播州[5]의 벽촌에 있던 조상 대대로 내려온 무가武家 저택으로 소개했다. 어머니도 내 여동생과 남동생을 데리고 그 집에 신세를 졌다. 어느 날 이모부는 아침을 먹은 후 매일 하는 우타이謠[6] 연습을 하지 않았다. 오늘은 어쩐 일이지, 하고 어머니가 이상하게 여기고 있는데 이모가 어머니에게 와서 어젯밤 요시후미가 돌아온 꿈을 꾸고 그 양반 기분이 좋지 않아, 하고 말했다. 진흙투성이인 채로 아버지, 인사하러 왔습니다, 하는 말만 하고 휙 사라졌대. 이상한 꿈이지? 이모는

---

4) 1943년 12월부터 병력을 보충하기 위해, 그때까지 학생에게 주어졌던 징집 유예 특권이 폐지되었다.
5) 효고현 서남부에 있었던 하리마노쿠니播磨国의 별칭.
6) 가면 가극인 노가쿠能楽의 가사歌詞에 가락을 붙여서 부르는 것.

늘 작은 소리로 이야기하는 사람이었지만 그날은 그나마 도 간신히 알아들을 수 있을 정도로 속삭이는 듯했다고, 나중에 어머니에게 들었다. 이모부는 그것을 일기에 썼는 데, 그로부터 얼마 지나지 않아 패전을 맞았고, 요시후미 의 전사 통지서가 도착했다. 그리고 1년쯤 지난 어느 날 이모부에게 요시후미의 전우였던 사람이 편지를 보내 그 의 최후에 관해 알려주었다. 필리핀 전선에서 병에 걸려 죽었다는 것이다. 편지에서 알려준 사망일이 이모부가 꿈 을 꾼 날과 같았다. 그 아이는 어렸을 때부터 빈틈이 없었 으니까 인사하러 온 거야. 착한 애는 빨리 죽는구나. 어머 니는 이렇게 말하며 슬퍼했다. 머지않아 이모부가 세상을 떠나고 그 후 곧 이모도 세상을 떠났다. 어머니는 두 분 다 좀 더 살았으면 좋았을걸, 하고 탄식했다. 두 분은 어머 니가 가장 의지했던 사람들이었다.

지오티의 일기에도 전쟁에서 죽은 아들 꿈을 꾼 이야기 가 나온다. 부고를 받고 나서 꾼 꿈 이야기다. 열 살쯤의 파올로가 있다. 자신이 밖으로 나가려고 파올로, 같이 갈 래, 하고 말을 건다. 무자Muggia까지 가니까 데려가 줄게.

그런데도 어린 아들은 (그 녀석은 자주 그런 모습을 하고 있었지만, 이라고 지오티는 썼다) 저쪽을 보고 땅바닥에 웅크리고 앉은 채 아무 말도 하지 않는다. 어린 아들의 침묵에 상처를 받은 시인은 혼자 나간다. 높은 담장을 따라 길을 걸으며 치밀어 오르는 오열을 참을 수가 없다. 그리고 평정심을 잃은 자신이 부끄러워 사람들이 보면 안 된다며 꿈속에서 주위를 둘러본다.

이렇게 하여 지오티는 '생각지도 못했던' 슬픔을 혼자 짊어지고 살아가게 된다. 부고를 받은 지 1년이 지난 어느 날, 길을 걷다가 하마터면 시인 움베르토 사바와 맞닥뜨릴 뻔했다고 쓴 구절이 있다. 만나면 겉치레 인사만으로 끝나지 않는다. 사바도 분명히 그렇게 생각할 것이다. "그렇게 되면 나도 그도 무슨 말을 어떻게 해야 좋을지 모를 게 뻔하다. 아마 마음에 없는 무의미한 말을 주고받을 것이다. 어떻게든 그것을 피하고 싶어서 재빨리 몸을 숨길만 한 건물 입구나 가게가 없는지 주위를 둘러보았다. 그런데 다행히도 초록색 재킷을 입은 사바가 치즈 가게로 들어갔다. 나를 본 것일까. 아마 그럴 것이다. 나 때문에 사바는 생각지도 못하게 치즈나 뭔가를 사야 할 처지가 되었다."

　시간만 지나간다. 나는 울 수가 없다. 어느 날 지오티는 이렇게 썼다. 파올로를 위해서도 울 수 없었다. 울지 않은 것은 "어쩌면, 설령 울어봤자 아무도 옆에 있어 주지 못하기 때문 아닌가"라고도 썼다. 정신이상을 겪고 있는 아내는 집에 없었다. 《용도 없는 비망록》의 슬픔은 깊고 고독하다. 그런데도 거기에는 아주 예전 친구를 만난 듯한 마음 편한 반가움이 있다. 첫머리에 소개한 〈히아신스〉라는 시는 아마 시인이 아직 젊어 그의 결혼생활이 아침 햇살처럼 신선한 기쁨으로 가득 차 있었을 무렵의 작품일 것이다. 그 시에는 창백한pallido이라는 단어가 여러 번 나온다. 이것은 안색이 창백하다고 할 때 주로 사용되는 형용사다. pallido라는 단어를 영어로 배웠을 때부터 나는 줄곧 이 형용사를, 예컨대 얼굴이 창백하다고 할 때처럼 어딘가 부정적인 느낌으로 받아들였다. 하지만 이탈리아어에서는 여자의 안색이 창백할 정도로 하얗다가 찬사로 쓰이는 것을 몇 번이나 맞닥뜨렸다. 창백함이 도는 피부색. 그것이 히아신스의 연보랏빛과 겹쳐 있다.

히아신스라고 하면 생각나는 게 있다. 아자부에 살았던 어느 해 가을, 나는 용돈을 모아 시부야의 큰 꽃집에서 히아신스 알뿌리 두 개를 샀다. 뜰의 양지바른 곳을 골라 묻었더니 한겨울에 작은 싹이 나왔다. 이런 추위 속에서, 하고 걱정되어 나는 학교에 가서도 공부에 집중이 안 됐다. 낮에도 밤에도 옆에 있어 주고 싶은 심정이었다. 결국 헛간에서 찾아낸 몇 장의 유리판으로 그것을 둘러싸고 밤에는 거적으로 덮어주었으며 매일 아침 그 위에 뜨거운 물을 부어주었다. 히아신스의 싹은 서리에도 지지 않고(그 무렵 아자부 주변에서는 아침이면 땅에 사각사각 서릿발이 섰다), 고양이에게도 밟히지 않고 무사히 꽃을 피우기에 이르렀다. 그런데 막상 꽃이 피고 보니 두 그루 다 보라색이었다. 수수하고 쓸쓸한 색이어서 살짝 슬펐다. 핑크빛 히아신스였으면 더 좋았을 텐데, 하고 생각했다. 그러자 나의 광적인 열성을 늘 웃으며 지켜보던 어머니가 위로해주었다. 나는 보랏빛이 훨씬 더 예쁜 것 같은데. 이렇게 말해준 어머니에게는 보랏빛 꽃이 잘 어울렸다.

대학생 시절에 읽은 사포Sappho의 시들 가운데 히아신스를 읊은 작품이 있다. 목동의 발에 짓밟힌 보랏빛 히아신스가 "여전히 흙 속에서 보랏빛 꽃을 피워낸다"라는 구레 시게이치(吳茂一, 1897~1977)의 번역이다. 의미가 확실하게 파악되지 않았지만, 히아신스와 목동의 조합이 의외였다. 히아신스 같은, 온실을 연상시키는 꽃이 들에 피어 있다는 것이 신기했다. 사포의 허구가 아닐까, 라고도 생각했다. 그래도 흙투성이 억센 남자의 발과 그것에 짓밟힌 히아신스의 보랏빛은 깊은 인상으로 남았다.

그 의문은 처음으로 맞이한 파리에서의 봄에 다소 풀렸다. 어느 날 나폴레옹과 관련이 있는 마르메종이라는 교외의 성을 방문했을 때 근처 숲 여기저기에 비쩍 마른 보랏빛 히아신스가 피어 있는 것을 보았다. 보기에도 빈약하여 도무지 히아신스로 보이지 않았다. 하지만 향기는 바로 그 꽃이었다. 함께 간 중국인 친구가 프랑스어로 '자생트jacinthe'라 불린다고 알려주었다. 나는 히아신스가 들에 피어 있는 먼 외국에 와 있다고 생각했다. 몇 송이 꺾어 손수건에 싸서 파리로 돌아왔다.

정말이지 그날은 봄날씨 같은 날이었다. 그러므로 전차를 타고 파리로 돌아오자 센강 부근의 대학가 도로에도 사람과 자동차가 흘러넘치고 있었다. 하루를 교외에서 보내 젊은이들이 돌아온 것이다. 차들은 범퍼며 사이드미러에까지 보랏빛 히아신스와 노란색 나팔수선화를 새끼처럼 엮어 매달고 있고, 모두가 마구 경적을 울렸다. 꽃의 아리따움과 젊은이들의 들뜬 기분에 거리 전체가 흥분되어 있어서 아아, 이것이 파리일지도 모르겠구나, 하고 생각했다. 전해 가을에 도착해서 유사 이래 가장 춥다는 한파가 몰아친 겨울에는 돈도 부족하고 공부도 지지부진하여 멋진 일은 하나도 없다고 생각했던 파리가 그날은 화려하게 웃고 있는 것 같은 기분이 들었다.

그로부터 30년이나 지난 어느 해 이른 봄날, 나는 트리에스테의 길을 걷고 있었다. 사바가 걸었던 길을 혼자 더듬어 보고 싶다고 오랫동안 바라기만 하다가 드디어 실행에 옮긴 것이다. 여정이 멀다는 것을 알았지만 나는 교통편을 이용하지 않고 언덕 위의 숙소에서부터 걸어서 시내로 내려갔다. 도심의 술렁거림 속에 몸을 두자마자 둥근 돔이 있는 증권거래소 앞에서 한 소녀가 작은 꽃다발을 들고 행인에게 팔고 있는 모습과 맞닥뜨렸다. 변변찮은 옷차림의 소녀는 손도 새까맣게 더럽고 머리에 쓴 스카프도 꽃무늬를 알아볼 수 없을 만큼 색이 바래 있었다. 단지 보랏빛의 시든 히아신스만이 도시 주위로 살며시 다가오는 이른 봄을 알리고 있었다. 사포의 히아신스, 그리고 지오티의 히아신스를 떠올린다.

빛나는 창백함으로, 타오르는 창백함으로.
희망과 같은, 좋은 향기로.

이 시의 마지막 몇 행에 나오는, 발돋움하여 식탁 위를 들여다보는 '누군가'는 비척비척 걷는 장남일 것이다. 러시아에서 죽은 파올로가 장남이었던 것일까. 아니, 또 한 명의 아들인 프랑코일지도 모른다.

일기에는 또 이런 부분이 있다. 이 페이지에는 분명하게 쓰여 있다, 프랑코가 있다면 마음에 들어 했을 텐데, 프랑코에게 소리 내서 읽어주었을 텐데.

프랑코도 파올로와 마찬가지로 러시아 전선에서 전사했다. 베네치아에서 우디네, 트리에스테에 걸친 지역의 많은 젊은이가 러시아에서 목숨을 잃었다. 이 지역의 부대를 대대적으로 보낸 것일까. 이탈리아에서는 레지스탕스들이 연합군과 협력하여 파시스트 정권을 뒤집음으로써 전쟁이 끝났다. 그러므로 러시아에 파견된 병사들은 자국에서 버림받은 형국이 되어 엄청난 고생을 했다는 이야기를 들은 적이 있다.

괴로운 나날을 꿋꿋이 살아낸 만년의 지오티에게는 평온함으로 가득 찬 작품이 있다. 이것 역시 트리에스테 말로 쓴 1953년 작품이다. 제목은 '어느 날 아침, 해변에서'다.

파란 바다에 작은 배가 떠 있고,
산 위에는 햇살이 비치는 작은
마을이, 크고 하얀 구름 밑에 있다.
내 안에 있는 또 한 사람이, 그 녀석이,

그 작은 배에 올라타, 밝은
해원海原을, 어디까지고 가고 싶다, 고 한다,
어디까지고. 그러고 나서 내내 그
빛 속의 마을까지도 가고 싶다, 고 한다.
나는 웃으며 안돼, 라고 한다.
그 녀석은 웃으며 괜찮아, 괜찮아, 라고 한다.

이 시에서 '그 녀석'이라 불린 사람은 어쩌면 지오티가 사랑했던 사람들, 그보다 먼저 죽은 사람들이 아닐까, 하고 나는 생각한다. 전후 즈음에 죽은 비토리오 볼라피오 Vittorio Bolaffio라는 트리에스테의 화가와도 사이가 좋았던 듯한 아들 파올로일지도 모른다. 어쨌든 지오티가 다시 이런 시를 쓸 수 있게 되어 다행이라고 생각한다.

지오티는 사바와 같은 해에 세상을 떠났다.

빗속을 달리는 남자들

　가느다란 대나무 다발이 내려 찍히듯 줄기차게 내리는 비를 장대비라고 한다. 그리스의 어디쯤인지 알 수 없는, 에게해 지방의 파란 바다 이미지와는 좀 먼 작은 항구에 아침부터 세찬 비가 줄기차게 내리고 있다. 이제는 좀 그치면 좋겠다고 생각될 정도로 계속해서 내린다. 어느새 나도 영화의 주인공들과 함께, 이탈리아의 변두리나 지방 도시에 가면 흔히 있는 벽만 몹시 하얀 카페 안에 있는 느낌으로 팔짱을 낀 채 그저 비가 그치기만을 기다리고 있다. 이야기의 진행에서 보면, 한시라도 빨리 비가 그치지 않으면 곤란해진다. 그저 넓기만 하고 주크박스나 그날 밤 열릴 항구의 축제에 나가는 예인들의 탁한 목소리 등의 소음으로 가득 찬 카페의 액자 같은 사각 창 너머로 물보라를 일으키며 내리치는 빗줄기가 보인다. 부두 앞에 있을 바다는 비안개에 덮여서 거의 보이지 않는다. 창밖에서 곤란한 일이 일어났고, 그것은 특별히 비가 그친다고 해결될 성질의 것이 아니다. 하지만 이런 비라면 설령 아무 일이 없다 해도 심약해지고 만다. 그리스 영화감독 테오 앙겔로풀로스(Theo Angelopoulos, 1935~2012)의 아름다운 작품 〈시테라섬으로의 여행Voyage to Cythera〉(1984)의 거의 마지막 부분에서는 비가 너무나도 멋지게 사용되어 나는 거의 우산을 받치고 보고 싶은 기분마저 들었다.

카페에 모여 있던 예인들 중 몇몇이, 영화의 스토리로 보면 좀 억지스러운 항구의 축제 준비를 위해 비가 내리는 바깥으로 호출된다. 선두에 선 남자가 먼저 문을 열고 밖으로 뛰쳐나간다. 우산은 갖고 있지 않다. 그래서 얼굴을 살짝 숙이고 목을 움츠리며 일단 양복의 깃을 세우고 나서 두 손으로 윗옷 앞섶을 단단히 잡고 달리기 시작한다. 그것을 본 순간 나는 아아, 저렇게 달리는 방식을 알고 있는데, 하고 생각했다. 그리스만이 아니다. 이탈리아에서도 그럴 때 남자들은 그런 모습으로 달린다. 두 손으로 양복 깃 아래를 쥐는 형태가 되는데 그때 좌우의 엄지를 수직으로 세우고 나서, 일본에서 떼끼 하며 아이를 혼낼 때와 같은 모습의 두 주먹이 가슴 앞에 놓인다. 이탈리아에서 살던 때도 그것을 볼 때마다 나는 이상한 모습이라고 생각했다. 하지만 누구를 향해 이상하다고 한 것도 아니다. 왜 비를 뚫고 달릴 때는 다들 같은 자세냐고 물어본 적도 없다. 나 혼자서 그냥 궁금해하며 보고 있었을 뿐이다. 카페에서 한 사람, 또 한 사람 뛰쳐나가는 남자들의 장면에 마음을 빼앗기고 있었다. 그러다가 결혼 전부터 입었던 파르스름한 빛이 도는 회색 바탕에 자잘한 글렌 체크의 윗옷 깃 바로 아래쯤을 두 손으로 끌어당기듯이 하고 머리를 낮게 한 채 죽었던 남편이 부두의 카페 남자들과 함께 앙겔로풀로스의 영화 안에서 달려가 버린 것 같은 기분이 들었다.

영화관의 어둠 속에서 멍하니 그런 생각을 하다가 문득 깨달았다. 그런 모습으로 달리는 것은 역시 장인이나 직공 같은 계급의 사람들뿐인 게 아닐까. 그러고 보니 이탈리아에서 살게 된 후 한 가지 깜짝 놀란 일이 있었다. 학생을 포함하여 생활이 빠듯한 계급의 남자들은 우산을 갖고 있지 않다는 사실이다. 런던의 신사들은 일찍부터 중산모를 쓰고 우산을 팔에 걸친 채 걷는 게 그들의 상징이었다. 그런데 이탈리아에서는 적어도 20년쯤 전까지 우산은 일종의 사치품이지 않았을까. 무엇보다 시내에 우산 가게가 없으니, 어디서 팔고 있을까. 그런 까닭에, 소나기라도 만나면 윗옷의 앞섶을 손으로 잡고 달리는 인종과 그렇지 않은 인종으로 나뉜다. 그리스에서도 아마 그럴 것이다.

결혼하고 얼마 지나지 않았을 무렵, 남편이 귀가할 시간에 소나기가 쏟아져 그의 우산을 들고 집에서 2, 3분 거리인 시영전차 정류소까지 마중을 나갔다. 가게에서 출발하기 전에 전화를 해왔기 때문에, 나는 시간을 가늠하여 집을 나섰다. 3월22일 거리의 정류소 앞에서 기다리고 있으니 남편이 전차에서 내렸다. 내리려고 할 때 분명히 나와 시선이 마주쳤다고 생각했다. 그런데도 그는 나를 못 본 듯이 혼자 건널목을 건너가 버렸다. 마중 나온 게 겸연쩍었던 걸까. 아니면 마중 나온 것을 달갑지 않은 친절이라고 느낀 걸까. 집에 도착하고 나서 물어도 그는 끝까지 나를 보지 못했다고 우겨서 싸움도 되지 않았다. 나는 그가 분명히 나를 봤다고 지금도 확신한다. 나를 내버려 두고 가버린 그때의 그도 빗속에서 두 손으로 윗옷의 앞섶을 단단히 잡은 채 달려갔다.

남편이 자란 변두리 철도원 주택의 이웃이었던 토니 부셰마도 윗옷을 잡고 달리는 부류의 사람이었다. 두 번째이자 마지막으로 그를 봤을 때, 그는 그런 모습으로 도심의 거리를 쏜살같이 달려갔다.

토니는 남편과 같은 철도원 관사의 같은 동에 살았던 부셰마 일가의 차남이었다. 엘리베이터가 없는 건물 입구에 들어서자마자 맨 앞에 시댁 문이 있고, 그 앞의 계단을 4층까지 올라가면 부셰마가의 문이 있었다.

토니 이야기로 옮겨가기 전에 이 부셰마라는 성에 대해 이야기하지 않을 수 없다. 이탈리아어로 셰마는 바보 또는 얼간이라는 의미를 지닌 단어의 여성형이라서 얼간이 여자라고도 번역할 수 있다. 그뿐 아니라 이탈리아어로도 좀 우스꽝스러운 어감의 '부'라는 소리가 앞에 붙기 때문에 부셰마라는 성은 듣기만 해도 웃음이 나올 정도로 이상한 이름이다. 이런 성으로는 도저히 출세할 수 없는 그런 느낌인 것이다. 성만 해도 기발한데, 토니 부셰마는 괴짜가 많은 철도원 관사에서도 유달랐다.

부셰마 일가가 시댁과 같은 건물에 산다는 것을 안 것은, 내가 페피노 리카와 결혼하기 며칠 전이었다. 그날은 뭔가 의논할 일이 있어 페피노의 집으로 찾아갔는데 열쇠가 잠겨 있지 않은 현관문을 열자마자 생각지도 못한 광경이 눈에 들어와 나는 완전히 기세가 꺾이고 말았다. 매년 10월이 되면 그의 어머니가 지하실에서 옮겨와 현관에 설치하는 큼직한 주물 석탄 스토브 옆에서 페피노가 하얀 천을 어깨에 두르고 이발을 하고 있었다. 집으로 이발사가 온다는 것도 당황스러웠지만, 며칠 후에 결혼할 상대의 유유자적하고 아주 가정적인 모습이 좀 겸연쩍고 부끄러웠다. 그도 내가 들어오는 것을 보자 이런 낭패가 있나, 이런 모습을 보이다니, 하는 듯이 살짝 숙인 얼굴 아래로 눈을 치켜뜨고 부끄러운 듯이 웃었다. 나는 거북한 장면을 본 것 같아 상대의 얼굴을 똑바로 보지 못하고 안녕, 이라고만 말하고는 옆으로 빠져나가 거실로 가려는데 그가 뒤에서 나를 불러 세웠다.

"여기는 미켈레 부셰마 씨." 이렇게 말하며 그가 이발사를 소개한 것이다.

'어' 하는 느낌으로 내가 돌아보자 페피노의 머리를 자르고 있던 남자가 가위와 빗을 든 두 손을 잠깐 멈추고 살짝 고개를 갸웃하는 듯이 하며 인사했다.

"안녕하세요, 아가씨."

짧은 반백의 머리를 한, 페피노보다 몇 살 위인 듯한 그 남자는 자못 사람 좋은 듯한 온화한 표정으로 며칠 앞으로 다가온 결혼을 축하해주었다. 키는 작지만 균형 잡힌 체격에 이발사의 하얀 옷은 입고 있지 않았다. 겉치레 인사가 끝나자 미켈레라 불린 그 남자는 다시 빗을 움직이며 페피노와 즐거운 듯 이야기를 계속했다. 스토브의 계절이 되자 연료를 절약하기 위해 현관과 거실 겸 식당 사이의 문은 늘 열어두었다. 그래서 두 사람이 각자 응원하는 축구팀의 성적에 대해 논하고 있는 이야기의 내용은, 식당 테이블에서 시청에 낼 서류를 정리하고 있던 내게도 다 들렸다. 나도 알고 있는 인테르라든가 밀란이라는 팀 이름이 들려왔는데, 신기한 것은 두 사람의 대화가 전혀 열기를 띠지 않았다는 점이다. 페피노는 인테르, 미켈레는 밀란 팬으로, 서로 경쟁하는 팀을 응원하면서도 페피노가 인테르의 쾌거를 칭찬하면 미켈레는 곧바로 그것에 응하고 마는 것이다. 그렇다고 영합하는 것이 아니라 담담히 자신의 의견을 말한다. 대체 어떤 사람인 걸까.

잠시 후 이발이 끝나자 페피노는 미켈레를 거실로 초대하여 다시 그를 내게 소개했다. 미켈레는 시영전차의 운전사라고 한다. 같은 건물에 살고 있으며, 돌아가신 아버지가 신호소信號所에 근무했던 페피노의 아버지와 같은 직장 동료였다.

"미켈레는 시영전차 운전사니까 밀라노시의 직원이야."

페피노는 미켈레를 이렇게 소개했는데 '밀라노시의 직원'이라는 말을 중요하다는 듯 힘주어 발음했다. 그 무렵 밀라노의 시영전차 노동조합은 엄청난 기세였고, 급료가 좋은 것으로도 유명했다. 하지만 내 머릿속에서는 시영전차의 운전사와 이발사라는 두 직업이 제대로 연결되지 않아 의아한 얼굴을 하자 페피노가 이렇게 설명했다.

"미켈레는 시영전차에 들어가기 전에 이발소에 있었어. 그러고 나서 전차의 차장이 되었고, 그 후에 다시 시험을 봐서 운전사가 되었지. 하지만 미켈레는 솜씨 좋은 이발사라서 이곳 주민들은 다들 여전히 이 사람한테 머리를 잘라."

소개는 그것뿐으로, 페피노는 화제를 돌렸다. "그건 그렇고, 토니는 요즘 통 보이지 않네."

"집에 안 들른 지 오래되었어."

"큰일이네."

"아니, 성가신 일만 생기지 않으면 괜찮아. 어디에 있든지."

토니라는 이 인물이 미켈레 가족의 일원인 듯한 것은 두 사람의 어투에서 알 수 있었다. 하지만 그 사람은 왜 집에 들르지 않는 건지, 성가신 일이 생긴다는 것은 어떤 상황인 건지, 나는 전혀 알 수 없었다. 그러나 토니에 관한 이야기는 더이상 화제가 되지 않았다. 미켈레는 이발 도구를 신문지에 싼 다음 가죽 가방에 넣어 돌아갔다.

페피노가 토니에 대해 상세히 이야기해준 건 우리가 결혼하고 한참 지난 후였다. 나는 이탈리아어로 말은 대충할 수 있었지만 부셰마라는 성의 어감이 주는 우스꽝스러움까지는 아직 파악하지 못하고 있었다. 어느 날 부셰마 일가에 대한 이야기가 나와서 내가 이름이 이상해, 라고 하자 페피노는 그제야 알아챈 듯 웃으며 말했다. 맞아, 그 성 때문에 그 일가가 얼마나 손해를 봐왔는지 모를 거야.

학교에서도 모두에게 괴롭힘을 당하고 힘들었지.

시영전차의 운전사이며 용돈벌이로 출장 이발을 하고 있는 미켈레가 부셰마가의 장남이고, 그 아래로는 나도 계단참에서 만난 적 있는 지나라는 여동생이 있었다. 문제아인 토니는 막내로, 지능이 상당히 낮은데도 보통의 초등학교에 들어간 바람에 여러 번 낙제한 끝에 만년 3학년으로 공부가 끝나고 말았다. 이탈리아의 초등학교는 3학년 때 첫 진급 시험이 있기 때문이다. 세 형제 중 미켈레만이 돌아가신 아버지의 전처 자식인데, 그는 초등학교를 졸업하자마자 바로 이발소에 도제로 들어갔다. 그런 일을 원망하지도 않고 가족을 끔찍이 생각하는 그는 양친이 세상을 떠난 후에도 이복동생인 지나와 토니를 정성껏 돌보고 있었다. 그런 이야기를 듣고 나는 페피노가 이발하던 날 축구 이야기를 하던 미켈레의 어투가 어딘지 모르게 노인처럼 들렸던 것을 떠올렸다. 자신이 응원하지 않는 팀 이야기를 그렇게 열심히 들을 수 있는 것은 어릴 때부터 고생한 탓인지도 모른다. 그렇다 치더라도 집에 들르지도 않고 성가신 일이 생길지도 모르는 토니는 대체 어떤 인물인지, 한번 만나보고 싶었다. 결혼하고 시댁을 방문하는 횟수도 늘어나자 같은 계단을 이용하는 위층 가족의 상황도 점차 알게 되었으나 토니 부셰마만은 만난 적이 없었다.

토니 같은 애는 집에 없는 게 나아. 무슨 짓을 저지를지 모르니까. 페피노의 동생인 알도는 아무렇지 않게 이렇게 말했다. 얼마 전에도 평소의 품행이 좋지 못한 토니는 집에서 쫓겨났다. 하지만 토니는 눈 하나 까딱하지 않고 건물 지하에 있는 헛간에 자리를 잡아 입주민들에게 큰 폐를 끼쳤다. 시어머니가 말을 이었다. 요전에도 지하실로 석탄을 가지러 간 알도가 이상한 얼굴로 올라왔기에 무슨 일이냐고 물으니까 고약한 냄새가 나, 아무튼, 하며 얼굴을 찌푸리더라고. 쥐나 고양이 때문이냐고 물으니 쥐라면 참지. 악취의 원인은 토니야. 지하실에 틀어박힌 것까지는 그럴 수 있다 하더라도 아무 데나 용변을 보는 통에 끔찍하다니까, 하고는 크게 화를 냈어. 그 애는 원래 안마당에 주차한 차에서 휘발유를 빼내 팔아먹는 일도 누워서 떡 먹기였으니까. 수상한 패거리에 꼬임을 당해 건물의 홈통을 모조리 뜯어내서 팔아먹은 적도 있었고.

그런데도 토니는 꽃과 작은 새를 이상할 정도로 사랑했

다. 하지만 사랑하는 방식이 독특했다. 어디서 구했는지 카나리아 새장을 차례로 지하실로 가져가더니 결국 그 새들이 모두 죽은 일도 있었다. 안마당 화단에 꽃을 심으면 토니가 뽑아버려서 다들 화를 냈다. 토니가 꽃 한 그루, 한 그루에 뭔가 이야기를 하며 뽑고 있는 장면을 본 사람도 있었다.

토니가 집에 여자를 데려온 일도 있었다. 어디서 만났는지 부스스한 머리의 지저분한 중년 여자로, 토니와 마찬가지로 지능이 낮은 것 같았다. 그때는 4층의 부셰마가에서 폭발한 듯한 소란이 일어났다. 토니가 이 사람을 쫓아내면 죽어버리겠다며 창문에 가늘고 긴 다리를 걸치고 가족을 곤혹스럽게 한 것이다. 지나도, 미켈레도, 견실한 사람이라 웬만한 일에는 당황하지 않는 미켈레의 아내까지도 어떻게 토니를 잘 달래서 그 여자를 집에서 내보낼지 난감해했다. 가족 숫자에 맞춰 반세기도 전에 지은 철도원 주택이었기 때문에, 머리가 모자란 토니가 어딘가에서 데려온 여자까지 다 함께 사는 것은 아무리 생각해도 어려운 일이었다. 그 사건은 어느 날 토니가 밖에 나간 사이에 다행히 여자가 도망감으로써 일단락되었다. 하지만 한때는 토니가 계단 위에서 냄비나 식기를 손에 잡히는 대로 내던지는 바람에 아래층에 사는 모든 주민이 위험해서 밖으로 나갈 수조차 없었다.

아마 일요일 밤이었을 것이다. 추운 겨울날로, 우리는 시어머니에게 저녁 초대를 받아 시댁으로 가는 길이었다. 리나테 공항으로 가는 큰길에 면한 철길의 높은 둑 아래의 철문을 빠져나가 안개가 흐르는 시댁이 있는 건물 안마당으로 들어서자, 건물 출입문에 바싹 붙어 쭈그리고 앉아 있는 검은 그림자가 보였다. 페피노, 하고 내가 남편의 주의를 환기하자 그도 순간적으로 걸음을 멈추고 응시했다. 하지만 아무 말도 하지 않고 다시 입구를 향해 걸어가기 시작했다.

우리가 다가가자 검은 그림자가 비틀비틀 일어났다. 비쩍 마르고 무척 키가 큰 남자로, 머리에는 찌그러진 펠트 모자가 올려져 있었다. 어두워서 표정은 알 수 없었지만, 일어난 모습을 보니 휘어진 무릎이 부실한 듯하고, 엉덩이 부분이 툭 튀어나온 바지에는 생활의 비참함이 배어 있었다. 다가온 사람이 페피노인 것을 안 남자는 안녕, 하고 우물거리듯 말하고는 새된 목소리로 뭔가 두세 마디를 발음했다. 하지만 심한 밀라노 사투리여서 나는 그것이 인사 다음에 하는 말이었는지 뭔지 의미를 알 수 없었다. 페피노가 호주머니에서 꺼낸 열쇠로 문을 열자 남자는 한마디 인사도 없이 그 앞을 빠져나가듯 건물 안으로 들어가나 싶더니 그대로 계단을 뛰어 올라가 버렸다. 고맙다거나 하는 말도 전혀 없었다. 순식간에 일어난 일이어서 수상한 사람을 만났다기보다는 밤길에 박쥐나 족제비 같은 작은 동물이 앞을 가로질러 간 것 같은 기분이었다. 남편은 계단 위를 유심히 쳐다보며 내게 작은 소리로 속삭였다. 방금 그 사람이 토니 부셰마야. 뭐야, 빨리 말해주었으면 더 주의 깊게 봤을 텐데. 나는 적어도 얼굴만이라도 똑똑히 봐뒀으면 좋았을 거라며 애석해했다.

토니가 문 앞에 쭈그리고 앉아 있었던 것은, 열쇠가 없어서 어떻게 하면 억지로 열 수 있을까, 해서 열쇠 구멍을 살펴보고 있었기 때문이야. 남편이 너무 자신 있게 그렇게 말해서 나는 그걸 어떻게 알아? 그 사람이 그렇게 말한 거야?, 라고 물었다. 맞아, 하며 그는 말했다. 어렸을 때부터 봐왔으니까, 그 녀석이 하는 일 정도는 다 알아.

그날 밤을 경계로 내 안에서는 토니에 대한 흥미가 부

글부글 발효되고 있었다. 네오레알리스모Neorealismo[7]의 기수 중 한 사람이었던 엘리오 비토리니(Elio Vittorini, 1908~1966)의 걸작 소설《시칠리아에서의 대화》(1941)는 작자가 고향에 바친 찬가라고도 할 수 있는, 건조한 서정이 아름다운 작품이다. 그 소설에는 비토리니가 롬바르디아 거인이라고 칭한 키만 껑충한 몽상가가 등장한다. 꿈속을 허둥지둥 가로질러 간 듯한 토니의 모습과 비토리니의 롬바르디아 거인이 내 안에서 겹쳐지며 어두운 안마당에서 본 토니처럼 비틀비틀 일어나 내 공상을 북돋웠다. 한 번만이라도 토니를 찬찬히 보고 싶다, 하는 생각이 내 안에서 짙어갔다.

미켈레를 처음 만났을 때 토니에게 성가신 일만 생기지 않으면 괜찮다고 한 이유도 내가 철도원 관사에 출입하게 된 이후 조금씩 알게 되었다. 절도를 포함한 크고 작은 범죄에 휩쓸려 토니는 경찰서에 자주 들락거렸다. 그 후에

---

7) 이탈리아에서 1940년대부터 1950년대에 걸쳐 특히 영화와 문학 분야에서 활발했던 조류다. 파시즘과 나치즘에 대한 저항의 시기이고 또 전후의 혼란기였기에, 많은 작가가 처음에는 파르티잔 투쟁, 이어서 정치적 논의에 관여했다. 이 시기 네오레알리스모 영화나 문학은 파르티잔 투쟁, 노동자의 요구, 시민의 폭동이라는 주제를 자주 다루었다.

도 이따금 시댁에서 미켈레를 만나게 될 때 토니에 관해 물으면, 이야, 그 녀석도 참 난감합니다, 하는 대답이 돌아올 때는 대체로 토니가 경찰서 신세를 지고 있는 것이었다. 젊을 때는 경찰에 체포되는 것도 애교로 넘길 수 있었지만 이제 곧 마흔이니까요, 하고 미켈레는 동그랗게 자른 머리를 갸웃하며 한숨을 내쉬었다.

그다음에 토니를 만난 것이 내가 그를 본 마지막이었다. 토니가 서점으로 가져왔다며 남편이 어쩌다 큰 카네이션 꽃다발을 들고 돌아온 적이 있었다. 이야기를 들어보니 토니가 꽃을 선물해준 것이 아니라 길거리에서 팔던 꽃이 남아서 싸게 준다며 페피노에게 강매한 것이었다. 아, 싫어, 그런 걸 사게 하다니, 하고 말하면서도 나는 때아닌 커다란 꽃다발을 화병에 꽂으며 기분이 무척 좋았다. 그리고 토니가 그럭저럭 평상 상태라고 할 수 있는 생활로 돌아왔다는 것은 낭보였다.

그로부터 얼마쯤 지난 어느 날, 우리 부부는 연극을 보러 가는 김에 외식을 하기로 했다. 3월 말쯤으로 비가 많이 오는 계절이었다.

서점을 닫고 둘이서 길을 걸으며 나는 토니가 꽃을 팔

고 있는 곳이 그날 가는 극장에서 그리 멀지 않다는 것에
생각이 미쳤다. 가볼까, 하고 말하자 남편은 그다지 내키
지 않은 것 같았다.

"토니를 만나봐야 재미없어. 무엇보다 극장에 가는 길
이니까 꽃을 사줄 수도 없잖아."

이렇게 말해도, 나는 끝까지 우겼다.

"그래도 저번에 시댁 앞에서 만났을 때는 어두워서 얼
굴을 확실히 보지 못했잖아."

이렇게 말하자, 당신도 참 유별나다니까, 하면서도 식
사를 마치고 시간이 나면 같이 가보자고 말해주었다. 토
니는 폰타나 광장에서 라르가 거리의 리리코 극장 옆으로
빠지는 좁은 길모퉁이 근처에 있을 것이다. 두오모 대성
당 옆의 상점가에서 간단한 식사를 마친 것은 9시가 지나
서였다. 상점가는 진작 닫혔지만, 고서점 창문을 들여다보
기도 하고 대성당 뒤 옛 왕궁의 조명을 담당했던 지인에
관해 이야기하며 천천히 걸었다. 오랜만의 산책으로, 평온
한 대화가 즐거웠다. 그때 비가 쏟아지기 시작했다. 소나
기였다. 이런 비는 눈 깜짝할 사이에 세차게 쏟아진다.

얼른 가지 않으면 토니가 없어진다. 그렇게 말하며 그

가 있을 모퉁이로 서둘러 가자, 건물 앞에 놓인 작은 나무 받침대에 카네이션 다발 여러 개가 쌓여 있는 것이 보였다. 그 앞에서 구깃구깃한 펠트 모자를 쓴 남자가 한 손으로 큰 꽃다발을 들고 행인 이 사람 저 사람에게 다가가 그것을 내밀고 있었다. 토니였다.

안녕, 토니. 페피노가 그 옆까지 가서 말을 붙였다. 눈부시게 아름다운 조명이 비치고 있는 밤거리와는 대조적으로 펠트 모자에 반쯤 가려진 얼굴은 거무스름했다. 표정은 분명하지 않았으나 눈만은 반짝반짝 빛나고 있었다. 점점 거세지는 빗속에서 그는 외투도 입지 않은 채였고 흐릿한 색의 양복 안으로 검은 스웨터의 터틀넥이 살짝 보였다.

페피노가 말을 걸자 토니는 기쁜 듯이 어깨를 으쓱하더니 허리를 살짝 옆으로 뒤트는 듯한 자세로 꽃다발을 다른 손으로 옮겨 잡고는 악수를 하기 위해 새끼손가락을 내밀었다. 손이 지저분하니까 이렇게 하게 해줘, 라고 할 때의 방식이다.

"미켈레가 걱정하니까 가끔 집에 연락 좀 해." 페피노가 말했다.

"응." 그 뒤에 토니는, 내가 알아들을 수 없는 그 어두운 숲에 울려 퍼지는 괴이한 새의 울음소리 같은 새된 소리의 밀라노 사투리로 두세 마디 덧붙였다.

비가 거세졌다. 페피노가 자신의 우산을 토니에게 씌워주자 그는 됐어, 하는 듯이 머리를 흔들며 손에 든 카네이션 다발을 받침대 위에 내던지고 우리가 깜짝 놀랄 틈도 없이 근처 건물을 향해 쏜살같이 달리기 시작했다. 작별 인사도 없이 두 손으로 양복의 옷깃 언저리를 단단히 쥐고. 남편과 함께 길을 걸었던 것도, 토니를 본 것도 그것이 마지막이었다.

부엌이 바뀐 날

　마흔 살이 된 시동생 알도가 드디어 스키장이 있는 산
간 지역에서 알게 된 열두 살 적은 실바나를 설복하여 결
혼하기에 이른 것은 남편 페피노가 죽은 지 3년째 되는
해의 일이었다. 시어머니는 무슨 일이 있어도 알도와 떨
어져 살 수 없다고 이전부터 친척들 이 사람 저 사람에게
선언했지만, 막상 며느리인 실바나와 한 지붕 밑에서 살
다 보니 늘 불편한 일이 있는 듯했다. 그때까지는 그 어
디보다 자신의 집이 최고라며 좀처럼 무젤로Mugello 거리
에 있는 우리집에 오지 않았던 시어머니가 이런저런 볼일
이 있다는 구실로 가끔 얼굴을 내밀게 되었다. 그렇지 않
아도 좁은 곳에 실바나와 얼굴을 맞대고 있는 것이 개운

치 않다며 올 때마다 투덜댔다. 하지만 실제로 시어머니가 집에 있고 싶지 않은 것은, 실바나 본인이 이러쿵저러쿵해서가 아니라 그녀가 고향에서 혼수로 가져온 화려한 취향의 가구가 지금까지 자기 마음대로 꾸며온 집 안 풍경을 완전히 바꿔버렸기 때문이라는 생각이 들어 나는 마음이 복잡해졌다.

결혼식 일주일쯤 전에 알도가 전화를 걸어와 실바나의 가구가 도착했으니 보러 오라고 해서 포를라니니 거리의 시댁으로 갔다. 그때까지 그저 변변찮고 살풍경할 뿐이었던 방이 천장까지 닿는 찬장이나 아무래도 너무 큰 육각형 식탁 등 반짝반짝하는 새 제품으로 완전히 점령당해, 나는 순간적으로 뭐라고 해야 할지 몰라 대답할 말이 궁했다. 보세요, 이제야 사람 사는 곳다워졌죠, 하며 젊은 실바나는 아주 태평한 모습이었다. 만약 페피노가 살아 있었다면. 나는 엉겁결에 이렇게 생각하고 있었다. 자신과 함께 살아온 낡은 가구가 치워지고 아무런 관계도 없는 가구에 둘러싸여 당황하는 어머니를 본다면 그는 뭐라고 했을까. 그렇게 생각하자 실바나 옆에서 흡족한 얼굴을 하고 있는 알도가 좀 밉살스러웠다.

내가 페피노와 결혼한 1960년대 초는 아직 세상도 평온했고, 그의 본가가 있는 철도원 관사에는 잔소리가 심한 문지기가 있었다. 그러므로 시어머니는 낮에 혼자 있어도 바깥 문을 잠가놓는 일이 거의 없었다. 사촌인 나탈리나가 시골에서 올라올 때마다 닦아주어, 모든 것이 칙칙한 가운데 그것만 팔팔하게 빛나는 놋쇠로 된 동그란 손잡이를 밀고, 이어서 불투명 유리를 붙인 문을 열어, 현관이랄 수 있는 어두운 입구에서 저예요, 하고 말하면 안쪽 부엌에 있는 시어머니가 의자를 삐걱거리며 일어나는 기척이 들린다.

부엌이라고 해도, 가스대·냉장고·개수대가 있는, 한 사람이 간신히 들어갈 수 있는 크기의 실질적인 주방과 연결, 이 집 사람들이 잠잘 때를 제외하고 하루 중 대부분의 시간을 보내는 방이었다. 하지만 팥죽색 도기 타일을 붙인 바닥은 여기저기 금이 갔고, 다소 더러워지고 색이 바랜 벽은 이미 몇 년째 다시 칠하지 않은 것이 분명했다. 방 한가운데에는 비닐 보를 덮은, 일찍이 네 명이나 되는 아이들이 부모와 함께 앉은 날들이 있었다는 것이 믿어지지 않을 만큼 작고 미덥지 못하며 변변찮은 나무 탁자가 있다. 그리고 그 둘레에는 어느 것이나 앉자마자 기우뚱 흔들리며 삐걱거리는 의자 몇 개가 마치 난폭한 손으로 힘껏 내던져진 것처럼 아무런 질서도 없이 늘어서 있었다. 거무스름하게 낡기만 한 찬장 옆의 벽에 바짝 댄, 그중에서도 손상이 심한 의자 몇 개에는 페이지가 넘겨진 채 찌부러진 책이며 타이프용 얇은 종이에 갈긴 메모가 산더미처럼 쌓여 있다.

1층의 어느 창 위에도 2층 발코니가 튀어나와 있어 비가 내리는 날에는 실내가 바로 옆도 잘 보이지 않을 만큼 어두웠지만, 시어머니는 전등도 켜지 않고 바느질을 했다. 아니, 굳이 말하자면 시어머니는 바느질에 서툴렀다. 가끔 알도의 작업복 이음매를 수선할 때 작업복 하나 제대로 살펴주지 않는 아들의 근무처를 저주하고, 급료에서 모조리 차감되는 각종 공제를 저주했다. 그러니까 중학교 정도는 나와야 한다고 돌아가신 아버지가 그렇게 말했었는데, 하며 꽤 오래된 이야기까지 끄집어내 화를 냈다. 대개는 돋보기를 쓰고 책을 읽었지만, 책이라고 해도 양장본으로 된 책이 아니라 길모퉁이 매점에서 파는, 눈물을 쥐어짤 만한 사진이 들어간 로맨스물이나 페피노가 통근길

전차에서 읽기 위해 사 오는 몬다도리사에서 나온 노란색 표지의 추리소설이 대부분이었다. 그러다 내가 들어가면, 시어머니는 이런 책은 언제든지 읽을 수 있으니까 좋아, 하고 변명하며 허둥지둥 치워버렸다.

시댁에 출입하게 된 것은 내가 로마에서 밀라노로 옮겨와 결혼하기 열 달쯤 전의 일이었다. 그런데 당시 무엇보다 나를 당혹스럽게 하고 동시에 타인에게 들키고 싶지 않은 부끄러운 비밀처럼 내게 다가온 것은, 이 어둑한 방과 그 안에서 생활하는 사람들의 의식을 덮쳐 누르는, 언제 그칠지 모르는 장마처럼 그들의 인격 자체에까지 야금야금 스며들어 기존의 모든 해석을 완강히 거부하는 듯한 '가난'이었다. 나 자신이 조금씩 그 안으로 편입되어감에 따라 나는 그들이 안고 있는 그 '가난'이 단순히 금전적인 결핍에서가 아니라 이 가족을 차례로 덮쳤으나 살아남은 그들로부터 삶의 의욕을 빼앗아버린 불행에서 유래하는, 거의 파괴적이라고 해도 좋은 정신 상태가 아닐까, 하고 생각하게 되었다. 이 사람들은 물속에서 호흡을 멈추듯이 하며 다음 불행까지 살아남는다. 그리고 그것이 이 사람들에게 유일하게 가능한 현실인지도 몰랐다.

내가 물어본 적도 있고 그쪽에서 아무 생각 없이 이야기를 꺼내는 일도 있었지만, 내가 찾아가면 시어머니는 부엌의 식탁을 사이에 두고 그녀의 네 자식 중 젊어서 죽은 장남 마리오와 딸 브루나에 대한 이야기를, 묵주의 구슬을 손가락 끝으로 넘기듯이 차례로 계속했다.

두 사람이 죽은 것은 전쟁이 끝난 후, 결핵이 가난한 사람에게는 여전히 죽음에 이르는 병으로 두려움의 대상이었던 무렵이었다. 마리오는 발병 후 스위스 국경 근처의 결핵 요양소에 반년 가까이 있었으나 고열이 이어지다 결국 뇌증을 일으켜 혼수상태에 빠진 상태로 침대차에 실려 집으로 옮겨온 지 일주일 만에 숨졌다. 대체 어떤 병이었는지 나는 알 수가 없었어. 시어머니는 이렇게 말하며 아들을 데려간 병명을 입에 담는 것조차 싫어했다.

그 아이는 마치 좋은 집안의 도련님 같았어. 이것이 21년의 짧은 생애를 마친, 그녀의 둘도 없이 소중한 장남에 대한 애도의 말이었다. 얼굴이 갸름하고 살갗이 희었으며 우리 누구와도 닮지 않았어. 게다가 나는 마리오 때문에 한 번도 고생한 적이 없어. 시어머니는 이렇게도 말했다. 그 아이는 우리를 기쁘게 하기 위해서만 태어났어.

매년 그의 기일인 1월 18일이 가까워지면 시어머니는, 내가 대신 죽었어야 했는데, 하는 말을 되풀이했다. 기분 상하지 마, 라고 시어머니는 내게 사과했다. 이 시기가 되면 뭘 어떻게 생각해야 할지 모르겠어, 라는 말을 하며. 1월 19일이 생일인 나는 오랫동안 시어머니에게 그것을 말할 수 없었다.

마리오가 죽고 얼마 지나지 않아 열여덟 살인 막내 브루나가 발병했다. 병원에서 결핵이라는 진단을 받았을 때부터 그녀는 자기도 오빠처럼 죽을 거라는 말을 계속하며 단호하게 입원을 거부한 채 자리에 드러누운 지 석 달 만에 죽고 말았다. 죽은 날 아침, 시어머니가 방으로 들어가자, 엄마, 나, 오늘 죽을 거니까 신부님 부르러 가. 이렇게 부탁하고 정말 그날 오후에 세상을 떠났다는 것이다. 기가 센 아이라서, 하고 시어머니는 몇 번이나 말했다. 그 고집은 나를 쏙 빼닮았어.

이삭이 나온 옥수수밭을 배경으로 네 아이가 함께 찍은 사진을 본 적이 있다. 형답게 부동자세로 똑바로 선 채 미소짓고 있는 마리오가 여덟 살, 페피노가 일곱 살, 이어 머리를 짧게 자른 알도가 두 살 아래였다. 알도는 마치 노인처럼 하얗게 보이는 금발 머리를 뒤로 젖히고 뭐가 그리 우스운지 입을 크게 벌리고 웃고 있다. 동그스름한 무릎에 아주 동그랗고 통통한 두 손을 올린 채 사진 찍는 것이 무서워 울상이 되어 있는 브루나는 막 세 살이 되었을 때다. 어느 아이나 옷을 단정하게 입고 있다. 그런 데에 유난스러운 시어머니의 성격이 드러나 있다.

또 한 장, 브루나가 죽기 몇 달 전에 직접 사진관에 가서 찍은 초상 사진이 있다. 옆으로 비스듬히 찍었는데 살짝 고개를 숙인 자세는 사진관에서 촬영한 것치고는 아주 드문 구도다. 길고 숱이 많은 곱슬머리가 보조개 있는 볼에 걸쳐 있어 소녀다운 수줍음이 사랑스러워 보인다. 머리가 좋고 그다지 말이 많지 않으며 책만 읽는 조용한 아이였다고 페피노가 말한 적이 있다. 원래는 거무스름하다는 의미의 형용사이기도 한 브루나라는 이름이 어울리지 않을 만큼 살갗이 희고 볼록한 볼은 어머니를 닮았으나 짙은 갈색 곱슬머리는 돌아가신 아버지를 닮았다.

그런 시아버지의 사진이 부엌 벽에 걸려 있었는데 미남도 추남도 아닌, 앙상하고 거친 얼굴에 양 끝이 살짝 올라간 얇은 입술이 페피노와 판박이였다. 시어머니가 세상을 떠난 장남과 딸에 비해 남편에 대해서는 그다지 이야기하지 않았던 것은 분방하고 싸움을 좋아했던 남편 때문에 어지간히 속을 끓였던 탓이 아니었을까.

부모님이 했던 마을 술집에 어린 시절의 시아버지가 늘 찾아와서 가게 일을 도왔다고 시어머니가 말하는 것을 들은 적이 있다. 머리가 좋은 아이라고 우리 아버지가 왠지 모르게 예뻐해서 말이야. 계산이 빠르고 읽고 쓰는 것을 잘한다고. 루이지노, 이것 좀 계산해줘, 하고 편하게 여기며 용돈 같은 것도 줬지.

시어머니의 부모가 로바토의 한 동네에서 술집을 운영했다는 이야기는 들었지만, 시아버지의 어린 시절 이야기는 금시초문이었다. 그리고 시어머니 일가는 외숙이며 이모며 그 배우자며 아이며 손자에 이르기까지 시어머니의 이야기에서뿐만 아니라 현실의 교류에서도 뻔질나게 등장했지만, 무슨 까닭인지 '시아버지 일가'는 전혀 등장하지 않았다. 내가 질문하면 시어머니도, 페피노도 말을 얼버무리며 화제를 돌렸다. 딱 한 번 시어머니가 타관 사람이었다든가 떠돌이였다든가 하는 표현을 쓴 적이 있었다. 동네 술집에 불쑥 들어와서는 계산이나 편지 쓰기를 도와

주고는 또 어디론가 사라져버리는 곱슬머리의 영리한 소년. 어쩌면 시아버지의 가족은 남쪽에서 온 사람들이 아니었을까. 그 무렵 북쪽 사람들에게 '남쪽' 출신자와 결혼했다는 것은 며느리에게도 말할 수 없을 만큼 부끄러운 일이었는지 모른다.

또 하나, 시어머니가 그다지 언급하고 싶어 하지 않았던 것은, 철도원이었던 시아버지가 그때까지 근무했던 로바토역 상사와 다퉈서 강등되었고 제1차 세계대전 후 패전국 오스트리아에서 이탈리아령으로 넘어온 볼차노의 역으로 전근을 가게 되었을 때의 일이었다. 시아버지는 자신이 먼저 가보고 나중에 부르겠다는, 일본의 단신 부임 같은 말을 해두고 갔다가 소식을 끊고 말았다. 편지가 오지 않은 것일 뿐이라면 모르겠으나 송금도 하지 않았기 때문에, 어린애 둘을 안은 시어머니는 금세 생활이 어려워졌다.

"어떻게 지내고 있는지 전혀 알 수 없고 돈도 오지 않아서 난감해하고 있으니까 우리 어머니가 내게 말하더라고. 네가 애들을 데리고 볼차노로 가는 수밖에 없다, 남자는 내버려 두면 그대로 끝나게 된다, 하고 말이야. 그래서 나는 마리오의 손을 잡고 페피노를 안은 채 기차를 타고 볼차노까지 간 거지. 알도는 아직 태어나지도 않았어."

알도는 확실히 아직 '태어나지도 않았'지만 그때 시어머니는 산달이었다.

"사전에 편지를 보냈는데 남편은 역에 나오지도 않았어. 동료 역원을 붙잡고 물어보니까 어쩐 일인지 멀리까지 부르러 가더라고. 그러고는 한 시간 남짓 기다렸더니 드디어 조차장 건너편에서 남편이 나타난 거야. 그때는 정말 안심했어. 내가 그렇게 기뻐하고 있는데 남편은 내 얼굴을 보자마자 왜 왔느냐며 격한 목소리로 말하더라고. 하지만 이튿날 로바토에서 보낸 가재도구가 모두 도착하니까 남편도 더이상 도망칠 수 없겠다고 생각한 거지."

이렇게 말하고 시어머니는 거무스름한 찬장이나 삐걱거리는 의자, 매년 부활절 전의 대청소 때 그녀가 비눗물 적신 솔로 닦아서 나뭇결이 완전히 드러난 테이블을 수십 년 전에 맛본 승리의 맛을 다시 한번 음미하듯 둘러보았다. 볼차노에서는 관사를 바로 배당받을 수 없어서 새로 신청한 관사로 옮길 겨울까지의 몇 달을 가족은 역 구내에 방치되어 있던 화물열차 한 량을 빌려 그 안에서 생활

했다고 한다. 여름이라 그럭저럭 참고 견뎠지만, 이가 들 끓어서 아이들은 좀처럼 잠들지 못하고 정말 지옥이었어, 하고 시어머니는 이야기했다. 이탈리아령이 되었다고 해도 이탈리아 사람은 이 동네 인구의 태반을 차지하는 오스트리아계 주민들에게 멸시를 당했고, 가게에 물건을 사러 들어가도 이탈리아어가 통용되지 않는 이 지방에서의 가난한 생활은 필시 무척 힘들었을 것이다. 시어머니가 볼차노에 도착한 지 열흘쯤 지나 그 화물열차에서 알도가 태어났다. 그런 곳에서 사느라 가구가 다 이렇게 상했어, 하며 시어머니는 아직도 분한 듯했다.

볼차노에서도, 그다음에 전근을 간 몬테벨루나에서도, 그리고 또 밀라노에서도 필사적으로 가족의 거주 공간을 확보한 것은 시어머니였다. 벽에 걸린 사진에서는 그렇게 성실해 보이는 시아버지는 아무래도 빈둥거리며 현실적인 일에는 전혀 관심이 없는 사람이었던 모양이다. 그는 사회주의자여서 아이들을 파시스트 조직에 넣고 싶어 하지 않았다.

"그건 그것대로 훌륭하지만." 그러나 시어머니는 그 일에 다소 불만이었던 모양이다. "그 탓에 생활 물자나 식료

품 배급의 할당량이 몽땅 줄어들었거든."

그 이야기를 듣고 나는 알도를 생각했다. 그는 약혼자가 생길 때까지 근처 교회가 운영하는 주니어 축구팀의 코치를 맡기도 하고, 지방에서 올라오는 젊은 직공을 돌봐주기도 했다. 그 때문이라고 해도, 빚이 있고 상사와 싸우고 집에 들어오지 않았던 그는 성격이 시아버지와 닮은 게 틀림없었다. 신경질적이고 치밀한 페피노는 나를 닮아서 오히려 답답해. 시어머니는 이렇게 말한 적도 있다. 체격적으로는 페피노가 시아버지를 닮았고, 금발에 비만형인 알도는 시어머니를 많이 닮았다.

시아버지가 기차에 치였다는 믿을 수 없는 이야기가 있었다. 안개가 자욱한 밤에 신호수였던 시아버지가 선로로 나간 것이 기관사에게 보이지 않았는지, 아니면 그가 멍하게 있었는지, 하여간 기관차에 부딪혔다는 것이다. 끔찍하게 들리는 사고치고는 넙다리뼈와 골반 골절, 그리고 심한 열상에 그쳤다. 아무튼 목숨은 건진 것이다. 소식을 들은 시어머니는 버스를 몇 번 갈아타고 시내 반대쪽에 있는, 밀라노 사투리로 '큰 집'이라 부르는 시립중앙병원으로 달려가 그대로 그곳에 머물렀다. 1950년대 초의 일로, 가난한 철도원을 위해 항생제를 투여해줄 리가 없었고 고름이 나는 상처가 아물지 않아서 환자는 한 달이나 생사의 갈림길에서 헤맸다. 그 정도의 부상도 극복했는데, 하며 시어머니는 분하게 여겼다. 간신히 완쾌하고 2년 후에 시아버지는 어느 여름날 저녁 산책에서 돌아와 잠깐 누워 있겠다고 한 것을 끝으로 심장마비로 덜컥 숨을 거두고 말았다.

마리오, 브루나, 시아버지, 이렇게 세 생명이 짧은 시간에 가족으로부터 애처롭게 찢겨 떨어져 나간 후 남은 세 명이 할 수 있는 일은, 마치 그들 자신의 현실 그 자체와 바뀐 것 같은 세 명의 죽음 그 자체를 계속 살아가는 것밖에 없지 않았을까. 그것이 그 집에 출입하는 사람들에게는 단순히 '가난' 때문으로 보여 흔한 동정을 일으켰던 것의 실체였는지도 모른다.

어느 일요일의 일이었다. 평소처럼 저녁 식사에 초대해준 시어머니 집에 갔는데, 반투명 유리문을 열자마자 페피노가 말했다.

"엄마, 촛불 냄새가 나는데."

그 목소리의 날카로움에 나는 순간적으로 숨을 삼키며

그의 얼굴을 올려다보았다. 그런데 부엌에서 나온 시어머니가 정말 허둥지둥한 모습으로, 영문을 알 수 없어 멍해져 있는 나를 밀어젖히듯 하며 자신의 침실인 작은 방으로 들어갔다.

"미안. 많이 놀랐지?" 잠시 후 나오더니 어안이 벙벙해져 있는 내게 시어머니는 이렇게 설명했다.

"페피노는 촛불 냄새를 싫어해. 브루나가 죽었을 때부터 내가 집에 촛불을 켜면 화를 내거든."

브루나가 죽은 날 오후, 페피노는 침실 옆의 작은 방에 틀어박혔다. 여동생의 임종에도 입회하지 않고 장례식에도 참석하지 않았다. 며칠간 그렇게 아무와도 말을 하지 않았다. 그 이후 촛불 냄새가 나면 몹시 싫어한다는 것이었다.

페피노가 마흔한 살에 갑자기 세상을 떠나고 몇 년이 지나 세상이 조금씩 정상적으로 보이게 되자 나는 무젤로 거리의 집이 아무리 봐도 이상할 정도로 황폐해져 있다는 것을 깨달았다. 게다가 그 황폐함은 내게 모든 것의 기준이었던 그가 없어지고 나서부터가 아니라, 어쩌면 우리가 함께 생활했을 때에 이미 남모르게 안쪽에서부터 우리를 독처럼 마비시켜 우리의 삶을 공동화시키고 있었던 것이 아닐까, 그리고 그것은 예전에 그의 가족을 덮친 세 명의 죽음에서 나온 것과 같은 것이 아닐까, 하는 생각이 머리에 떠올랐다. 그제야 나는 뭔가를 이해할 수 있는 것 같고, 휑하고 살풍경한 회색 지평선에 빛이 보이는 것 같은 기분이 들었다.

우리가 결혼하여 친구가 적당한 가격에 빌려준 무젤로 거리의 아파트에 살림을 차렸을 때, 나는 양판점 계열의 백화점에서 가구를 장만하기로 했다. 장만한다고 하니 듣기에는 좋지만, 부엌에 멜라민 합판을 붙인 싸구려 식탁과 의자를, 작업장에 제도대製圖臺 같은 책상 하나를, 그리고 거기에 내가 혼자 살 때 썼던 것과 같은 침대 하나를 더하자 그것만으로 예산이 바닥났다. 옷장은 독일인 친구가 귀국할 때 주고 간 것을 받았기에 충분했다. 부엌에 오븐이 없는 것이 허전했으나 사치를 부릴 수는 없었다. 현관 홀과 이어진 널찍한 방은 응접실이 될 터였는데, 가구를 살 수 없어 계속 닫아둔 채였고 손님은 부엌으로 안내했다.

일단 최소한의 필요한 것은 갖추었는데도 지은 지 35년이 된 천장이 높은 아파트는 아무리 시간이 지나도 임시 거처 같은 느낌이 지워지지 않았다. 시간이 지나도 가구와 가구가 서로 호응하여 하나의 집 분위기를 자아내는 일이 없는 것을, 나는 쭉 우리의 가난 탓으로 돌리고 있었다. 내용만 차 있으면 된다고 생각했지만 아무리 시간이 지나도 황량한 폐허에서 사는 듯한 느낌에서 빠져나올 수 없었다. 그리고 나는 그 이유를 알지 못해 초조했다.

고향에서 주문해온, 나 자신의 취향과는 아주 먼 실바나의 바로크풍 가구를 본 날 나는 예전에 나를 혼란스럽게 했던 그 불가해한 초조감의 의미를 적어도 부분적으로는 파악할 수 있었던 것 같다.

"먼지가 굉장해서 아무것도 안 보였어요. 용케 그런 잡동사니와 함께 살아왔다니까요."

실바나의 가구가 트럭에 실려 도착한 날, 시어머니의 옛날 가구를 안마당으로 꺼내서 하나하나 도끼로 완전히 부수어 처리한 알도가 새로운 가구로 탈바꿈한 부엌으로 들어와 아무렇지 않게 내뱉은 말이, 골을 내고 있던 나와 시어머니의 신경을 거슬리게 했다. 페피노가 있었다면 분명히 시어머니를 위해 무슨 말을 해주었을 텐데. 나 역시 분함에 떨긴 했지만 그래도 의식의 저 밑바닥에서는 확실히 납득할 수 있는 것이 형태를 찾아 꿈틀거리고 있었다. 이 난폭한 알도와 실바나의 젊은 기쁨이 지금까지 이 집을 잠식해온 '불행'을 마침내 쫓아내 줄 것이다. 새로운 생명을 향해 이륙하는 날이 그 뒤를 이을 터였다.

굴다리 너머

1960년대 밀라노에서는 엔조 얀나치Enzo Jannacci라는 특이한 이름의 싱어송라이터가 인기를 얻었다. 신랄한 풍자를 담은 가사를, 바람이 불어치는 듯한 코맹맹이 소리에 어딘가 끈적끈적한 목소리로 약간 히스테릭하게 노래했다. 비쩍 마르고 얼핏 미덥지 못해 보이는 젊은이였다. 그가 부르는, 나는 이탈리아가 싫어졌다, 이런 나라에 내일 같은 게 있을쏜가, 하는 무정부주의적인 과격함이 당시의 인텔리들에게 인기를 끌었다. 원래 이탈리아 사람은 자기 나라를 자학적으로 나쁘게 말하기를 좋아하는 국민이다. 실은 아주 좋다는 뜻을 뒤집어 말한 것에 지나지 않지만, 남의 나라라고 하더라도 듣기에 그다지 기분 좋은 것은 아니다.

그런 얀나치의 한 노래에 국회의원을 야유한 것이었는지 "세 개의 다리tre ponti 밑에서 삼색기 같은 화장을 한 거리의 여자가"라는 구절이 있었다. 삼색기라는 것은 빨간색·흰색·초록색의 이탈리아 국기를 말하기 때문에 상당히 화려한 얼굴인 셈인데, 길을 걷고 있다가 어딘가에서 이 노래가 흘러나오면 남편은 입을 살짝 일그러뜨리고 고개를 움츠리며 알지, 그거, 라고 말하는 것처럼 나를 향해 웃었다.

실제로 '세 개의 다리'라는 것은 우리가 자연스레 귀를 기울이지 않을 수 없는 장소의 이름이었다. 다리라고 해서 강이 있고 다리가 세 개라는 뜻이 아니라, 밀라노와 로마 간 철도 노선의 굴다리가 세 개의 아치로 나뉘어 있어서 그렇게 불렸다. 시댁이 있던 철도원 관사의 큰 철문을 나가면 바로 앞에 있던 그 굴다리는 밀라노의 도심에 가까운 리나테 공항으로 가는 도중에 있으므로 차의 왕래가 끊기는 일이 없고 특별하게 외진 곳도 아니었다. 그런데 굴다리의 밀라노 쪽, 풀이 무성한 철도의 둑을 따라 난 좁은 길과 그 주변에는 낮에도 혼자서는 걷고 싶지 않은, 어딘가 수상한 공기가 소용돌이치고 있었다. 여기서 일부러 밀라노 쪽이라고 말하는 것은 공항 쪽, 즉 시외에 해당하는 쪽은 남편이 자란 철도원 관사의 뜰이 되어 있었기 때문이다.

철도원이었던 시아버지 루이지는 1954년에 갑자기 세상을 떠날 때까지 몇 년간 신호소에서 근무했다. 세 개의 다리 바로 옆의 선로변에 있는 성냥갑 같은 건물이 그의 직장이었다. 이렇다 할 특징이 없는 2층짜리 콘크리트 건물이었지만 여름철에는 그 주위에 빨간 제라늄이 넘칠 듯이 화려하게 피었다. 시부모님 침실 창에서 바로 비스듬히 위로 보이는 방향에 있었다. 그러므로 시아버지가 살아 있었을 때 시어머니는 신호소의 불빛을 보며 아아, 아직 일을 하고 있는 걸까, 하고 생각했다고 한다. 안개가 짙게 깔린 날에는 단 30미터쯤 떨어져 있는 신호소의 불빛이 시야에서 완전히 사라졌다. 그런 날 밤이면 그녀는 부디 사고가 일어나지 않기를, 하며 조금 흔들거리는 침대 옆의 테이블에 놓은 마리아상 앞에 촛불을 켜고 아이들에게도 기도하게 했다.

튼튼한 석조 건물인 철도원 관사가 지어진 것은 1920년대 말 무렵이다. 각 아파트의 구조가 식당 겸 부엌 외에 방이 두 개 또는 세 개여서 비록 거기에 사는 가족에게 는 빠듯한 크기라고 해도 당시 밀라노 서민의 생활 수준에 비하면 결코 나쁜 경우는 아니었다. 그 무렵 밀라노의 중류층 이하 집에서는 집 안에 욕실이 없는 것이 그다지 드문 일이 아니었다. 그런데 관사에는 부모와 자식이 일단 각각의 방을 가질 수 있었고 화장실도 집 안에 설치되어 있었다. 그때까지의 공동주택들이 각 층의 긴 발코니 모퉁이에 공동화장실을 두고 있는 것과는 달랐다. 식사를 위한 공간도 식당 겸 부엌의 형태이기는 해도 부엌의 물 쓰는 공간과는 완전히 분리되어 있었기 때문에 거의 '문화주택'이라고 해도 좋을 정도였다.

아내와 네 아이와 함께 살고 있는 이 집을 루이지는 매일, 야근이 이어질 때는 매일 밤, 둑 위의 신호소에서 내려다보며 일을 하고 있었다. 무솔리니가 정권을 잡아 파시스트 정부를 수립한 것은 이 집이 루이지 일가에게 할당되기 몇 년 전의 일로, 근원을 밝히자면 철도원을 위한 '문화주택'도 파시스트 정권이 취한 사회정책의 일환이었다. 그러나 당원이 되는 것을 완강히 거부해온 루이지에게 공무원이라는 직업은 유쾌하지 않은 일투성이였다. 그래서도 둑 아래의 집을 바라보면 문득 마음이 평안해지고 또 일에 몰두하게 되었다.

아니, 정말 그랬을까. 어쩌면 일단 집을 나가면 루이지의 머리에서 집 같은 건 싹 사라져버린 것이 아니었을까.

그렇다고 해도 직장에 도착하자마자 그가 직장 이외의 일을 모두 잊을 만큼 일에 열성적이었던 것은 아니었다. 그가 가정적이고 자상한 아버지의 이미지에서 상당히 먼 사람이었던 듯한 것은, 남편이나 시어머니가 이따금 내가 있는 자리에서 '돌아가신 아버지'에 대해 무심코 입 밖에 내는 이런저런 이야기에서 쉽게 추측할 수 있었다.

가족을 전혀 돌보지 않는다는 것이 루이지의 본래 방식인 듯했다. 결혼 당시는 아내의 친정이 있는 브레시아의 로바토라는 작은 역에 근무하고 있었는데 역장과 서로 치고받는 싸움을 해서 오스트리아와의 국경 근처에 있는 볼차노의 역으로 보내졌다. 불안해하는 아내에게 루이지는 제대로 설명도 하지 않고 자리를 잡는 대로 그녀와 두 명의 어린 아들을 부르겠다고 출발 전에 말했다. 하지만 감감무소식이어서 시어머니는 이대로 있다가는 버림을 받고 말 거라며 안색을 바꾸고 짐을 싸서 아이들을 데리고 볼차노로 달려갔다.

다섯 살의 마리오와 아직 아장아장 걷는 페피노의 손을 끌고 산달에 남산만 한 배를 안고 볼차노의 역에 도착한 나를 보고 남편이 뭐라고 한 줄 알아? 부르지도 않았는데 왜 왔내. 무서운 눈으로 나를 노려보더라니까. 시어머니는 그 이야기를 몇 번이나 되풀이하고는 이미 몇 년이나 전에 세상을 떠난 배우자에게 다시 한번 화를 내며 지금부터라도 늦지 않다는 듯이 며느리인 나를 자기편으로 끌어들이려고 했다.

앞치마의 배 언저리가, 좁은 부엌의 개수대 가장자리에 쓸려 기워도 기워도 금세 다시 터져버릴 만큼 비만했던 시어머니는 뚱뚱한 만큼 남편도 아이들도 자신의 날개 밑에 넣어 단단히 감싸고 싶어 하는 쪽이었다. 그런 그녀의 틈을 노려 허둥지둥 도망치려고 했다가 어이없이 붙잡히고 마는(나는 거실 벽에 걸린 사진으로밖에 면식이 없는) 반백의 수염과 짙고 굵은 눈썹에다 금발인 아내와는 대조적으로 피부색도 거무스름한 루이지의 이야기는 어딘지 우스꽝스러워 이해관계가 전혀 없는 나를 유쾌하게 했다.

그런 까닭에, 신호소에 있는 루이지의 주의가 시종 아내나 아이들이 기다리고 있는 집 쪽으로 향했다는 보장은 거의 없었고, 게다가 둑 위의 신호소에서 보이는 하나의 경치, 즉 선로의 밀라노 쪽 풍경은 그렇지 않아도 왕성했을 루이지의 상상력을 자극했을 것이다. 그러므로 늘 그것을 바라보며 사는 루이지가 일가의 아버지에 어울리는 위엄을 갖추지 못했다고 해도 무리가 아니었을 것이다.

그곳은 변두리의 공터가 되어 있어 제2차 세계대전 후 이탈리아 경제가 밀라노를 중심으로 급격한 발전을 이루기까지 아무도 손을 대려 하지 않았던 무인지대no man's land였다.

성벽이 도시의 경계 역할을 하는 유럽의 도시에 한동안 살고 있으면 페리페리아periferia라는, '도시 주변부' 등으로 모호하게 번역되는 은은한 지역의 존재를 알게 된다. 시가전차나 버스의 종점이 있기도 하고, 그 건너편으로 겨울날 휴지 나부랭이가 하얗게 춤추는 듯한 쓸쓸한 공터가 펼쳐져 있다. 땅 주인이 없지는 않을 텐데, 밭도 아니고 황폐한 채 방치되어 있어 이주민이나 난민이나 유랑민 등, 다른 사람들보다 늦게 그 도시에 들어온 사람들이 주로 거주한다. 주거공간다운 것을 빌릴 수 있을 때까지 몇 달 또는 몇 년 동안 당장 비와 이슬을 피하려고 위법인 줄 알면서도 바라크를 지어 사는 것이다.

로마에서도 공항에서 시내로 들어오는 길 주변을 보면, 원래는 어떤 성격의 토지인지 모르지만 황폐한 느낌이 드는 구릉지에 함석지붕의 바라크가 무리를 지어 여기저기 취락을 이루고 있는 것이 보인다. 주거용이겠지만 이탈리아인은 그런 건물을 결코 '집casa'이라고 부르지 않는다. 바라크는 어디까지나 바라크일 뿐, 굳이 말하자면 슬럼 이하인 것이다. 루이지가 일하는 신호소에서 보이는 땅은, 집이 없는 사람들이 선택한 곳이긴 마찬가지지만, 로마 주변부와 달리 평지여서 더욱 한가로움이 없고 삭막했다.

시의 소유지라도 되는 듯 일종의 무법지대여서, 전쟁 중에 폭격이나 시가전으로 집을 잃은 사람들이 그곳으로 흘러들어와 점차 자리를 잡게 된 모양이다. 다시 일어서려고 해도 이렇다 할 자본이 없는 사람들이 그날그날 돈을 벌기 위해서는 두 가지 장사가 가장 빠른 길이다. 말할 것도 없지만 폐품 수거와 매춘이다. 둑 너머에 펼쳐져 있던 땅이 주위 사람들에게 꺼려져 루이지의 호기심을 자극

한 것은 그런 점에서였다.

내가 밀라노에 살게 된 1960년대 무렵, 중류층 이하가 사는 구역으로 자리 잡은 이 주변은 어딘가 새침을 떠는 듯한 북유럽풍의 7층짜리 공동주택이 거의 위압적으로 늘어서 있었고, 신참자인 나로서는 그 땅에 의심스러운 과거가 있을 거라고는 생각할 수도 없었다. 하지만 그곳에 관한 이야기가 화제에 오르면 시어머니도 남편도 그다지 언급하고 싶지 않다는 듯이 이상하리만큼 갑자기 화제를 바꿔버리는 것이었다.

"전쟁으로 폐허가 된 거야?"

내가 이렇게 물어도 만족할 만한 답이 돌아오지 않았다. "그거야 뭐"라든가 "뭐, 그렇지" 정도였다. 그들의 어투에는 어딘지 모르게 철도원 관사의 평안함 속에서 그 땅을 내려다본다고 할까, 그런 곳쯤이야, 하는 기색이 있어 그것이 내 호기심을 자극했다. 대체 어떤 땅이었을까.

오랫동안 머리 한구석에 굴러다니던 그 의문에 어느 날 작은 빛이 비쳤다.

그날 나는 비토리오 데 시카Vittorio de Sica 감독의 영화 〈밀라노의 기적Miracolo a Milano〉(1951)을 본 무렵의 일을 남편에게 이야기했다. 그것은 눈앞에 한없이 펼쳐진 폐허라는 전후의 풍경 속에서 지하 송유관이 터진 것을, 석유가 나온 거라고 착각하여 큰 소동을 벌이는 사람들을 둘러싼 코미디 영화다. 고아원에서 자란 토토라는 선량한 주인공이 전직 귀부인과 대학교수, 야바위꾼, 밤거리의 여인 등과 결탁하여 그 땅의 매수를 꾀하는 자본가에게 맞선다는, 참으로 별 볼 일 없는 내용이었다. 그러나 네오레알리스모와 환상을 자유분방하게 교차한 수법이 그 무렵 우리에게는 이를 데 없이 신선하게 느껴졌고, 폐허에 대해서는 여러 면에서 감개무량하게 느낄 수밖에 없는 전후 일본에서도 평판이 자자했다. 그중에서도 혼자만 한껏 멋을 부렸고 결국은 바라크 거리의 동료를 배신하는, 딱 보기에도 너무 작위적이고, 그런데도 이탈리아다운 페이소스로 가득한 댄디 부랑자 역할을 맡은 파올로 스토파(Paolo Stoppa, 1906~1988)의 연기는 오랫동안 기억에 남았다.

어느 날 시댁에서 내가 그 영화에 관해 이야기하며 너무 재미있어서 세 번이나 봤다고 말하자, 페피노는 하하하, 하고 얼이 나간 듯이 웃었다.

"그 영화, 어디서 찍은 건지 알아?"

"몰라."

"둑 너머야."

"너머라니?"

"세 개의 다리 너머 말이야. 그곳이라면 비토리오 데 시카답게 배경에 아무것도 덧붙일 필요가 없었겠지. 다 그 주변에서 촬영했으니까."

"폐허였어?" 다시 한번 나는 같은 질문을 되풀이했다.

"그런 게 아니야."

"폐허는 아니었지." 옆에서 우리의 대화를 듣고 있던 시어머니가 끼어들었다.

"그럼 뭐였어요?"

"뭐라니? 원래 아무것도 없었어."

그리하여 철도원 관사에 사는 사람들이 '둑 너머'라는 말을 변변치 못한 장소라는 식으로 경멸을 담아 말하는 이유를, 세상 물정에 어두운 나도 어렴풋이 이해할 수 있게 되었다. 그런데 더욱 놀란 것은, 아무래도 루이지가 '너머 쪽 사람들'에 대해 그의 직장 동료나 가족과는 좀 다른 의견을 갖고 있었던 듯하다는 점이었다.

내가 그런 루이지의 의견에 대해 알게 된 것은 남편의

초등학교 친구로, 같은 관사의 별동에 살고 있던 금발의 올가라는 존재를 알고 나서였다. 통통한 몸매의 중년 여성으로, 삼 껍질 같은 머리에 윤기가 없는 것은 아마 옥시풀로 탈색했기 때문일 것이다. 역시 철도원이었던 부친은 전사했고 모친도 전쟁이 끝난 직후에 병으로 세상을 떠났다. 올가는 페피노의 어머니를 잘 따라서, 내가 낮에 시댁에 가면 부엌 식탁에 앉아 아주 친한 듯이 이웃 누군가에 관한 이야기를 하고 있곤 했다. 큼직한 꽃무늬의 몹시 화려한 원피스를 입기도 하고 안마당을 가로질러 올 뿐인데도 가늘고 뾰족한 힐을 신고 있기도 했다. 그런 면 때문에 그녀는 철도원 관사에 사는 수수한 주민들 중에서 눈에 띄었다.

"오늘 올가가 어머님 집에 왔었어."

밤에 일터에서 돌아온 남편에게 말하자 그는 흐음, 하는 식으로 대답하고는 표정이 누그러졌다.

"올가는 무슨 일이라도 하고 있는 거야?"

아직 그녀에 대해 잘 모르던 무렵, 남편에게 물은 적이 있다. 독신일 거라는 것은 그녀의 대화에서 알 수 있었다. 하지만 대낮부터 시어머니와 이야기에 열중해 있는 것으로 보아 어딘가를 다닌다고 하기에는 시간이 자유로운 듯했다.

"글쎄."

"글쎄라니?"

"올가는 말이야." 남편은 잠깐 머뭇거리고 나서 뭐, 어때, 하는 듯이 단숨에 말해버렸다.

"그 사람은 밤에 일해. 올가는 창부야."

"정말?"

내가 이렇게 반응한 데는 이유가 있다. 이탈리아어로 창부를 의미하는 푸타나puttana라는 단어는 보통 추잡하고 불쾌한 여자에 대해 입에 담기에도 역겹다는 저주의 의미로 쓰이기 때문이다.

"진짜야."

남편은 이렇게 말하고 어깨를 으쓱했다.

"지금도 가끔 세 개의 다리 밑에 서 있어. 머리도 모자라고 아주 게으른 사람이라 지금껏 그런 일에서 빠져나오지 못하는 거야. 하지만 나쁜 사람은 아니야. 마음씨가 고와. 아버지가 돌아가시고 나서부터 이따금 그렇게 우리 집에 와서 어머니와 이야기를 나누고 가지. 어머니를 위로하러 오는 거야."

올가의 집은 같은 철도원 관사의 별동 3층이다. 시댁에서 도로로 나가려면 안마당을 가로질러 그 별동 옆을 지나가게 된다. 봄날의 정오가 지났을 무렵 내가 창 아래를 지나가는데 그녀가 창으로 고개를 내밀고 마치 공기 냄새를 맡는 것처럼 멍하니 밖을 내다보고 있었다.

"본 조르노(buon giorno, 안녕하세요)!"

그녀가 웃으며 내게 나지막한 쉰 목소리로 인사한다. 그래도 내게는 페피노에게 하듯 친밀하게 차오(ciao, 안녕)라고 인사하지 않는다. 그렇게 경어를 쓰는 것이 고상함을 가장하는 것인지, 철도원 관사의 '바깥' 사람인 나와의 사이에 선을 긋는 것인지는 잘 알 수 없었다.

"올가는 우리 아버지를 진심으로 존경했거든."

남편이 이렇게 말한 적이 있다. 의아한 얼굴의 나에게 그는 말을 이었다.

"올가만이 아니야. 아버지는 그 사람들이 가장 신뢰할 수 있는 사람이었던 모양이야."

"그 사람들이라니?"

"둑 건너편 여자들. 다들 아버지한테 지갑을 맡겨두었

거든."

참으로 묘한 이야기였다.

비토리오 데 시카의 영화에 나오는 바라크의 혼란은 전후 몇 년 사이에 진정되었다. 하지만 1950년대 초 그 둑 아래의 땅에는 아직 수상한 일이 가득 남아 있었던 모양이다. 세 개의 다리 옆의 전찻길 옆에 밀라노가 아직 작은 도시였을 무렵의 흔적 같은, 다 쓰러져가는 농가 한 채가 있었다. 기우뚱한 모습의 농가는 사계절의 비바람을 그대로 맞고 있었다. 말파가Malpaga, 즉 '불운' 또는 '부족한 임금'이라는 초라한 이름으로 불렸던 그 건물은 오랫동안 근처 불량배들의 아지트였다. 폐품 수거 일로 얼마간 돈을 모은 사람들은 부랴부랴 도심 가까이로 옮겨갔고 일확천금의 꿈을 실현하여 땅을 잔뜩 사들인 사람도 있는 가운데, 마지막까지 남은 사람은 기둥서방이 시키는 대로하게 된 그 지역의 창부들이었다. 도심에도 창부들이 있는 거리는 몇 군데 있었으나 세력권의 문제가 있었을 것이다. 세 개의 다리 옆의 둑 아래에서 손님을 유혹하던 사람은 변변치 않은, 도저히 풍족하다고는 할 수 없는 이 부근 남자들을 상대하는 의지할 데 없는 여자들이었다.

처음에 어떤 계기로 그렇게 되었는지, 철도원 루이지는 언젠가부터 창부들이 모은 돈을 맡아주게 되었다. 아마 술친구들이 이야기해서이거나, 루이지의 성실함과 계산을 잘한다는 것이 아주 드문 미덕으로서 여자들의 신뢰를 얻게 하지 않았을까. 루이지가 맡은 것은 그녀들이 몰래 모은 소중한 돈이었다. 그날 번 돈을 기둥서방이 몽땅 가져가지 못하도록 그녀들은 번 돈에서 빼낸 지폐를 슬쩍 양말 속에 숨겨 두고 그것이 좀 많아지기 시작하면 겹쳐서 돌돌 말고 고무 밴드로 묶어서 루이지에게 맡겼다 (남편은 마치 자신이 직접 보기라도 한 것처럼 손가락 끝으로 지폐를 재빨리 동그랗게 마는 동작을 보여주었다). 그 무렵 이탈리아의 서민은 애초부터 은행 예금을 신용하지 않았다. 우리가 결혼하게 되었을 때도 시어머니가, 여러 가지로 비용이 늘어날 거야, 그런데 페피노한테는 비밀이다, 하며 슬쩍 건네준 것은 그녀의 침대 매트리스 밑에 숨겨 둔 돈이었다. 은행 같은 곳은, 하고 시어머니는 늘 말했다. 부자들이나 가는 거지. 우리같이 가난한 사람한테는 상관없는 곳이야.

그런 까닭에 세 개의 다리 창부들로부터 절대적인 신뢰

를 얻고 있던 루이지는, 이건 마리아 것, 이건 루이자 것, 하며 일일이 봉투에 이름을 써서 빈틈없이 침실 옷장 서랍에 간수하고 있었다. 그리고, 내가 없을 때 누군가 돈을 찾으러 오면, 설사 본인이라고 말해도 그런 건 모른다고 대답해, 하고 시어머니에게 엄하게 일러두었다. 누가 오더라도 말이야, 알겠지?

"언제쯤이었어, 그런 부탁을 받게 된 건?"

내 물음에 대답하지 않고 남편은 먼 데를 보는 듯한 눈빛이었다. 그 시선 너머에서 석양을 향해 걷고 있는 루이지의 등이 내게 보인 듯한 기분이 들었다.

둑 위의 신호소에서 날씨 좋은 날의 해질녘이면 2킬로미터쯤 떨어진 두오모 대성당의 장중한 모습이 역광 속에서 검게 도사린 그림자처럼 보인다. 첨탑 꼭대기의 순금으로 만든 작은 마돈나상에 오늘도 서서히 지고 있는 햇빛이 반사되어 반짝반짝 빛나고, 커다란 오렌지색 밀짚모자를 떠올리게 하는 동그란 하늘이 마음을 사로잡는다. 겨울이었다면 저 멀리 눈을 이고 있는 몬테로사의 봉우리들이 하얗게 빛나는 모습도 한눈에 보였을지 모른다.

이렇게 저녁놀이 진 날이었다고 루이지는 생각한다.

전쟁이 끝나고 얼마 지나지 않았을 무렵 결핵으로 세상을 떠난 장남과 그 1년 후쯤 오빠의 뒤를 따라간 외동딸 브루나를 생각한다. 왜 내가 아니라 그 아이들이었을까.

나이에 비해 조숙해서 한 번도 부모에게 그 어떤 걱정도 끼친 적 없던, 흰 피부의 얌전한 마리오. 학교 공부도 그럭저럭 잘했는데 중학교를 졸업하자마자 일을 하겠다며 집에서 도보로 15분쯤 걸리는 자동차 공장에 다녔다. 이 아이는 직공으로 쓰기엔 아깝다. 공장 경영자들은 호리호리한 마리오를 보고 이렇게 말하며 소년을 경리 부서에서 일하게 했다. 내 아들이라 그 녀석도 계산을 잘했다. 이렇게 생각하며 루이지는 자신이 인사불성으로 취해 돌아와도 아무 말도 하지 않고 그저 테이블에 앉아 신경질적으로 빵 속을 쥐어뜯고 있던 마리오의 하얗고 예쁜 손을 떠올렸다. 그 녀석이 학업을 중도에 그만둔 건 월사금 낼 돈을 내가 술 마시는 데 다 써버렸기 때문이다.

그리고 브루나. 막 태어난 아기를 보자마자 이름은 브루나로 지으면 되겠다고 생각했다. 처음부터 사내아이라면 브루노, 계집아이라면 브루나로 정해두고 있었다. 머리 색깔 같은 건 상관없었다. 무엇보다 그 아이의 미세하게 곱슬거리는 다갈색 머리카락은 나를 빼닮았다. 1930년생으로, 불황이 한창일 때였다. 하급 철도원의 적은 수입으로 네 번째 아이라니, 어떻게 먹고 살겠다는 걸까. 그것이 마음에 걸려 이름 같은 건 아무래도 좋았다. 하지만 아이가 내 얼굴을 보고 웃는 모습이 예뻐서, 좀 더 예쁜 이름을 지어주었어야 했다고 생각한 적도 있다. 하나밖에 없는 딸이었으니까. 게다가 위의 사내아이 셋은 다 다른 곳에서 태어났으나 그 아이만은 밀라노에서 태어났다. 둑 아래의 집에서 태어나 바로 그 집에서 죽었다. 병원에 들어가면 오빠처럼 죽을 거라고 우겨서 집에서 요양하게 했는데 결국 병을 이기지 못했다.

루이지는 바로 이런 저녁에 겨우 스물한 살에 죽어버린 마리오를 떠올리고, 오빠의 뒤를 따라가듯 그 이듬해에 죽은 곱슬머리 브루나를 생각하고 있었다. 집으로 돌아오면 아내의 어두운 얼굴이 기다리고 있다. 원래 마음에 들지 않는 일이 있으면 이틀이고 사흘이고 입을 다물고 있는 성격의 페피노는 형과 누이가 죽고 나서 더욱 말이 없어지게 되었다. 형들과 달리 공부를 싫어하는 셋째 아들 알도는 슬픈 건지 슬프지 않은 건지 그저 이상한 목소리로 노래만 불렀다. 시끄럽다고 꾸짖으면 한동안 집에 들어오지 않는다. 대체 누구를 닮아서 그러는 걸까. 이런저런 사정으로 강가에 매여 있는 배처럼 흔들리는 루이지의 마음은 역시 둑 반대쪽으로 흘러가 버렸다.

　루이지는 신호소를 나오면 미끄러지지 않도록 발밑을 조심하며 집과는 반대쪽으로 둑을 내려갔다. 마지막 몇 걸음은 뛰듯이 다다닥 둑 아래의 좁은 길로 내려서면 그 주변부터 이미 여자들이 석양의 마지막 빛 속에서 손님을 기다리고 있다. 모자를 비스듬히 쓰고 옷깃에 국철 직원의 놋쇠 배지가 빛나는 카키색 제복 차림으로(여름철에는 역시 같은 색의 셔츠를 손에 들고 있어서 바지 위에는 러닝셔츠뿐이었다) 반백 수염의 루이지가 여자들 앞을 살짝 등을 구부리고 지나간다. 그녀들도 루이지와 아주 친한 것을 남에게 들키면 안 되기 때문에 스커트 자락을 한 손으로 살짝 걷어 올리기도 하고 허리를 흔들기도 하는 등 대충의 몸짓을 해 보이지만, 그 이상은 삼가며 이 사랑스러운 친구가 지나가는 것을 우울한 눈으로 잠자코 지켜본다.

　여름이 되면 공터는 풀로 뒤덮였다. 하지만 이 주변에

출몰하는 정체를 알 수 없는 사람들이 자연스럽게 다져놓은 좁은 길을 루이지는 잰걸음으로 걸어간다. 불을 붙이지 않은 가느다란 담배 토스카나를 입에 물고 벗은 제복 윗도리를 어깨에 걸치고 두 손은 호주머니에 찔러 넣은 채.

내 인생은 대체 뭘까. 쓸쓸한 루이지는 걸으며 생각한다. 아홉 살에 부모를 여의고, 그때부터는 마을 술집 일을 도와주며 그럭저럭 밥은 먹고 살아갈 수 있었다. 철도 직원이 되어 술집의 여덟 번째 딸과 결혼하고 아이들이 차례로 태어나자 이제야 드디어 사람다운 생활을 할 수 있게 되었다고 생각했는데, 파시스트 정권이 권력을 잡고 전쟁이 시작되면서부터는 제대로 되는 일이 하나도 없었다. 그리고 마리오가 죽고 브루나가 죽었다.

공터를 빠져나가 제과 공장 조금 앞의 큰길까지 걸어가면 시영전차의 정류장 앞에 늘 가는 술집이 있다. 우선 싼 '레드와인' 한 잔. 소금에 절인 멸치 하나를 집으면 그것을 안주로, 밤의 시간이 천천히 흘러갈 터였다.

마리아의 결혼

    남편의 사촌인 나탈리나가 시댁으로 와서 언니 마리아가 결혼한다는 이야기를 했을 때, 마침 그 자리에 있던 남편은 깜짝 놀란 표정을 지었다. 결혼이라고? 누구와? 설마 그 마리아가? 남편이 깜짝 놀라는 모습에 시어머니도, 이를테면 외부인인 나도 완전히 공감했다. 이탈리아의 북쪽 지방 여기저기에 흩어져 있던, 나이도 제각각인 남편의 사촌들 중에서 '제대로 된 결혼'이라는 것과는 인연이 가장 멀어 보이는 사람이 삼십 대 중반을 넘긴 마리아였기 때문이다.

    나탈리나도 그건 그렇지, 하며 마치 자기 자신을 납득시키려는 듯 계속해서 고개를 끄덕였다. 결혼 상대는, 언니보다 열 살쯤 많고 동네 우체국에 근무하는 사람이야. 이렇게 말한 그녀는 거짓말 같지, 하며 핏기없는 얼굴을 부끄러운 듯이 일그러뜨렸다. 나도 그래, 하고 나탈리나가 말했다. 마리아가 설마 남들이 말하는 결혼을 할 거라고 는 생각하지 못했어. 하지만 두 사람이 결정한 거니까 할 말은 없어. 어쨌든 그 사람은 마음씨가 곱고, 하지만 아주 평범한 남자야.

마리아의 부모는 롬바르디아주와 피에몬테주의 경계에 서 가까운 로멜리나 지방의 작은 도시 인근 시골에서 농 사를 짓고 있었다. 밀라노에서 서남쪽으로, 전차로 한 시 간 남짓 걸리는 그 지역은 이탈리아 최대의 벼농사 지대 로 알려져 있다. 그렇지만 실제로 벼농사로 돈을 버는 쪽 은 농업의 기업화에 성공한 소수의 대지주뿐이고, 대다수 농민에게는 그다지 풍족함을 가져다주는 토지가 아니었 다. 원래 자기 땅이 없고, 그렇다고 도시로 나가 일할 만한 능력도 에너지도 갖지 못한 사람들에게 전후의 농지해방 정책으로 변한 것이라곤 소작이라는 명칭이 폐지되었다 는 것 정도다. 대부분은 아직도 지주로부터 빌린 땅을 일 구며 근근이 밀을 재배하거나 젖소를 키우고, 수입의 대부분을 지대로 내며 전근대적인 생활에서 벗어나지 못하고 있었다. 마리아의 아버지 리베로 볼타도 그런 농민의 한 사람이었다.

리베로의 아내이자 마리아의 어머니인 마리 이모는 시어머니의 둘째 언니다. 뼈대가 굵고 어디에도 부드러움이라곤 없는 것이, 몸집이 자못 통통한 시어머니와는 대조적이었다. 몇 세대에 걸쳐 햇볕에 그을려온 농민의 피가 그녀의 큼직한 손발이나 광대뼈가 불거진 얼굴에 어두침침하게 괴어 있는 듯해서, 처음 만났을 때는 어딘가 거만한 태도가 묘하게 인상에 남았다. 하지만 몇 번 이야기를 나누다 보니 거만하다고 생각했던 것은 완전히 나의 착각이었고, 그녀에게는 상상력에 의존한다거나 말이나 표정으로 생각을 표현하는 습관이 없을 뿐이라는 사실을 알 수 있었다.

마리 이모는 언제나 자신들에게 운이 돌아오지 않은 것은 남편 리베로가 생활력이 없기 때문이라고 생각해서 말이 없고 얌전하고 체격도 호리호리한 남편을 들볶았다. 그러면서 정작 본인은 가끔 밀라노에 오면 시어머니가 바쁘게 빨래를 하거나 자루걸레로 바닥을 닦거나 식사 준비를 할 때도 도와주기는커녕 좁은 부엌의 의자에 털썩 앉은 채 창밖 먼 하늘에 보이는, 리나테 공항에 발착하는 비행기에 멍하니 정신을 팔고 있었다.

기업가로 변신한 대지주 중에는 벼농사에서 손을 뗀 사람도 있었다. 농업에는 가망이 없다고 재빨리 단념한 그들은 1960년대에, 이탈리아의 경제가 눈부시게 성장한 그 시기에, 그때까지는 중부의 토스카나가 거의 독점하고 있던 제화 산업을 북쪽인 이 지방에 유치하는 것에 주목했다. 그것은 곧 브랜드 제품이 이상할 정도로 환영받으며 급성장을 이룬 시기와도 겹쳐, 마리아의 동네에도 브랜드 이름은 드러내지 않는 하청 공장이 차례로 들어서서 눈깜짝할 사이에 농민의 경제를 저변에서 지탱하는 산업이 되고 말았다.

이제 곧 서른이 되는 나탈리나는 바로 위 오빠인 주세페와 그보다 한 살 많은 마리아, 이 삼형제의 막내였다. 그녀는 가끔 일주일쯤의 휴가를 얻으면 밀라노로 찾아와 시어머니 집에서 묵고 가는 것을 낙으로 삼고 있었다. 시어머니도 전쟁이 끝난 직후 열여덟 살에 죽은 하나뿐인 딸 브루나와 용모도 성격도 어딘가 닮은 나탈리나를 다른 어떤 조카들보다 예뻐했다. 중학교를 졸업하자마자 집안일을 돕게 된 나탈리나는 가사를 하는 틈틈이 계절마다 모내기나 과일 따는 일에 지원하여 근처 마을로 몇 주간이나 머물기 위해 떠났다. 그러다가 몇 년 전부터는 제화 공장에서 일하게 되어 자신만의 시간이 늘어났다며 기뻐했다. 부지런한 것 외에 이렇다 할 특기가 없다 보니 급료도 고만고만하고 때로는 잔업이 이어지는 제화 공장의 일이 상당히 힘들 텐데도, 그녀는 매월 규칙적으로 급료를 받을 수 있는 것에 고마워했다. 공장 일에는 뭔가 전문성이 있다는 느낌도 있어서 농업과 달리 그녀 안에 일종의 자신감을 키워주고 있었다.

지금 하는 일은 토마이아(tomàia, 갑피)를 꿰매 붙이는 공정이야. 마치 산업 기밀이라도 털어놓는 듯이 목소리를 죽인 나탈리나는 외국인인 나로서는 익숙하지 않은 구두의 세부나 공구 용어를 섞어가며 우리에게 작업장에 관해 이야기했다. 내가 의아한 얼굴을 하면 그녀는 앉은 채 손으로 한쪽 발을 의자 높이까지 들어 올리고 두툼한 발등 부분을 톡톡 두드리며 토마이아는 구두의 이 부분이야, 여기, 하며 마치 어린아이에게 설명해주는 어머니 같은 얼굴을 했다.

농업이 아직 사람의 노동력에 의존하던 무렵, 이 지방의 젊은 여성들에게 모내기는 한 해의 중요한 행사였다. 여성들은 햇볕이 내리쬐는 논에서 일하는 데 기운을 다 써버렸을 텐데도, 밤마다 평소의 얌전함을 잊게 하는 분방한 성 해방구를 만끽했다. 5월 아침의 꿀벌 무리처럼 그녀들은 희희낙락 모내기에 고용되었고 짧고 열에 들뜬 듯한 노동의 계절이 막을 내리면 몇 명인가는 임신한 채 마을로 돌아왔다. 임신은 바라던 결혼으로 이어지는 일도 있지만, 대부분은 마을에서 '시술자'라 불리는 여자에게 돈을 내고 경찰에게 들키지 않도록 은밀히 처리했다. 지참금을 준비해주는 데까지 여력이 닿지 않는 가난한 농민 부모들은(지참금 액수가 딸들의 미래 행복과 정비례한다는 것이 농촌의 상식이니까) 이런 '사건'도 농민에게 생긴 불운의 하나로서 예기치 않은 뜨거운 음료처럼 참고 받아들였다. 모내기가 마을에 가져다주는 현금은 여성들에게도 부모에게도 그 정도의 '사고'보다 훨씬 중요한 은총의 비였다.

물에 들어가 등을 굽혀 일하고 논 가운데에 임시로 지은 오두막에서 자는 그 괴로움을 몸이 알고 있으니까 무슨 일이든 아무렇지 않아. 이렇게 말하며 얼굴을 찡그리는 나탈리나는 동료들로부터 남자를 싫어한다는 이유로 경원시되고 있었다. 지나치게 결벽증적인 성격 때문에 동년배 친구가 없는 것도 자연스럽게 그녀의 발을 밀라노의 이모에게로 향하게 했을 것이다. 우리가 묵은 오두막에는 자물쇠가 없어서 누가 들어오지 않을까, 무서워서 밤새 잠들지 못한 적도 있었어. 그녀는 이렇게도 말했다. 하지만 그게 즐거워서 가는 아이도 있지만 말이야.

어느 날 내가 영화 〈애정의 쌀Riso amaro〉(1949)을 보고 감동한 이야기를 그녀에게 하려고 했을 때 남편이 갑자기 화제를 바꿔버린 적이 있었다. 나탈리나는 영화 이야기 같은 건 몰라. 둘만 있을 때 남편이 이렇게 말하는 것을 듣고 나는 그제야 짐작했다. 내게는 영화 속의 이야기라도 그것을 현실로 겪어온 나탈리나에게는 그다지 사려 깊지 못한 화제였던 것이다. 때로는 접착제 중독 사고나 공장이 지나치게 확장되어 도산하는 일이 있긴 해도, 계절에 구애받지 않고 조합의 감시가 심한 대신 임금을 제대로 지급해주는 제화 공장 일은 나탈리나에게는 보물이었다.

오빠인 주세페는 밀라노 시영전차의 차장으로 일하고

있었다. 차장보다 운전사가 더 급료가 좋지만, 시험을 여러 번 봐도 그는 운전사가 될 수 없었다. 그래도 근무 시간에 비해 급료를 많이 받는다고 다른 사촌들은 다들 부러워했다. 그리고 막내인 나탈리나도 분초를 아끼며 부지런히 일하여 돈을 모았다. 그런 가운데 이번에 결혼하게 되었다는 마리아만은 공장에 나가는 것도 아니고 아버지의 농사일을 돕지도 않으면서 늘 집에서 빈둥거려 볼타일가는 이웃들의 따돌림을 받았다. 그 애는 대체 어떻게 할 생각인 걸까, 하고 그녀 자신만이 아니라 그걸 용인해주는 가족도 나쁘다는 것이 이웃들의 생각이었다.

용돈이 없어지면 마리아는 집을 훌쩍 나가 며칠이고 돌아오지 않는 일이 있었다. 그녀가 남자에게서 돈을 받아 살아가는 것을 배운 것은, 따지고 보면 모내기에서였다.

물론 남자가 있다고 해도 오래 지속할 마음이 드는 상대는 한 명도 없었다. 언제 봐도 안색이 시원찮고 왜소한 몸집에 비쩍 마른 나탈리나에 비해, 마리아는 어머니를 닮았는지 키도 크고 당당한 몸집이었다. 광대뼈가 튀어나왔고 혈색이 좋은 얼굴과 크게 물결치며 어깨에 걸쳐진 검은 머리도 그녀를 나이보다 훨씬 어려 보이게 했다.

그리고 초점 없는 검은 눈과 흰 피부. 가지런한 아름다움이 아닌데도 어딘가 사람을 압도하는 듯한 분위기가 있고 늘 약간 땀이 배어 있는 듯한 점이 아마도 남자들을 매료시키는 그녀의 매력이었을 것이다. 접시 하나를 테이블에 놓을 때도 그녀는 아주 귀찮다는 듯 천천히 내던지듯 내려놓았다.

말수가 많은 편이 아니어서 모두가 말을 해도 마리아는 옆에서 잠자코 듣기만 했다. 누군가 그녀의 의견을 묻더라도 난 모르겠어요, 하듯 그녀는 두 손을 크게 펼치고 웃을 뿐이었다. 아주 드물기는 하지만 그녀가 먼저 말을 시작하는 일도 있는데, 그럴 때는 전혀 이치에 맞지 않아 알아듣기가 힘들었다. 내가 그녀와의 이야기를 열심히 이어가려고 식은땀을 흘리고 있자 남편이 웃음을 터뜨렸다.

마리아가 또 '사건을 일으킨' 모양이야. 난처하겠어. 시어머니가 정말 난감해, 하는 듯이 이렇게 말하는 것을 두세 번 들은 적이 있다. 배 속에 생긴 아이를 지웠다는 것을 시어머니는 '사건을 일으켰다'고 표현했다. 30년 전의 이탈리아에서 인공 유산은 언제 누가 밀고하여 형사 사건이 될지 알 수 없는 위험한 행위였다. 그러므로 확실히

'사건'임에는 틀림없었다. 그럴 때 나는 어떻게 대답해야 좋을지 몰라서 그래요, 라고 말할 뿐이었다. 무엇보다 전혀 경험이 없는 여자아이처럼 같은 실수를 반복하는 마리아가 안타까웠고, 그녀가 '사건'을 일으킬 때마다 일가의 평가가 나빠져 나탈리나가 주눅이 들고 오빠인 주세페의 부담도 커지는 것이 딱했다.

또 수술 비용을 부담했다고 주세페는 시어머니에게 와서 푸념을 늘어놓았다. 짧은 근무를 끝내고 교통국에서 귀가하는 길에 들른 불그스름한 얼굴의 주세페가 큰 소리를 내며 커피를 홀짝이고는 손해를 봤다, 하고 눈을 치켜뜨며 삼백안을 뒤룩거린다. 초등학교를 졸업하고 곧바로 밀라노로 일하러 올라온 그에게 돈이 드는 일은 모두 손해라는 말로 묶이는 것이었다.

평범한 남자가 마리아에게 결혼을 신청했다는 것을 우리가 믿을 수 없었던 이유는 그밖에도 또 있었다. 그녀에게는 그런 관계에서 태어난 어린 딸이 있었다. 그 아이 아빠에게만 특별한 감정을 품었는지, 막다른 지경에 이르도록 결혼하겠다는 말에 속은 것인지, 아니면 마을 사제가 잘 타이른 것인지, 하여간 아이를 낳은 마리아의 평판은 결정적인 하강 곡선을 그렸다. 피아라는 이름의 딸은 어딘가 색소가 부족한 듯한 금발의 얌전한 아이로, 호적에는 조부모인 리베로 부부의 딸로 기록되어 있었다. 그 아이의 아빠가 누구인지는 아무도 몰랐다. 마리아가 입을 다물고 말하지 않았기 때문이다.

상대는 피아와 함께 살자고 한대요. 이렇게 말하며 나탈리나는 숨을 깊이 들이켰다. 피아를 위해서는 아빠가 생기는 게 좋을지도 모른다. 낯을 가리지 않고 고분고분한 아이니까.

그러나 시어머니·남편·시동생 알도 모두는, 행실이 좋지 않아 부모만이 아니라 형제자매까지 고생을 시킨 마리아가 아무리 남편 될 사람이 그녀를 있는 그대로 받아들여 준다고 해도, 언제까지 결혼생활을 이어갈 수 있을까 해서 불안감을 숨기지 못 하는 모습이었다. 나는 나대로 마리아를 아내로 맞이하려는 남자가 그녀의 모든 것을 정말 알고 있는 건지, 그런데도 아무 말도 하지 않는 건지, 남의 일이지만 마음에 걸렸다.

나탈리나가 시어머니 집에 와서 마리아의 결혼 이야기

를 한 것이 3월이고, 6월에는 로멜리나의 이모 집에서 결혼 피로연이 열렸다. 우리 일가도 꼭 와달라고, 집에 전화가 없는 나탈리나가 동네 우체국에서 공중전화로 전화를 걸어왔다. 볼타가의 삼형제 가운데 결혼은 마리아가 처음이어서 마리 이모는 큰언니이자 브레시아의 시골에 사는 로사 이모도 초대했다. 역시 브레시아 근교에서 농사를 짓고 있는 리코 외삼촌은 천식이 심해 올 수 없다고 했다.

6월답게 아주 쾌청한 날이었다. 맏이인 로사 이모는 혼자 그런 시골로 가는 것이 불안해서 싫다며 전날 시어머니 집으로 와 묵었다. 우리는 동행하여 아침 일찍 밀라노의 제노아역에서 기차를 탔다. 나로서는 브레시아도 로멜리나도 똑같은 시골로 보이는데, 로사 이모와 시어머니는 자신들이 나고 자란 지역 외에는 어디라도 어쩐지 수상쩍어하는 것 같았다. 얼마 후 기차가 무논[8]이 한없이 펼쳐진 지대에 당도하자 산기슭에 익숙한 이모는 창밖을 응시하며 질린 듯한 소리를 질렀다. 로사 이모가 마리는 이런 물뿐인 논에서 고생깨나 했겠어, 하고 말하자 시어머니는

8) 육지가 해수면 아래에 위치하여 물이 있는 논.

그까짓 것, 하고 입으로는 부정하면서도 히죽거리고 있었다. 그녀에게도 무논이 펼쳐진 경치는 어쩐지 염려가 되는 것이다. 나는 오랜만에 보는 경치에 눈도 마음도 편안해지는 기분이었다. 모르타라의 역에서 기차를 내리자 밀라노에서 자동차로 한발 앞서 와 있던 시동생 알도가 마중 나와 있어서 우리는 곧 마리아의 동네에 도착했다. 농촌이라고 해서 논과 밭이 있는 좀 더 널찍한 마을을 상상했는데 이모부의 집 주변은 시골치고는 집들이 너무 붙어 있고 도시치고는 길이 포장되어 있지 않은 어중간한 촌락이었다. 이모부 리베로가 어디서 젖소를 키우는지, 어디에 밀밭이 있는지, 그것이 궁금해 두리번거리고 있는 내게 남편은, 이 촌락 일대가 옛날에는 소작농들이 살았던 연립주택 구역 같은 곳이었다고 설명해주었다. 논밭은 상당히 떨어진 곳에 있어서 당시에는 말이 끄는 바로초baròccio라 불리는 짐마차에 도구를 싣고 마치 출근하는 것처럼 갔다고 한다.

자, 도착했어요, 라고 해서 차를 내려 양쪽에 아까시나무가 우거진 좁은 길을 2, 3분 걸어가니 리베로 이모부의 집이 있었다. 석회를 바른 벽이 하얗기만 한, 2층도 뭣도 없는 건물이었다. 그런데 아무도 자, 들어오세요, 하고 불러주지 않는다. 이모부의 집에는 침실이 하나밖에 없어서 세 아이는 모두 부엌 구석에서 잤던 것도, 변소가 집 밖에 있는 것도, 그리고 그런 구조는 토지를 갖지 못한 계급의 농가에서 지극히 당연한 거라는 사실도 나는 그날까지 알지 못했다.

마리아 일행은 혼인 신고를 하러 간 시청에서 진작 돌아와 있었다. 막연히 교회에서의 결혼식을 머릿속에 그리고 있던 내게는 다소 김빠지는 일이었다. 하지만 그런 비용도 절약해서 결혼한 모양이었다. 그뿐 아니라 피로연 장소도 집 문간 앞의 뜰이라고도 할 수 없는 공터였다. 밟아서 다져진 흙 위로 색바랜 테이블보를 덮은 테이블이 옮겨지고, 전날 나탈리나가 직장을 쉬고 준비했다는 전채 요리, 막 삶은 파스타, 로스트 치킨, 그린샐러드가 차려졌다. 묵직하게 위가 거북해지는 이 지역의 레드와인과 로사 이모가 리코 외삼촌의 부탁을 받고 가져온 브레시아 시골의 '진짜 돼지'로 만든 살라미가 그날 가장 맛있는 음식이었다. 초대한 손님도 우리 쪽 친척뿐이었고, 신랑 쪽에서는 육친도 친구도 참석하지 않은 것이 좀 쓸쓸했다.

그날은 '손해'를 마다하지 않고 휴가를 얻어 집으로 돌아온 주세페가 부은 것처럼 두툼한 한 손에 와인 병을 들고 어설픈 농담을 하며 한 사람 한 사람에게 술을 따르며 돌아다녔다.

그날의 사진이 남아 있다. 사진이라고 해도 남편이 낡은 카메라로 찍은 스냅 사진인데 모서리가 접히고 색이 바랜 데다 초점도 맞지 않아 흐릿하다. 한가운데에는 하얀 넥타이를 매고 아내를 감싸듯 어깨에 손을 두르고 서 있는 몸집이 큰 신랑과 1930년대풍의 베일 달린 검은색 테 없는 모자를 다소곳이 쓰고 신부임을 강조한 코사지를 가슴에 단, 밝은 라일락색 슈트 차림의 마리아가 있다. 그 옆에는 주세페가 집 안에서 옮겨온 의자에 털썩 앉은 거대한 마리 이모가 있다. 이모의 굵은 팔에는 부드럽게 부푼 나들이옷을 입은 마리아의 딸 피아가 머리를 기대듯 하고 바싹 붙어 있다. 그 뒤에 시어머니와 로사 이모와 내가 뭔가 차분하지 못한 얼굴로 서 있다. 사진에 남편이 없는 것은 사진을 찍는 장본인이었기 때문인데, 무슨 까닭이었는지 주세페도, 시동생 알도도, 아니, 신부의 아버지인 리베로 이모부도 보이지 않는다. 남자들은 이미 취해서 어딘가에서 이야기에 빠져 있기라도 했던 것일까.

　나탈리나가 밀라노의 시댁에 와서 마리아의 결혼 이야기를 했을 때 언급한 것처럼, 마리아의 배우자가 된 아다모는 정말 아무것도 아닌 평범한 사람이었다. 마흔이 좀 넘었는지 머리가 희끗희끗했는데 표정에는 늘 다정함이 깃들어 있었다. 언행이 의젓한 사람으로, 마리아의 모든 것이 마음에 드는 듯 항상 그녀를 눈으로 좇고 있었다. 어린 피아가 그 곁으로까지 가지는 않지만 조금 떨어진 데서 뒤를 따라 걷고 있는 것이 우리를 흐뭇하게 했다. 그는 마리아와 피아를 위해 모르타라에 아파트를 마련하여 거기에서 우체국에 다닐 거라고 했다. 시골을 떠나 도시에서 살기로 한 것은 마리아와 피아를 불쾌한 추억으로부터 멀리 떼어놓겠다는 생각에서였을 것이다. 지참금 같은 것도 없을 뿐 아니라 이를테면 악평이 나 있는 마리아를, 게다가 피아와 함께 오랜 독신 생활 끝에 자기 안으로 맞아들이려는 아다모가 정말 '아무것도 아닌' 사람으로 보이는 것에 나는 안심하고 있었다.

시간이 흘러 이번에는 주세페가 모르타라에서 멀지 않은 주州의 부잣집 딸과 결혼했을 때도, 나탈리나가 스스로 꾸준히 모은 지참금을 갖고 로멜리나에서 말 중개상을 하는 남자의 아내가 되었을 때도, 우리 부부는 결혼식에 초대되어 참석했다. 혼례는 신부의 집이 있는 곳에서 하는 것이 이탈리아의 풍습이므로, 결혼식 때마다 나는 평소에 만날 일 없는 시골 사람들에게 환영을 받았다. 마리아와 아다모 부부도 결혼식마다 참석했다. 두 사람은 조금씩 나이를 먹어갈 뿐, 결혼식 날과 마찬가지로 내내 말수가 적고 특별히 눈에 띄는 데가 없는 부부였다. 마리아는 여전히 초점이 맞지 않은 표정이고, 나를 보면 누구였지, 하는 식으로 바라본다. 그리고 잠깐은 그대로 있지만 누군가가 주의를 환기해주면 큰 거미집처럼 팔을 크게 벌리고 포옹을 해왔다. 우체국에서는 진작 은퇴하여 연금을 받고 있던 아다모도 등이 살짝 구부러졌을 뿐이고 이 덤덤한 아내에게 질린 기미는 전혀 보이지 않았다. 마리아는 항상 살짝 과할 정도로 몸치장을 했고 아다모는 옛날처럼 독신자 같은 분위기를 풍기고 있었다. 볼 때마다 피아가 마치 아다모의 친딸처럼 쑥쑥 자라 아름다운 소녀가 되어가는 모습이 세 명의 가정이 원만히 자리를 잡아가는 가장 확실한 증거였는지도 모른다.

남편이 세상을 떠나고 내가 일본으로 돌아온 지 5년째 되는 해에 시어머니도 세상을 떠났다. 시어머니에 이어 2, 3년 사이에 마리 이모도, 이모의 배우자인 리베로 이모부도 세상을 떠났다. 하지만 멀리에 있는 내게는 모두 시동생이 가끔 보내주는 편지 문면에서만 일어난 사건처럼 생각되어 그다지 현실감이 없었다.

어느 해 여름 밀라노에 들렀다. 그달 초에 마리아가 갑자기 세상을 떠났다는 이야기를 시동생에게 들었다. 아침에 몸단장을 하는 중에 심장 발작이 일어났고, 옆에 있던 아다모도 아무 손을 쓰지 못했다고 한다. 밝은 라일락색 슈트를 입고 작은 베일이 달린 모자를 쓴, 사진 속 기쁜 듯한 그녀의 모습이 기억에 각인되어 있어, 예순이 넘어 남편보다 먼저 간 마리아는 상상이 되지 않았다.

늦게 결혼한 시동생 알도 부부에게도 아기가 태어났고 눈 깜짝할 사이에 그 아이가 학교에 다니게 되었을 무렵의 어느 날, 피아가 6월에 결혼한다는 소식이 밀라노에서 날아왔다. 시동생 부부가 피아를 예뻐해서, 마치 옛날에 나탈리나가 숨을 돌리려 시어머니를 찾아왔던 것처럼 피아도 이따금 밀라노의 그들 집으로 놀러 오는 모양이었다. 중학교를 나와 역시 제화 공장에서 일하는 그녀는 직장에서 알게 된 청년과 결혼한다는 것이었다. 시동생의 편지에는 우리 세 사람이 모르타라의 교회에서 열리는 결혼식에 초대되었는데, 괜찮으면 오지 않겠느냐고 쓰여 있었다.

나는 마리아와 아다모만 차분하고 모두가 거북해서 어딘가 부자연스러웠던 초여름 날의 그 결혼식을 떠올렸다. 피아의 결혼 상대도 역시 '평범'한 청년일까, 하고 여러모로 생각하면서.

세레넬라가 필 무렵

햇살이 밝은 아침이었던 것 같기도 하다. 아니, 조금은 땀이 나는 늦여름 오후였는지도 모른다. 변두리에 있는 시댁으로 가자 문이 반쯤 열려 있고 집 안에는 아무도 없었다. 내가 밀라노에서 살게 된 1960년 전후의 일로, 잠깐이라면 아직 도둑 걱정하지 않고 문을 활짝 열어놓는 것도 가능했다. 그렇다고는 해도 철도원 관사라는 작은 단지의 한 동이었으므로, 큰길에서 안뜰로 통하는 큰 철문 입구에는 문지기이자 구두 수선도 하는 브루노 일가의 집이 있었다. 그래서 일단 부부와 두 아들이 사람의 출입에는 주의하고 있었고, 또 주민들도 나름대로 계단 입구 등에서 낯선 사람을 보면 경계해서가 아니라 호기심을 누르지 못하고 금세 누구를 찾아왔느냐고 물었다.

　시어머니는 아마 뒤뜰에 널어놓은 빨래를 걷으러 갔을 것이다. 이렇게 생각하며 나는 상관하지 않고 문을 밀고 썰렁한 실내로 들어가 비닐 보를 깐 부엌의 테이블 의자에 앉아 시어머니를 기다리기로 했다. 철도원 관사라 불리지만, 그 집에 내가 출입하게 된 무렵에는 원래 세대주인 철도원들은 왜 이 집의 주인만, 하고 생각될 정도로 대부분 전쟁이나 병, 끝내는 철도 사고 등으로 이미 세상을 떠났다. 그리하여 뒤에 남겨진, 이제 젊지 않은 아내들이 앞니가 빠진 듯한 쓸쓸함 속에서 빈약한 연금에 의지하여 조용히 살고 있었다. 가난하게 태어난 사람은 가난한 채로 노년을, 그리고 머지않아 죽음을 맞이한다. 마치 눈에 보이지 않는 신이 그렇게 언도한 것처럼 그들은 운명을 거스르지 못한다. 초등학교는 나왔으나 그다음 단계로는 도저히 진학할 수 없는 자식들도 어느새 부모와 같은 밑바닥 생활에 휩쓸렸다. 그들의 체념이라고도 예민한 분노라고도 할 수 없는 감정의 응어리가, 여기저기 더럽혀진 계단 입구의 하얀 벽이나 한 손에 커다란 검은색 가죽 쇼핑백을 들고 또 한 손으로는 난간을 붙잡고 천천히 계단을 올라가는 시어머니와 동년배 노파들의 뒷모습에 들러붙어 있었다.

난 또 누구라고, 너였구나. 문 쪽에서 시어머니의 목소리가 들린 것과 동시에, 그녀가 품에 한가득 안고 온 꽃을 털썩 테이블에 놓았다. 진보랏빛 조그만 꽃이 가득 달린 그 화초를 보고 나는 놀라서 눈을 동그랗게 떴다. 그 꽃이 아닌가. 부리나케 화병을 가져오려고 옆방으로 가는 시어머니의 등을 향해 나는 소리 내어 말했다. 어머니, 어디 있었어요, 이 꽃? 나뭇잎 그늘에서 기어 나온 작고 빨간 개미가 눈 깜박할 사이에 흰 비닐 테이블보 여기저기로 흩어지고 풋내나는 식물 냄새가 주위에 확 퍼졌다.

내 채소밭. 시어머니의 낮은 목소리가 돌아왔다. 기뻐서 상기되었을 때 그것을 억제하려는 것처럼 그녀의 목소리는 평소보다 굵고 낮았다. 내 채소밭에서.

철도원 관사는 엘리베이터가 없는 6층 건물의 공동주택 세 동, 전쟁이 끝난 후에 지은 콘크리트 건물 한 동, 이렇게 네 동이 철길을 향해 ㄴ자 모양으로 상당히 넉넉한 공간을 차지하며 배치되어 있었다. 부지는 미루나무가 일렬로 심어진 철길 둑 아래를 중앙역 방향으로 6, 7미터쯤 간 곳부터 갑자기 폭이 좁아져 삼각형의 공터를 만들었고, 그 끝은 철길로 빨려 들어간 모양이었다. 관사의 아이들이 한창 자랄 때였던 전전과 전중, 그리고 전후의 식량난 시대에, 대개는 농촌 출신이었던 철도원과 아내들은 이 삼각형의 작은 땅을 자잘하게 구획하여 채소를 키웠다. 그중에는 사과나무 한 그루만 심거나 달걀을 얻기 위한 닭이나 식용 토끼 등을 키우는 가족도 있었다. 아이들이 성인이 되고 저마다 보금자리를 떠난 지금은 먹을거리가 넉넉해지기도 해서, 관사에 남은 노인들은 그 공간에 화초나 요리용 허브 등을 심기도 했다. 그날 아침 시어머니가 "내 채소밭"이라고 자랑스럽게 말한 것은 손바닥만한 그 땅을 가리켰다.

어머니, 이탈리아어로 뭐라고 해요, 이 꽃? 잎 사이로 차례로 기어 나오는 빨갛고 투명한 개미를 손끝으로 눌러 죽이며 나는 침실 옷장 앞에서 언제까지고 달그락거리는 소리를 내고 있는 시어머니에게 물었다. 목소리가 들떠 있었을지도 모른다. 일본에서만 핀다고 믿었던 개미취가 갑자기 이렇게 한꺼번에 눈앞에 잔뜩 놓여 있었으니까. 이름 말이야? 다그쳐 묻는 듯한 내 어조에 시어머니는 큰 화병을 안고 나오며 의아해하는 듯한 표정이었다.

여기서는 세템브리니settembrini라고 하는데. 꽃이라고 할 만한 것도 아니고, 제대로 된 이름인지 어떤지는 몰라.

으음, 세템브리니라고 하는구나. 작은 소리로 그 이름을 거듭 읊조리며 나는 생각했다. 이 얼마나 간단한 이름인가. 9월에 피니까 9월의 아이인가.

예쁜 꽃이에요. 이렇게 말하자 이를 데 없이 꽃을 좋아했던 시어머니는 아니, 호들갑을 떨기는, 하는 얼굴로 웃으며 말했다. 글쎄, 예쁜지 어떤지는 잘 모르겠지만 나는 좋아해. 작고 예쁘장해서.

개미취紫苑. 아마 국화의 일족일 것이다. 확 눈에 띄는 꽃은 아니지만, 일본어로 시온紫苑이라고 읽는 그 한자는 아취가 있고 그윽하다. 무엇보다 시온이라는 소리의 울림이 산뜻하다. 높이 뻗어 들국화 비슷한 보랏빛의 작은 꽃을 성긴 별자리처럼 짙은 초록빛 잎 사이에 피워내는 그 젖은 듯한 색이나 쑥 뻗은 모습을 좋아하는 것일까. 들꽃치고는 화려하지만 재배되는 꽃으로는 자연의 정취가 강하다.

하지만 내가 이 꽃 이름에 신경을 쓴 것은 개미취에 대한 그런 생각과는 상관없었다. 그 무렵 내가 이탈리아어로 번역하고 있던 이시카와 준(石川淳, 1899~1987)의 단편소설에 나오는 이 꽃의 이름을 어떻게 번역하면 좋을지 몰라서 난감해하고 있었기 때문이다.

《개미취 이야기紫苑物語》. 주인공 무네요리宗頼가 운명에 희롱당해 마의 궁술을 익혀 살생을 이어가는데, 그에게 간언하거나 그의 길을 방해하는 것으로 보이는 친족이나 하인들에게도 활을 겨누고 끝내 스스로 저택과 함께 불 속에서 스러지는 장절한 이야기다. 그런데 주인공이 쏘는 마의 화살이 살육을 저지를 때마다 그 기억을 간직하고 전하는 꽃이라고. 그가 말하는 개미취가 쑥쑥 자라 꽃을 피운다. 초현실적 수법의 뛰어남이 은유의 깊이와 어울려 특별히 멋진 이야기다.

그 책은 당시 밀라노의 한 출판사의 의뢰로 편집하고 있던 일본의 근현대 소설집에 넣기 위해 번역한 것이었다. 대부분 단편인 스무 편 남짓의 작품을 번역하는 일은 무척 힘들었다. 번역에 자신도 없고 풍속이나 습관의 차이도 컸기 때문에 작업의 진행은 느려서 그 시점에 이미 2년이나 이어지고 있었다.

생각지도 않게 내가 시댁에서 그 꽃을 본 것은 마침 이시카와 준의 작품 제목이기도 한 그 꽃 이름을 어떻게 번역해야 할지 몰라 쩔쩔매고 있을 때였다. 내게 개미취는 일본에 있는 어머니가 좋아한 꽃이기도 하고, 전쟁 중에 여학교에서 교사의 눈을 피해 우리가 돌려 읽었던 소녀소설 《개미취원紫苑の園》을 떠올리게 하기도 해서 그리움을 아로새긴 듯한 꽃이었다. 대체 어떻게 번역하면 좋을까. 적당한 식물도감 같은 것도 갖고 있지 않아서 나는 고심 중이었다. 나보다 몇 년 전에 이 작품을 영어로 번역한 도널드 킨(Donald Keene, 1922~2019)은 간단히 Asters라는 단어를 선택했고 그대로 제목으로도 사용하고 있다고 친구인 편집자가 알려주었다. 도널드 킨은 아마 애스터의 어원인 astrum(星)을 연상하고 이 단어를 선택한 게 아닐까. 어쩌면 라틴어 학명과 연결되어 있을지도 모른다. 하늘에 흩어지는 별과 망각. 나는 멋대로 상상하고 있었다. 그것도 하나의 해석인 것은 틀림없지만, 일본에서 애스터라 불리는 것은 과꽃이라고 하는 짙은 핑크색이나 보라색, 때로는 흰색의 지름 2, 3센티미터 정도 되는 국화 비슷한 꽃을 피우는 다년초로, 가을에 피는 개미취와는 상당히 다르다.

실물을 알고 있는 내게는 작가가 의도한 망각의 이미지를, 큰 소리로 잘 웃는 젊은 여성들처럼 거리낌 없는 과꽃에만 국한한 것이 너무 안이한 것으로 여겨졌다.

그리고 나 자신이 개미취를 이탈리아에서 본 적 없었다는 이유만으로, 그것은 아마 일본 또는 중국 주변이 원산지이고 이 나라에는 존재하지 않는 게 아닐까, 하고 성급하게 생각해버렸다. 만약 그렇다면 그것으로 된 거다. 딱딱한 학명을 인용하여 분위기를 깨는 것보다는 적어도 느낌만이라도 비슷한 꽃 이름이 없을까 하고 꽃집 앞을 지날 때마다 두리번거렸다.

그러다 시어머니 집에서 개미취와 맞닥뜨린 것이다. 올해도 피었어, 하고 참으로 아무것도 아닌 것처럼 '그녀의' 채소밭에서 팔에 안고 온 그 꽃을 보고 나는 멍해지고 말았다. 어머니, 채소밭에 저 좀 한번 데려가 주실래요. 정신을 차리고 나는 부탁했다. 이 꽃이 피어 있는 것을 보고 싶어요. 그러지 뭐. 시어머니는 늘 그렇듯이 건성으로 대답했다.

채소밭 좀 보여주세요, 하고 내가 시어머니를 졸라댄 것은 그때가 처음은 아니었다. 하지만 내가 그것을 입에 담을 때마다 그녀는 그저 웃을 뿐이거나 어떨 때는 듣지 못한 척하거나 갑자기 화제를 바꾸거나 했다. 아니, 적어도 내게는 그렇게 보였다. 기분이 좋을 때도 오늘처럼 건성으로 대답하거나, 그게 데려갈 만한 채소밭이 아니야, 하고 담박하게 받아넘기기 일쑤였고, 순순히 데려간다고 말해주지 않았다. 그런 그분을 나는 문득 멀리하고 싶은 기분이 든 적도 있었다. 이렇게 친하게 지내는데도 아직 내게 보여주고 싶지 않은 곳이 있는 걸까. 그것은 그분이 며느리인 내게 아직 곁을 주지 않고 있다는 증거처럼 보였기 때문이다.

어머니는 왜 나를 채소밭에 데려가 주지 않는 걸까? 어느 날 밤 남편에게 이렇게 물은 적이 있다. 모르겠는데. 당신이 분명하게 부탁하지 않은 거 아냐? 그는 이렇게 말하며 읽고 있던 책에서 눈을 들었다. 왜 그런지 모르겠지만 데려가 주지 않아. 데려가 달라고 부탁하면 갑자기 화제를 돌려버리신다니까. 흐음. 남편은 이렇게만 말하고 이미 다시 책을 읽고 있었다.

이야기는 그것으로 끝난 것 같다. 데려갈 만한 곳이 아니기 때문일 것이다. 남편이 그렇게 말했고, 그런 것을 마음속으로 계속 생각하고 있는 나 자신도 싫었다. 그러므로 나도 왠지 모르게 그대로 포기한 모양새가 되었다.

아무리 그래도 시댁에서 백 미터도 떨어지지 않은 채소밭에 왜 스스로 제격 가보지 않았을까. 지금의 나는 그렇게 생각한다. 하지만 그 철도원 관사에서 나는 외국인일 뿐만 아니라 오랫동안 함께 고생해온 관사 사람들에게는 틈입자에 지나지 않다는 생각이 늘 머릿속 어딘가에 숨어 있었던 것도 사실이다. 위압적인 철문을 지나 관사 부지에 발을 들여놓은 순간부터 나는 끊임없이 누군가가 지켜보고 있는 것 같은 기분이 들어서 나도 모르게 자신의 행동을 규제하고 있었던 것 같기도 하다. 게다가 비록 방향이나 장소는 짐작이 가지만 시어머니가 데려가 주지 않는다면 채소밭에 가서는 안 된다. 양해도 얻지 않고 그녀의 비밀을 들여다보는 것 같아서였다.

시어머니는 이따금 그녀의 채소밭에서 여러 가지를 '수확'해와서는 우리를 즐겁게 해주었다. 대개는 꽃이었지만 로즈메리나 세이지 같은 허브도 있었다. (그녀는 원래 이탈리아 남부 사람들이 쓰는 바질이나 오레가노를 심지 않았다.) 어느 날 잠깐, 하며 부엌에서 나가더니 잠시 후 앗, 구려, 냄새

가 고약해, 를 마치 오페라의 추임새처럼 되풀이하며 작
고 동그랗고 푸석푸석한 잎이 달리고 뿌리에 희미하게 가
루가 뿌려진 듯한 초록색 풀을 신문지에 싸서 들어왔다.
이건 대체 뭐지? 아무렇지 않게 손가락으로 동그란 잎을
짓누르자 크게 소리치고 싶을 만큼 강한 악취가 나서 나
는 얼굴을 찡그렸다. 아니, 그거 몰라? 시어머니는 웃었
다. 평범한 풀 같지만 이게 도움이 돼. 루타라고.

사전에는 헨루더로 나와 있는 그 풀은 실제로 식탁이
기도 한 부엌 테이블에 놓는 것이 꺼려질 정도로 강한 악
취를 풍겼다. 살짝 손이 닿기만 해도 구역질이 날 것 같은
역겨운 냄새가 서서히 코에 들러붙었다. 꼭 노린재 같다
고 나는 생각했다. 곤충 채집에 빠져 지내던 어린 시절의
어느 여름날, 아무렇지 않게 손으로 집었다가 너무나도
고약한 냄새에 질렸던 적이 있다. 그 후 한동안 노린재와
같은 색의 곤충을 보면 거의 자동으로 구역질이 났다. 비
누로 씻어도, 모래로 비벼도 그 고약한 냄새는 손가락 끝
에 남았다.

아, 구려, 냄새가 고약해요, 어머니. 이런 풀은 뜯어오지
않았으면 좋았을 텐데요. 이런 게 무슨 도움이 되나요?

이런 거라니? 시어머니는 입을 비쭉거렸다. 그라파에 넣으면 향이 나서 맛있어. 이삼일 그늘에 말린 후에 그라파 병에 가지 하나만 담가두면 고약한 냄새가 알맞게 순해져. 옛날에는 구충제로 썼는데 지금은 이 정도 쓸모밖에는 없지. 이렇게 말하며 그녀는 풀을 하나로 뭉쳐 끈으로 묶고는 욕실로 가져갔다. 거기에는 잇몸이 부었을 때 달여서 양치질을 하는 이질풀과 비슷한 당아욱이나 잠들지 못할 때 먹을 허브티를 만드는 카모마일 등 이미 여러 종류의 약초가 천장에 매달려 있었다.

겨울이 다가온 어느 날 시댁에 가자 저녁식사 후에 어머니가 찬장에서 그라파 병을 꺼내왔다. 남편이 좋아하는 술이었으므로 우리는 어머니, 하고 환성을 질렀다. 하지만 그때 우리는 예전에 루타를 넣었다는 사실을 까맣게 잊고 있었다. 악취가 코를 찔렀던 그 풀의 작은 가지가 지금은 병 절반쯤의 높이까지 광택을 잃은 채 잠겨 있는 걸 보고 나는 맥이 풀렸다. 내가 루타를 싫어하는 것은 단순히 외국인이어서 익숙하지 않기 때문일까. 까닭도 없이 그런 의문이 머릿속을 내달렸다. 아니, 나는 생각했다. 병을 전등에 비춰보며 기쁜 듯이 웃고 있는 남편을 보고 그와 나

사이에 그 역한 냄새 나는 풀이 끼어든 것 같은 기분이 든 것은 아니었을까. 그리고 시어머니에게 고분고분할 수 없을 때면 문득 나는 그녀로부터 루타 냄새를 맡은 것 같은 기분이 들기도 했다.

공기가 맑은 초여름 어느 날, 시어머니가 라일락 가지를 마치 짊어지듯 잔뜩 가져온 적이 있었다. 그때도 나는 환성을 지르며 이탈리아어 이름을 물었고 시어머니는 여느 때의 나지막한 목소리로 사투리인지 어떤지 모르겠지만, 하고 양해를 구하고 나서 이것 또한 여느 때처럼 자신 없다는 듯 대답했다. 우리는 세레넬라serenèlla라고 하는데.

그 후 여러 해 동안 이탈리아에서 생활하는 중에 나는 이 꽃을 세레넬라라고 부르는 사람들과 프랑스어식인 듯 어미에 액센트를 넣어 릴라lilla라고 하는 사람들이 있다는 것을 알았다. 그것은 그 사람들이 자란 환경이나 시대에 따라 다른 것 같았다. 시골 사람이나 연장자 중에는 시어머니와 마찬가지로 이 꽃을 세레넬라로 부르는 사람도 많다. 농업에 종사하는 남편의 사촌들이나 이모부와 이모도 이 꽃을 알고 있다면 아마 세레넬라로 부를 것이다. 반면에 프랑스어식의 릴라라는 이름(이탈리아로는 어딘가 어색한)은 어딘가 멋을 부린 인텔리 같은 분위기를 풍긴다. 그것은 아마 이 이름이 20세기에 들어와서 프랑스 문학이나 상송을 통해 이탈리아에 수입되었기 때문이 아닐까. 일본에서도 이 꽃을 굳이 자정향화紫丁香花라는 한자명으로 부르는 사람은 못 봤지만, 내가 어렸을 때 젊은 숙부와 숙모들이 집 복도를 걸으며 릴라 꽃이 핀다는 가사의 아주 로맨틱한 유행가를 부르는 것을 들은 기억이 있다. 홋카이도에 심어져 유명해지기 전부터 이 꽃은 노래나 문학을 매개로 서양에서 일본에 들어왔을 것이다.

그건 그렇고, 세레넬라라는 이름이 그것을 쓰는 사람들과는 상관없이 어딘가 촌스럽게 들리는 것은 무슨 까닭일까. 세레넬라의 어원에 해당하는 세레나seréna 또는 세레노seréno라는 말은 조용한 밝음, 맑은 하늘 등을 의미하는 단어답게 소리의 조합에 환한 아침 같은 상쾌함이 있는데도, 축소의 의미가 있는 어미를 붙이면 어딘지 모르게 우아함이 감소하고 촌스럽게 여겨지는 것은 나만의 느낌인 걸까. 그 단어에는 볼이 빨갛고 마음씨가 곱지만 다소 굼뜬 소녀의 이름 같은 울림이 있다.

세레넬라라고 불렸던 시어머니와 달리, 그녀의 맏언니

로 젠체하는 사람이었던 로사 이모는 이 꽃의 이름을 입술을 오므리며 릴라, 하고 발음했다. 이 이모는 반년에 한 번쯤 브레시아의 시골에서 밀라노로 올라와 여동생 집에서 묵고 갔다. 시어머니 자매 세 명 중, 시어머니도 마리 이모도 머리를 뒤로 바짝 당겨 묶었으나 로사 이모만 혼자 일본의 평범한 아주머니처럼 파마를 했고 가끔 미용실에 갔다. 그 꽃을 릴라로 부른 것도 세 자매 중에서 로사 이모뿐이었던 것 같다.

로사 이모의 차림새가 좋은 것에 대해 시어머니는 그 사람은 아이가 없어서야, 하고 간단히 정리했다. 하지만 언니는 제멋대로인 사람이라 그게 잘 된 거지. 아이가 없는 내게는 상당히 난폭한 논리로 들렸지만, 시어머니는 그런 식으로 말하면서도 로사 이모가 찾아오면 정말 기쁜 것 같았다. 다른 형제들은 남자도 여자도 모두 농사를 짓거나 젖소를 키우는 일을 하는데, 그 이모와 시어머니만이 월급쟁이, 그것도 철도원과 결혼하여 도시에 산다는 것이 두 사람을 단단히 묶어주었던 것일까.

철도원의 배우자는 남편이 죽은 후에도 기차를 1년에 수천 킬로미터나(그것은 직장에서의 생전 등급으로 정해지는 모앙이었다) 무료로 이용할 수 있어. 내게 이런 이야기를 하며 소중한 듯이 무료승차권을 보여준 것은 늘 얼굴을 마주하는 시어머니가 아니라 로사 이모였다. 몇 킬로미터의 스탬프가 찍혀 있었는지는 잊었지만, 여행을 좋아하는 로사 이모의 무료승차권은 모서리가 닳아 해져 있었다. 내가 감탄하며 그것을 보고 있으니 시어머니는 마치 초등학생처럼 허둥대며 나도 갖고 있어, 봐, 하며 자신의 침실에서 가져와 보여주었다.

로사 이모는 여행을 좋아할 뿐 아니라 도시파여서 그 무료승차권으로 시어머니를 찾아오면 즉시 집 앞을 지나는 노면전차를 타고 먼저 두오모 대성당으로 참배하러 갔다. 그러고는 그 무렵 그 도시의 유일한 백화점이었던 리나센테에 가는 것을 낙으로 삼았다. 백화점에 간다고 해도 꼭 물건을 사는 것은 아니었다. 물건들을 대충 훑어보고 유행의 흐름을 파악하는 거야. 로사 이모는 이렇게 설명했다. 돌아가신 이모의 남편은 시어머니의 남편, 즉 나의 시아버지보다 철도원으로서의 직급이 높았다. 그렇다고 여유가 있다고 할 만한 연금을 받지는 않았다. 시골 가게에 비해 뭐든지 가격이 높은 밀라노의 백화점은 그냥 지나치는 것이 상책이었다.

로사 이모가 열심히 유행의 흐름을 파악하는 것은 그녀의 특기인 뜨개질에 응용하기 위해서였다. 때로는 근처에 사는 사람의 주문을 받아 뭔가를 짜고 있기도 했다. 친척 누군가의 집에 갓난아기가 태어나면 로사 이모는 핑크색이나 하얀색의 가는 털실로 작은 스웨터나 바지, 조끼, 양말에서 콩알 같은 신발에 이르기까지 산더미처럼 여러 가지를, 돌아가신 이모부 것인 듯한 커다란 남성용 손수건을 무릎에 올려놓고 오랜만에 만난 시어머니와의 수다를 마치 맛있는 음식이라도 먹는 것처럼 즐기며 흰 손을 재빠르게 움직여 짜고 있었다.

무늬뜨기는 복잡해서 더 재미있어. 시름도 잊을 수 있고, 다 짰을 때의 만족감이 더할 나위 없이 좋거든. 어느 날 로사 이모가 이런 말을 해서 나는 어머님은 어때요, 하고 물었다. 겨울이 되면 시어머니도 때로는 장성한 두 아들이 집에서 밤에 신을 양말이나 자신의 작업용으로 쓸 손가락 없는 장갑을 짰다. 나는 말이야. 시어머니는 얼굴을 확 붉히고는 난감한 표정을 지었다. 짓궂기는, 알고 있으면서 그런 걸 묻고 말이야. 나는 손재주가 없어서 무늬뜨기 같은 건 도저히 못 해.

사실 시어머니는 무늬뜨기보다는 평범한 평뜨기를 더 좋아했다. 여름에 바다와 산 중에 어디로 가고 싶어, 하고 물었을 때 난 평야가 좋은데, 하고 대답한 남편과 그것은 같은 취향의 선택처럼 보였다. 여행을 좋아하는 로사 이모와 달리 시어머니는 매년 국철에서 보내주는 철도 무료 승차권을 쓰는 일이 좀처럼 없었다.

시어머니가 드디어 '그녀의' 채소밭으로 나를 데려가 준 것은 남편이 죽은 지 2년이 지난 후였다. 초여름의 어느 날 저녁, 중앙역 쪽 하늘에 연한 핑크빛 구름이 퍼져 있었다. 채소밭이 있는 삼각형 모양의 땅은 철도원 관사 부지의 북쪽에 있었는데, 가장 나중에 지어지고 벽이 칙칙한 노란색으로 칠해진 건물 뒤였다. 실제로 가서 보니 남편이 말했던 대로 그것은 채소밭이라고 하기에는 이상할 정도로 작은 땅이었다. 이제 관사에는 밭일을 할 수 있는 사람이 거의 없어서 완두콩 꽃이 잡초에 뒤얽혀 하얗게 피어 있기도 하고, 쓰러진 토마토의 노란 별 같은 꽃이 흙투성이가 되어 있기도 했다. 제 세상인 양 거리낌 없이 우거져 있는 것은 생명력이 강한 들풀, 허브, 꽃나무뿐이었다.

이제 세레넬라가 피어 있을지도 몰라. 시어머니는 이렇게 말하며 나를 불러내 주었다. 그런데 진짜 이유는 시동생이 결혼한 후부터 낮에 젊은 며느리와 둘이서 얼굴을 마주하고 있는 것이 거북해서다. 평소 함께 생활하고 있지 않은 내가 일하는 틈틈이 안부를 물으면 시어머니는 건강했던 무렵의 로사 이모가 밀라노로 찾아왔을 때처럼 안도하는 모습이었다.

겨우 1제곱미터가 될까 말까 한 그야말로 손바닥만 한 채소밭은 시아버지가 전쟁 중에 아이들을 위해 여기서 식용 토끼를 키웠다는 등의 이야기가 믿기지 않을 만큼 작았고, 전체가 더부룩한 풀로 뒤덮여 있었다. 파시스트 당원이 되면 여분의 배급을 더 받을 수 있는데도 끝까지 사회당원으로 강경하게 버텼던 시아버지가 그 주변의 풀 속에서 등을 구부리고 토끼에게 먹이를 주고 있는 것 같았다.

잡초에 뒤섞여 카모마일이 하얀 데이지 같은 꽃을 피우고 내가 그렇게나 싫어했던 루타도 우거져 있었다. 옆 밭과의 경계선에 있는 세레넬라는 아직 다 피지 않은 채 게

슴츠레한 초록색의 연한 잎이 산들산들 바람에 흔들리고 있었다. 그래도 숨이 막힐 것 같은 향기만은 이미 주위에 떠돌고 있어서, 어디서 왔는지 꿀벌이 꽃들 사이를 부산스럽게 날아다니고 있었다.

내가 자를 테니까 좀 받아줘. 시어머니는 이렇게 말하며 가위를 손에 들고 발끝으로 풀을 헤치면서 '그녀의' 채소밭으로 들어갔다. 루타에 닿지 않으려고 조심하며 어머니, 하고 뒤에서 부른 내게 그녀는 얼굴을 돌리며 살짝 웃고는 나직한 목소리로 말했다. 괜찮아. 이제 그라파에 넣는다고 하지 않을 테니까. 그때 우리 바로 옆을 로마행 기차가 큰 소리를 내며 지나갔다. 하지만 그것과 함께 시어머니의 목소리가 살짝 우물거린 듯이 들린 것도 분명했다.

아들의 입대

시동생 알도에게서 오랜만에 편지가 왔다. 외아들 카를로가 드디어 입대했다고 한다. 드디어, 라고 한 것은 이미 1년 반 전부터, 즉 그때까지 다녔던 밀라노의 공업고등학교 학년말 시험에서 몇 과목을 낙제했고 그것을 이유로 한심하게도 학교를 그만둔 이후 계속 입대할 날만을 기다리고 있었기 때문이다. 학교를 그만둠으로써 병역 유예의 권리를 잃은 카를로는 입대 통지가 올 때까지 꼼짝없이 몸 둘 곳 없는 신세가 되었다. 일본과 달리 노동조합의 힘이 센 이탈리아에서는 기업들 대부분이 임시로 사람을 고용하지 않는 구조였으므로, 카를로는 아르바이트도 하지 못한 채 온종일 그저 하는 일 없이 집에서 빈둥거리고만 있었다. 아버지를 닮아 탄탄한 체격인 데다 땅딸막한 아버지와 달리 요즘 세대답게 호리호리하게 키가 큰 열여덟 살의 젊은이가 집안일을 돕는 것도 아니고, 동물원의 곰처럼 좁은 집 안에서 어슬렁거리거나 자기 방 침대에서 뒹굴며 헤드폰을 낀 채 음악만 듣고 있는 것은 아무리 봐도 이상한 모습이었다. 입대할 날을 기다리는 동안 자원봉사를 하는 젊은이도 있는데, 카를로는 집에서만 활개를 칠뿐 도무지 스스로 그런 그룹에 들어가지를 못했다. 그런가 하면 여행을 떠나지도 않고 무위도식하다 보니 체중이 불어 부모를 불안하게 만들었다. 밖에서 어정거리며 이상한 패들한테 들러붙는 것보다는 나을지 몰라. 시간 단위로 여러 곳에서 가사를 돕고 있는 실바나는 마음을 가라앉히기 위해서라도 그렇게 중얼거린 적이 있었다. 하지만 그녀는 자신보다 훨씬 키가 커버린 아들이 집에서 빈둥거리는 것으로 인한 불안을 숨기지 못해 큰 소리로 나무랄 때면 자신도 모르게 그만 날카로워지고 마는 것이었다.

알도는 이미 10년 가까이나 단신 부임으로 나폴리의 시골에 있는 공장에서 현장 주임 같은 일을 하며 한 달에 한

번 밀라노로 돌아오는 생활을 하고 있었다. 그래서 아내로부터 아들의 그런 상태를 들을 때마다 견딜 수 없는 초조감에 휩싸였으나 실제로는 아무것도 해결해줄 수 없었다.

카를로는 알도가 마흔이 넘어 낳은 아들이었다. 결혼할 생각이 없는 것처럼 보여 주위의 마음을 애타게 하다가 가까스로 좋은 상대를 만나 가정을 꾸린 것이 이미 삼십 대가 지나서였다. 알도는 사 형제의 세 번째로, 근방에서 평판이 좋은 효자였던 첫째 형 마리오는 전후의 식량난 시기에 결핵을 앓아 애석하게도 스물한 살에 죽고 말았다. 둘째 형 페피노는 고학으로 대학을 졸업한 후 서점에서 일하며 결혼하여 도심까지는 아니어도 그럭저럭 중류라고 할 수 있는 주택지에 살고 있어 근방에서도 직장에서도 인정과 신뢰를 받고 있었다. 그런 형들의 생활 방식에 무언의 반항이라도 하는 것처럼 알도는 마흔이 다될 때까지도 근처의 가게에서 적은 액수라지만 돈을 빌리고, 집에 진득하니 붙어 있지 않고 어머니를 울게 하는 나날을 보내고 있었다. 토목 기계 조립공이라는 본업에서는 어엿하게 제구실을 한다는 말을 들었지만, 저녁에 퇴근하고 돌아오면 기름때가 묻은 작업복을 갈아입는 시간도 아깝다는 듯이 어디론가 훌쩍 나가버린다. 어머니에게는 알리지 않았지만 주로 가는 곳은 근처의 카페였다. 일요일마다 코치를 맡고 있는 작은 축구팀의 소년 누군가에게 피자나 마실 것을 사주고 때로는 근처 교회의 영화 클럽에 데려가기도 했다. 그들을 돌봐주는 것인지, 아니면 그들이 놀아주는 것인지 알 수가 없어서 어머니를 기가 막히게 했다. 집에 들어오는 것은 오로지 밤에 잠을 자기 위해서라는 듯한 일이 며칠이고 계속되는 것도 드물지 않았다.

알도가 태어난 곳은 철도원이었던 아버지가 파시스트 당원이 되는 것을 거부하여 좌천된, 오스트리아와의 국경에서 가까운 산악 도시인 볼차노였다. 어머니는 관사도 배정받지 못한 채 일가가 임시로 거처하는 화물열차 안에서 알도를 낳았다. 어머니가 그것을 마치 자랑이라도 하는 듯이 일요일마다 형과 함께 저녁을 먹으러 오는 형수에게 얘기하는 것이 그에게는 몸이 오그라들 정도로 지겨운 일이었다.

큰형 마리오와 바로 아래 누이가 연이어 결핵으로 숨을

거둔 후 아버지마저 심장 발작으로 어이없이 세상을 떠나자, 철도원 관사인 아파트에는 어머니와 함께 둘째 형인 페피노와 그만 남았다. 이제 가족이라고도 할 수 없을 것 같은 어중간한 조합의 세 사람이 어둑한 전구 아래 얼굴을 마주하고 저녁을 먹는 것이 그저 울적할 뿐이어서 알도는 되도록 집에 있고 싶지 않았던 것이다.

성적이 좋은 두 형에게 대항하듯 반드시 자신은 간신히 진급할 수 있는 성적만 받을 거라고 초등학교에 들어간 직후 어머니에게 선언했다는 알도는 학교를 졸업하지 않으면 자신처럼 평생 손해만 본다고 늘 강조한 아버지의 뜻도 단호히 거역하고는 중학교도 졸업하기 전에 일을 찾아 나가버렸다. 둘째 형의 소개로 들어간 기계 공장에서는 열심히 일하는 자세와 재치 있는 성격으로 인정받아 소중히 여겨지기는 했지만, 유감스럽게도 초등학교 졸업장만으로는 블루칼라 이상의 승진은 꿈 같은 일이었다. 또한 무슨 일이 있을 때마다 사장이 둘째 형의 지인이라는 것이 성가셔서, 어느 날 사소한 일로 공장주임과 말다툼을 벌이고는 그 회사를 그만두어 25년의 경력을 단번에 날려버렸다. 학생운동이 활발하던 시절로, 노동자의 권리라는 말이 떠들썩하게 외쳐지고 고용인·피고용인 쌍방의 목소리가 필요 이상으로 날카로운 시대이기도 했다.

알도에게 그때는 바로 실의의 시대였다. 솜씨를 인정받아 일자리는 곧 구했지만 마흔 살 가까운 나이에 새로운 직장에 익숙해지기는 무척 힘든 일이었다. 자기보다 젊은 사람이 선배 티를 내는 것도 비위에 거슬렸다. 그런 짜증이 겹쳐 있던 무렵에 이번에는 그의 처신 자체와 관련된 사건이 일어났다. 둘째 형 페피노가 고작 사흘쯤 병석에 누워있더니 죽어버린 것이다. 일도 순조로웠고 누구에게나 순풍에 돛을 단 것처럼 보였던 형이었는데도 전혀 눈에 보이지 않는 커다란 손에 의해 인생의 계획이 갑자기 변해버린 것 같은 죽음이었다. 어머니나 형수에게는 물론이고 알도에게도 인생의 수레바퀴가 별안간 획 돌아버린 듯한 사건이었다. 그도 어머니도 반년쯤은 넋이 나간 듯 지냈다. 하지만 머지않아 주변의 풍경이 조금씩 눈에 들어오게 되자 앞으로는 홀로 남겨진 어머니를, 바라는 바는 아니지만 자신이 모시지 않으면 안 된다는 자각이 조금씩 압박해오는 것을 느끼고 알도는 당황했다. 그는 이 곤경을 벗어날 유일한 해법은 결혼 상대를 찾는 것이라고 생각했다.

　그러나 결혼 상대는 직장을 구하는 것처럼 쉽게 찾을 수 있는 일이 아니었다. 알도는 어머니를 닮아 뼈대가 굵고 탄탄한 체형이었다. 팔다리도 목도 짧고 큰 머리가 어깨에 묻힌 것처럼 보여 겉치레로도 균형 잡힌 체형이라고 말할 수 없다. 머리가 너무 커서 아기 때부터 좀처럼 일어서지 못했다고 한다. 어머니가 자주 그렇게 말하며 그를 놀렸다. 유별나게 큰 머리가 때로는 어두운 지하수 같은 그의 완고한 성격을 상징하는 것처럼 보이기도 했다. 머리카락은 약간 붉은색을 띤 금발이고 눈은 어머니에게 물려받은 밝은 파란색이었다. 웃을 때는 좀처럼 겉으로 드러나는 일이 없는 수줍음이 우르르 그 파란색을 가로질러 잔물결처럼 얼굴 전체로 퍼진다. 그럴 때면 평소에는 큰 목소리로밖에 이야기하지 않는 데퉁스러운 알도의 성격이 실은 터무니없이 내향적이라는 것이 모조리 드러나고 만다. 겉모습은 나를 닮았지만 잠시도 집에 진득하니 붙어 있지 못하는 것은 아버지를 쏙 빼닮았어. 제멋대로이고 그런 주제에 속은 좁고 말이야. 어머니는 이렇게 투덜댔지만, 사실은 공부를 잘해서 어려운 말을 하는 페피노보다 알도가 대하기에 더 편했고, 게다가 남편만이 아니라 세 아이가 먼저 세상을 떠난 지금은 이 아들 외에는 의지할 사람도 없었다.

하나 남은 형마저 죽자 알도는 망연자실했다. 자신은 태어날 때부터 세 번째 아들이어서 또 아들이냐는 말을 들었지만, 이듬해에 태어난 누이는 모두에게 이쁨을 받았다. 그래서 그는 어렸을 때부터 어떻게든 어머니의 애정을 자신에게 붙들어 매어 두려고 했다. 그런데 이렇게 모두 죽고 나니 열심히 노력할 의욕이 완전히 없어진 거나 마찬가지였다. 그렇지만 이제는 그것 때문에 사람이 변해 버릴 만큼 젊은 것도 아니었다. 집에 진득하니 붙어 있고 싶지 않은 것은 이전과 다르지 않았고, 남편의 연금으로 겨우 살아가는 어머니에게 용돈을 타 쓰는 것도 편치 않았다. 업무차 다른 지역을 다녀올 때는 그곳의 특이한 채소나 도회에서는 좀처럼 구할 수 없고 농가에서만 파는 올리브유 등을 가져와 어머니에게 잠자코 내밀었다. 하지만 결혼 상대에 대해서만은 두 사람 모두 완강히 입을 다물고 있었다.

둘째 형이 아직 살아 있을 때였는데, 한 번은 발레리아라는 아름다운 이름의 여자가 뻔질나게 전화를 해온다고 시어머니가 말한 적이 있다. 알도가 이탈리아 남부로 출장을 갔을 때 알게 된 사람인 듯했다. 그러나 남부 출신이라는 것만으로 어머니는 신경을 곤두세웠고, 어느 날 발레리아의 어머니라는 사람이 직접 전화를 걸어와 둘이 서로 으르렁거린 모양이었다. 그 이후 전화는 뚝 끊어졌고 알도는 그 여자를 포기한 듯했다. 형 페피노가 그 일을 알게 되어 어머니에게 싫은 소리를 했을 때는 이미 모든 것이 끝난 후였다.

알도가 실바나를 만난 것은 겨울 휴가 때 스키를 타러 간 산촌에서였다. 실바나라는 이름에서 연상되는 나긋나긋한 금발 소녀의 이미지와는 다르게 그녀는 알도처럼 어깨 폭이 넓고 탄탄한 몸매로, 반듯하게 등을 펴고 튼튼한 두 발로 땅을 단단히 밟고 있는 타입이었다. 사람을 만나면 인사 대신 웃고 마는, 회색이 도는 갈색 눈에는 산간 지방에서 자란 내향성과 수줍음, 그런데도 약하거나 도움이 필요한 사람을 기꺼이 감싸는, 동요하지 않는 온순함이 담겨 있었다. 싹싹한 성격에 부지런하기까지 해서 동네 주부들에게 귀여움을 받았고, 누군가가 바쁜 일로 도와달라고 부탁하면 기꺼이 도왔다. 어려서부터 고생에 익숙했으므로 알도에게 사랑 고백을 받았을 때, 이 남자를 따라 산을 내려가 대도시에 정착한다 해도 곧 적응할 거라는 젊음의 자신감으로 그의 프러포즈를 받아들였다. 알도가 마흔, 실바나는 아직 스물여덟이었다.

실바나의 고향은 제1차 세계대전까지는 오스트리아령이었기에 그녀의 성도 독일식이었다. 그녀가 열두 살 때 젊었던 어머니가 몸져누운 탓에 그녀는 어머니의 수발만이 아니라 집안일 전체를 떠맡았다. 어머니가 세상을 떠났을 때 그녀는 스물여섯이었다. 이후 목수 일을 하는 오빠 줄리아노와 과묵한 아버지의 시중을 들며 세월을 보내고 있었는데, 오빠가 자신의 소꿉동무인 릴리아나와 결혼하게 되자 실바나가 아버지 시중을 도맡게 되었다. 그러던 때 마을 사람들이 '평야'에서 온 '이탈리아인'으로 부르는 알도를 만난 것이다.

해발 1천 미터인 산의 주민들은 대부분이 경사면인 땅에 사과나무를 심고 젖소를 키우며 중세 이래 빈곤의 역사를 살아왔다. 밀도 포도도 열매를 맺지 않는 메마른 땅이었다. 남자는 어엿한 어른으로 제구실을 할 만한 나이가 되면 산에서 내려가 돈을 벌기 위해 국경 너머 스위스나 오스트리아로 떠났다. 그런 식으로 외국에 익숙해서인지 고립된 산촌치고는 사람들의 사고가 의외로 유연했다. 실바나의 결혼에 대해서도 그런 유연성이 작용한 것 같았다. 가족도 이웃들도 나이 차도 많고 성장 환경이 전혀 다른 이 두 사람의 조합을 수월하게 받아들이고 축복해주었다.

실바나의 아버지도 젊은 시절에는 외국 생활을 많이 했다. 이탈리아인이라고 무시당하는 것만 견디면 산촌에서보다 수입이 훨씬 좋았기 때문이다. 산 경사면의 손바닥만 한 목초지에서 두세 마리의 소를 키우며 젖을 짜는 것도, 그 젖을 외바퀴 차에 실어 마을의 치즈 공장에 팔러 가는 것도 어머니가 병이 들고부터는 내내 실바나와 줄리아노의 역할이었다. 그런 가난 속에서 살다 보니 학교에 가도 선생님의 가르침이 거의 머릿속에 들어오지 않았다. 대충 읽고 쓰는 것과 덧셈·뺄셈을 할 수 있게 되자 선생님에게 주의만 받는 학교에는 자연히 발길이 뜸해져 실바나는 4학년 때 초등학교를 그만두고 말았다.

그곳 사람들이 뜻하지 않게 가난에서 벗어날 수 있었던

것은 전후에 찾아온 이탈리아의 경제 성장 덕분이었다. 이름도 없는 외진 산촌에도 도회지에서 피서객이나 스키 객이 찾아오기 시작했다. 그 덕에 줄리아노는 아버지처럼 외국에 가지 않고도 여름철에는 솜씨 좋은 목수로, 겨울 철에는 아내와 함께 스키 강사로 일을 하여 넉넉한 수입 을 얻게 되었다. 아버지도 은행에서 얼마간 대출을 받아 가난의 상징이었던 경사면의 땅에 오스트리아풍의 경사 진 지붕과 나무 발코니가 있는 아름다운 흰 벽의 집을 지 어 도회지에서 온 손님에게 객실을 제공하며 안정적인 수 입을 확보했다. 그것들 중 일부는 언젠가 실바나의 지참 금이 될 예정이었다.

한편 무산계급이라는 말이 그대로 들어맞는 듯한 도시 노동자의 가정에서 태어난 알도는 재산은커녕 저축이라 부를 만한 것조차 없었다. 있는 것이라고는 둘째 형이 생 전에 어머니를 위해 무리해서 구매해준 어둑어둑한 철도 원 관사인, 방 두 개에 식당 겸 부엌이 있는 아파트뿐이었 다. 그래도 일단 밀라노라는 대도시에서 살고 있다는 사 실이 산촌 사람들에게는 재산답게 비쳤을지도 모른다. 무 엇이 좋게 작용했는지 일단 알도는 내성적인 산촌 사람들의 신뢰를 얻은 것 같았다.

처음부터 알고 있었다고 해야겠지만, 결혼하고 나서 가장 고생한 사람은 누가 뭐래도 실바나였을 것이다. 확실히 알도는 결혼하면서부터 사람이 변한 건지 집에 붙어 있게 되었다. 공장일이 끝나면 쏜살같이 돌아왔고 저녁 식사 후에 외출하는 일도 없어졌다. 하지만 시어머니는 부엌살림을 넘겨주지 않았고, 실바나는 소금기가 많고 아주 진한 시어머니의 음식에 억지로 맞출 수밖에 없었다. 그녀는 지대가 낮은 밀라노의 답답한 공기에도 적응하기가 어려웠다. 산촌에서는 아무리 작은 집이라도 제라늄이 흐드러지게 피어 있는 창가가 있고, 맑은 공기와 여기저기에 사촌이나 지인들의 환한 인사가 있었다. 좁은 철도원 관사에서는 부엌의 식탁에서 시어머니가 손일을 하고 있으면 자신은 어디에 있어야 할지 알 수가 없었다. 밖으로 나가도 철길 둑 아래의 뜰은, 겨울에는 차가운 안개가 괴어 있는 것 같고 여름에는 바람결에 나뭇잎 하나 살랑거리지 않고 습한 열기가 가득 차서 몹시 답답했다. 둑옆에 일렬로 늘어선 미루나무도 이름뿐인 화단에 심어진 플라타너스도 실바나에게는 아무런 표정도 없는 그저 '나무'에 지나지 않았다. 계절마다 꽃을 피우고 밝고 반지르르한 열매를 맺는 체리 나무 아래에서 올케 릴리아나와 겨울 준비로 뜨개질을 하거나 조카들을 돌보던 산속 오후의 투명한 시간이 이제 두 번 다시 돌아올 수 없는 수정구슬 속의 세계로 여겨졌다. 말끝을 올리는 산간 지역의 새된 목소리의 빠른 말도 롬바르디아 평야의 묵직한 방언에 비하면 한없이 우아하고 그리웠다. 알도가 공장에서 돌아오기만을 기다리는 단조롭고 질식할 것만 같은 나날이었다. 여름이 오면 산으로 돌아가자. 실바나는 그런 생각으로 버티며 도시의 1년을 보냈다.

아기가 태어난 것은 그로부터 2년이 지나고서였다. 사내아이였다. 아버지가 된 알도는 밀라노의 수호성인 카를로 보로메오의 이름을 따서 아들 이름을 카를로라고 지었다. 자신이 태어난 비참한 볼차노의 화물열차나 빈농의 아이로 자란 부모의 고향 브레시아의 시골 같은, 그런 어두운 과거를 지닌 지역의 모든 것을 뿌리치고 이 아이는 새로운 밀라노 사람으로 자랐으면 싶었다. 그 이름에는 그런 기도가 담겨 있는 것 같았다. 네 형제 중 세 명이 모두 애석하게 죽었고, 아무리 봐도 가장 못난 자신만 살아남았다. 이 아이는 다른 형제들처럼 병에 걸리지 않도록 일찍부터 스포츠로 단련시키자. 장래에는 프로축구 선수로 활약할 수 있을지도 모른다. 만약 형들을 닮았다면 열심히 공부하고 출세해서 이 집을 떠날 것이다.

그런 생각은 당연히 실바나에게도 있었다. 이 아이에게는 자신들이 꿈꾼 모든 것을 경험하게 해주자. 다리가 매끈하게 자라도록 산촌에서 신발 가게를 하는 숙부가 만든 신발만을 신게 하자. 걸을 수 있게 되면 오빠에게 부탁해서 스키를 배우게 하자. 어쩌면 산촌의 왈테르처럼 올림픽에 나갈지도 모른다. 학교에 들어가게 되면 오빠의 아이들처럼 등 부분에 해달 가죽을 댄 책가방을 메게 하자. 국경의 도시로 가서 오스트리아제 로덴 코트를 사주자. 초등학교도 못 마친 자신이나 중학교를 중퇴한 알도와 달리, 이 아이는 어쩌면 대학까지 진학할지도 모른다.

마치 백발 같은 금발의 곱슬머리, 창백할 만큼 하얀 피부. 물망초처럼 파란 눈. 작은 카를로는 누구보다 할머니를 닮았다. 그것은 또 알도가 어머니를 빼닮았다는 사실이 카를로를 보면 확실히 이해되는 흐뭇한 광경이기도 했다. 실바나만이 아이가 시어머니를 닮았다는 말이 나올 때마다 어머, 그렇지 않아요, 하고 우겨댔다. 산촌의 제라늄 꽃잎처럼 붉고 얇으며 양 끝이 새침하게 살짝 올라간 입술만은 죽은 큰아버지 페피노와 거실 벽에 걸린 색바랜 사진 속의 할아버지를 닮았다.

카를로가 두 살 때 알도의 어머니는 오랜 투병 끝에 84세를 일기로 세상을 떠났다. 밀라노에서도 드물다고 한 추운 겨울이었다. 난방이 끊어지는 밤에 부부는 외투를 입고 병시중을 들었다. 장례식이 끝나고 휑뎅그렁한 집에 아이와 부부만 남고 보니 다시 한번 새롭게 가족이 모습을 갖추는 것 같기도 했다.

손이 많이 갔던 시어머니가 세상을 떠나자 실바나는 한동안 멀어져 있던 산촌이 단숨에 그리워졌다. 아직 눈이 많이 쌓인 3월의 산에서 카를로는 처음으로 스키를 신고 몹시 기뻐했다. 어린 카를로가 강아지처럼 손위 사촌들과 노는 모습을 보며 실바나는 어쩐지 안도하는 마음이 들었다. 이 아이는 자신보다 밀라노와 산촌을 잘 구분해서 살아갈 수 있을지도 모른다.

그해 여름, 아버지가 실바나의 지참금 몫인 아파트를 산촌에 확보해주자 실바나는 7월이 되는 것을 기다리지 못하겠다는 듯이 카를로를 데리고 산으로 돌아갔다. 알도는 밀라노에 남았다. 주말이 되면 세 시간은 족히 걸리는 길을 자동차를 운전하여 찾아갔다. 카를로가 드디어 학교에 들어갈 나이가 되었고, 이후로도 아이는 긴 여름방학과 크리스마스, 부활절 방학을 반드시 어머니와 함께 산촌에서 보냈다. 아름다운 갓난아기였던 카를로는 귀여운 유아에서 활발한 소년이 되었고, 산촌 사람들 모두가 소중히 여겼다.

　실바나의 오빠 줄리아노의 두 아이도, 올케 형제의 아이들도 신기하게 모두 사내아이들이었다. 밀라노에 있을 때는 아주 평범한 아이인데도 산촌에 가면 도회지 아이의 자신감으로 떠받쳐지는지, 산촌 아이들 사이에서 카를로는 늘 골목대장이었다. 손위 사촌들까지 카를로, 카를로 하며 그를 따라 걸었다. 6월에 카를로가 찾아가면 산촌의 아이들은 드디어 여름방학이구나, 하고 생각했다.

　밀라노에서 카를로는 학교에 가도 결코 눈에 띄는 존

재가 아니었다. 머리는 나쁘지 않으나 주의력이 부족하고 숙제를 제대로 해오지 않는다는 것이 그를 맡은 교사들의 공통된 의견이었다. 소심해서 스스로 친구를 만들지 못했다. 알도와 실바나는 아이가 자신들을 닮았을 테니 공부를 잘하지 못해도 어쩔 수 없다는 마음과, 항상 학교에서 우등생이었던 큰아버지들을 닮아 부디 대학까지 갔으면 하는 마음 사이에서 계속 흔들렸다. 하지만 알도는 아무리 공부를 잘해도 형들처럼 젊어서 죽어버린다면 어이없는 일이라고 마음속으로 생각하고 있었다. 죽은 학자 선생보다는 살아 있는 당나귀가 낫다는 속담도 있다.

알도는 카를로가 초등학교에 들어가고 얼마 지나지 않은 무렵부터 아들에게 몇몇 소년 축구팀의 선발 테스트를 받게 했다. 그중에는 세계적으로 유명한 팀의 소년부도 있었다. 하지만 결국 카를로가 들어간 곳은, 예전에 알도가 코치를 했던 변두리의 작은 팀이었다. 학교 친구들이 수영 클럽에 다닌다는 말을 듣고 실바나는 카를로도 그곳에 다니게 했다. 운동을 하면 의지가 좀 더 강해질지 모른다며 학교 선생님도 찬성해주었다. 축구팀에는 일요일마다 아버지가 차로 데려다주었고, 수영 클럽에는 평일

방과 후에 어머니가 노면전차로 데려다주고 또 데려왔다. 그러나 어떤 운동을 해도 카를로는 조금만 더 참고 분발하면 될 시점에 포기했다. 마음이 내키지 않으면 까짓것 하며 어이없이 게임을 포기한다. 여름에는 한번 놀러 나가면 목소리가 쉴 때까지, 같이 놀던 동무들의 얼굴이 보이지 않게 될 때까지 집에 돌아오지 않았다. 겨울에도 도시에서 온 어른이 엉덩방아를 찧는 눈 쌓인 경사면을 쏜살같이 활강하는, 산촌의 아이들이 알고 있는 카를로는 거기에 없었다. 밀라노의 카를로에게는 뭔가 자신을 전부 드러내지 못하는, 뭔가 뜻하지 않는 일이 일어나는 것을 두려워하는 듯한 미덥지 못한 점이 그 둑 아래의 안개처럼 착 달라붙어 있었다.

부모는 중학교를 졸업하면 고등중학교에 들어가고 싶은지 카를로에게 물었다. 카를로가 아무런 의사를 밝히지 않았기 때문이다. 고등중학교에 가면 머지않아 대학입학 자격시험을 보지 않으면 안 된다. 국가시험이지만 밀라노는 아마 이탈리아에서 수험생이 가장 많고 학교들의 수준이 높아서 그만큼 경쟁이 심하니까 합격하기는 극히 어렵다고들 했다. 부잣집 아이들 중에는 일부러 그 기간에만 남부의 도시로 주민등록을 옮겨 그쪽에서 자격시험을 보는 경우가 있을 정도다. 게다가 설령 대학을 무사히 졸업한다고 해도 주목할 만한 직업을 얻기 위해서는 산 같은 난관을 돌파하지 않으면 안 된다. 공장 노동자를 아버지로 둔 처지로는 어지간히 우수한 성적으로 졸업하지 않으면 우선 추천이 효력을 발휘하는 이 나라에서 제대로 된 직장을 구하기도 쉽지 않다. 이것저것 생각하자 카를로는 몸이 오그라드는 것 같았다. 겁이 나서 도저히, 고등중학교에 가겠습니다, 하고 말할 수가 없었다.

알도는 죽은 둘째 형을 생각했다. 페피노 형이 살아 있다면 의논을 할 수 있을 텐데. 이 아이의 버팀목이 되어주었을 텐데. 배운 게 없는 자신은 그런대로의 성적으로 간신히 여기까지 해온 아이를 도저히 미지의 세계에서 떠받쳐줄 수 없을 것 같았다. 카를로는 공업고등학교에 가게 되었다. 그리고 2년만 더 하면 졸업할 수 있게 되었을 때 학년말 시험에서 두 개의 필수 과목에서 낙제를 하고 말았다. 다시 해도 괜찮아, 시간이 더 들더라도 졸업하는 게 나아. 나도 중학교를 중퇴한 후 후회를 했으니까. 학비는 어떻게든 마련할 테니 걱정하지 마. 부모는 아들이 용기를 낼 수 있도록 여러모로 애써 설득했다. 하지만 카를로는 완강하게 입을 다물고만 있었다. 알도는 뼈저리게 느꼈다. 나를 닮았구나, 이 녀석은. 꼴찌거나 수재거나 그 어느 쪽에서 두각을 나타낼 수 없다면 죽는 게 낫다고 생각하는 게 틀림없다. 알도는 자신이 중학교를 중퇴했을 때 대단히 불쾌해하던 아버지의 얼굴이 떠올랐다.

아들의 입대를 알리는 편지에서 알도는 자랑스러워하는 듯했다. 카를로는 희망대로 알프스 보병여단에 들어갔다고 한다. 12월에 입대했다. 다음 주 토요일에 선서식이 있어서 실바나는 밀라노에서, 알도는 나폴리에서 출발하여 식에 참석한다.

알프스 보병여단은 산악전이 많았던 제1차 세계대전에서 활약한 부대다. 이탈리아 통일 때 눈부신 활약을 한 것으로 유명한 로마의 베르살리에리 보병단과 함께 특별한 전통을 자랑한다. 베르살리에리 병사는 까마귀 같은 검고 윤이 나는 깃털을 치렁치렁 단 철모를 쓴다. 검은빛이 나며 시대에 맞지 않게 챙이 넓은 철모다. 그들은 지금도 통일기념일 행진 때 가장 시선을 끈다. 일반 보병처럼 행진

하지 않고 총을 들고 늘 돌격하는 것처럼 우르르 달리기 때문에, 입이 험한 이탈리아인들은 그들을 덜렁이에 비유하여 자주 우스운 이야기의 소재로 삼는다. 하지만 초록색 깃털을 멋지게 꽂은 티롤모를 쓴 알프스 여단 병사는 파란색 베레모의 항공대원만큼은 아니지만, 아무튼 소녀들이 동경하는 대상이 되어왔다. 어차피 병역을 수행한다면 알프스 보병이 좋다며 입대 조건인 스키나 등산을 학창 시절부터 열심히 연습하는 젊은이도 있다고 한다. 밀라노에서도 알프스 보병 출신자들이 모이면 산악 지방의 독한 증류주인 그라파가 몇 병이나 바닥나고 여단에서 통용되는 산 노래가 멀리 길모퉁이까지 들린다는 이야기가 어김없이 전해져, 우리 아들은 알프스병으로 가기 전에는 그렇게까지 마시지 않았는데, 하며 어머니들을 한탄하게 하기도 한다.

카를로가 성장기의 거의 절반을 보냈다고 할 수 있는 산촌에서도 알프스병 출신자들은 무슨 일이 있을 때마다 화제가 되고 아이들의 우러름을 받았다. 외숙부인 줄리아노도 알프스병 출신이었다. 외사촌들도 언젠가 학교를 졸업하면 알프스병이 되겠다는 생각을 하고 있다. 카를로가 알프스 여단을 지원한 것은 어찌 보면 너무나도 당연한 일이었다. 군대에 가면 드디어 산촌의 활기찬 카를로와 밀라노의 소극적인 카를로가 제구실을 할 수 있는 어엿한 카를로가 되어 부드러운 와인처럼 성장해줄까.

　선서식이 있던 날 밤 실바나로부터 전화가 왔다. 피사의 호텔에 있다고 했다. 지금 여기에 카를로랑 함께 있어요, 오늘 밤에는 외박 허가가 났거든요, 인사하게 하려고요. 즐거운 듯한, 그런데도 조금도 흥분하지 않은 실바나의 부드러운 목소리였다. 카를로가 전화로 인사를 하는데 목소리가 알도와 너무 비슷해서 순간적으로 착각할 정도였다. 알프스병은 어떤 훈련을 하니? 이렇게 물었더니 생각지도 못한 대답이 돌아왔다. 저는 낙하산 부대입니다.
　카를로의 대답으로 스키를 신고 티롤모를 쓴 알프스 저격병의 이미지는 눈 깜짝할 사이에 무너졌다. 뭐야, 그런 거야? 티롤모를 쓴 알프스병을 동경하고 있는 건 케케묵은 어른들뿐이구나 싶어 우스웠다. 훈련으로 목이 쉬었다는 카를로의 말소리는 밝고 태평했다. 내일은 일이 기다리는 나폴리로 돌아간다는 알도에 이어 마지막으로 다시 전화를 건네받은 실바나가 말했다. 그래요, 낙하산 부대래요, 말도 안 된다니까요. 그녀의 목소리에도 우습다는 듯 웃음기가 묻어 있었다.

힘든 산 일을 마친 후처럼

3년 만이었다. 밀라노의 리나테 공항에 도착하자 출입구 너머에 쑥스러워하는 듯이 웃는 알도와 실바나의 얼굴이 보였다. 재회의 인사를 할 겨를도 없이 아직 짐이 안 나왔어요, 하고 수하물 수취대의 회전을 등 뒤로 신경 쓰며 시동생에게 알리자, 그동안 못 본 사이에 수염이 덮인 얼굴로 완전히 어른티가 나는 카를로가 불쑥 나타났다. 카를로는 등을 구부려 재빨리 내게 키스를 하더니 아무 말도 하지 않고 헛돌기 시작한 수하물 수취대 옆에 가 섰다. 베네치아에서 출발한 국내선이어서 세관 수속도 여권 검사도 하지 않는다. 저번에 만났을 때는 아직 금색이었던 알도의 머리는 완전히 하얬고, 역시 하얘진 눈썹 아래로 눈만은 바다의 물방울처럼 밝은 파란색이던 시어머니와 똑같았다. 알도보다 열두 살이나 적은 실바나는 늘 변함없이 온화하게 웃는 얼굴에 나이 들어가는 모습이 아름답게 비쳤다. 우리가 거기에 선 채 이야기하는 것을 보고 카를로가 끼어들었다. 아버지, 차 좀 가져오세요. 저는 큰어머니와 짐을 찾아서 출구로 갈 테니까요.

시동생 내외가 멀어지는 것을 확인한 후 나는 오는 동안 내내 궁금해하던 것을 카를로에게 슬쩍 물어봤다. 저기, 폴가리아의 외할아버지는 어떠셔?

넷? 카를로는 어처구니가 없다는 듯 나를 쳐다봤다. 돌아가셨잖아요. 벌써 2년이나 지났는데.

놀랍다는 표정을 짓는 조카의 말을 듣다 보니 펠트처럼 두툼한 기억의 주름 아래에서 2년 전 2월의 어느 날 오후, 부친의 부고를 알리는 실바나의 전화 목소리가 들려왔다. 베네치아에서 오는 비행기 안에서 아무리 생각해도 뇌의 표면이 매끈매끈한 플라스틱으로 코팅된 듯 도무지 떠올릴 수 없었던 일이었다. 조금 전 실바나와 인사를 나눌 때도 이제 와 그녀에게 부친의 안부를 물을 수 없는 노릇이어서 목구멍까지 올라온 질문을 억지로 눌렀던 것이다.

자신에게 정말 그리운 사람이었다는 것을, 도쿄에서 잡일에 파묻혀 살고 있으면 문득 현실감이 사라져 실이 끊어진 것처럼 모든 것을 잊어버린다. 아니, 도쿄라서 그런 것은 아니다. 직장에서 일주일의 휴가를 얻어 베네치아 대학에서 5일간 집중 강의를 하는 동안에도 단 2백 킬로미터밖에 떨어져 있지 않은 밀라노가 현실감 없는 먼 우주 너머로 생각되어, 베네치아에 도착한 지 사흘째가 되는 날에야 이번 일요일 아침 첫 비행기로 가겠다고 시동생에게 짧은 전화를 한 것이 고작이었다. 대체 어찌 된 일일까. 나이 탓에 잘 잊어버리는 것은 당연하다고 해도 그것만은 아닌 것 같다.

여행을 할 때마다 나는 마치 마른 우물 속에 떨어진 아이처럼, 가는 곳마다 그곳 현실에 완전히 녹아 섞인 것처럼, 그전까지 있던 장소를 망각해버린다. 어디 그뿐인가. 그다음에 가야 하는, 또는 돌아갈 장소에 대해서도 사고가 완전히 정지해버린다. 우라시마 다로 증후군[9]이라고

---

9) 장기간 그 자리를 떠나 있었기 때문에 사정을 잘 몰라 당황하는 상태를 말한다. 세상이나 시대에 뒤처진 듯한 상태나 심경을 나타내는 말로도 쓰인다.

나 해야 할까, 떨어져 있는 우물 밑바닥에서 용왕의 딸이
나 도미·광어를 상대하며 완벽하게 충족해버린다. 비행
기표 또는 기차표, 수첩에 적은 일정표가 있어서 내가 언
제 어디에 있었다는 것은 알 수 있어도, 내 안에는 사고를
다음 장소로 미리 옮기는 것을 거부하는 옹고집이 자리하
고 있는 것 같다.

따라서 한 도시에서 다음 도시, 한 지역에서 다음 지역
으로 이동하는 동안 나는 공중에 매달려 있는 상태가 된
다. 내게 여행은 그때까지의 나 자신이 녹아 없어지고 다
음 지역에서의 자신으로 변신하기까지의 텅 빈 이행의 시
간일 수밖에 없는 것인지도 모른다.

그리고 '다음' 지역에서의 변신은 곧 찾아오기도 하고,
조금 시간이 걸리기도 한다. 그날 리나테 공항에 도착했
을 때의 나는, 분명히 한 시간쯤 전에 비가 내리는 아직
어두운 바다를 모터보트로 건너 베네치아의 공항에서 시
간표를 바라보던 내가 아니었다. 하지만 젖은 날개를 바
르르 떨며 변태가 끝나기를 기다리는 잠자리처럼, 나는
다음 형태를 완전히 받아들이지 못하고 멍하니 있었다.
그날 새로운 변신을 완성해준 것은 폴가리아의 외할아버

지에 대해 카를로와 나눴던 잠깐의 대화였다.

2년 전 86세로 세상을 떠난 카를로의 외할아버지, 즉 실바나의 아버지 루이지 그로브레크너는 아무도 그 일에 대해 언급하지 않았고 그 자신도, 내가 아는 한에서는 그 후로 그 일을 전혀 마음에 두지 않은 듯한 얼굴을 하고 있었다. 하지만 참으로 멋쟁이 산 사나이였다. 산 사나이라고 해도 평소에는 회사에서 일하고 여름 휴가나 주말에만 두툼한 양말을 꺼내 신고 유서 깊은 어떤 산으로 떠나거나 회사에서의 다툼을 잊기 위해 붉은 셔츠를 입고 신록 사이로 골짜기를 따라 올라가는 사람들과는 조금 다르다. 그로브레크너는 티롤에 인접한 트렌토 지방의 해발 1천 미터 산 공동체(중세 때부터 그들은 자신들의 촌락을 '마을'이라고 부르지 않고 이렇게 불렀다)에서 태어난 폴가리아인이었으므로 젊을 때 돈을 벌기 위해 스위스로 간 3년쯤을 제외하면 평생을 산에서 산 진짜 산 사나이였다.

지금은 브렌네르 고개와 베로나를 잇는 고속도로의 분기점에 해당하는, 이 주변에서 가장 큰 도시인 로베레토와 이 마을을 잇는 훌륭한 자동차용 도로가 있다. 하지만 그가 젊었을 때 사람들은 대체로 한나절 걸려 산에서 내려가고 또 돌아올 때는 그 두 배나 걸려 올라왔다. 폴가리아 주변은 알토피아노(altopiano, 고원)라 불리기는 했지만, 키우고 있는 단 한 마리의 소를 목초지에 데려가려고 해도, 사과나무에서 떨어져 다친 아이를 병원에 데려가려고 해도, 일요일에 가족과 함께 미사에 가려고 해도 고개, 고개, 고개뿐이었다. 그러므로 동네 남자들은 모두 평소에도 큰 등산화를 신고 있었고, 몸을 기울여 좌우로 흔들흔들하며 한 걸음, 한 걸음 지구 표면에 자국을 새기듯 걸었다.

　내가 처음으로 이 동네를 방문한 것은 시동생 알도가 결혼한 해 여름이다. 그 2년 전에 남편이 갑자기 세상을 떠나버려서 무엇을 하든 소극적이었던 나를 알도가 실바나의 친정 식구들에게 소개하고 싶다며 어르고 달래서 가까스로 가게 된 짧은 여행 때였다. 밀도 자라지 않는다는 한랭지로, 뭘 하든 세 번 생각하고 나서 해야 했다는 폴가리아도 전후 경제 부흥의 영향으로 경제 상황이 많이 달라졌다. 덕택에 그로브레크너가의 형편도 상당히 윤택해졌다는 것은, 실바나가 알도와 결혼할 때 산촌에서 밀라노의 집으로 가져온, 도회지에서는 오히려 호들갑스럽게 보이는 오스트리아 풍의 가구들만으로도 짐작할 수 있었다.

바위를 뚫은 좁은 터널 몇 개를 빠져나가 숲이 목초지로 바뀔 무렵부터 점차 공기가 가벼워지는 게 느껴졌다. 푸른 열매를 맺은 사과나무 한 그루가 맑은 하늘을 등지고 바람을 거스르며 서 있는 모퉁이를 크게 돈 지점에서 시작되는 폴가리아는 싱싱한 푸르름과 건조한 밝음으로 가득 찬 평온한 고원 마을이었다. 그때까지 밀라노 주변에서 내가 알고 있던 습도 높은 평야 농지의 묵직한 감촉이나, 어린 시절에는 키우던 젖소 한 마리가 유일한 영양원이었다는 실바나의 슬픈 가난 이야기에서 상상했던 '한촌寒村'의 이미지와는 조금 먼 모습이었다.

소개받은 그로브레크너는 당시 예순 살을 좀 넘었을 것이다. 흰머리가 드문드문 보이는 갈색 머리로, 말수는 적어도 따뜻한 표정에 어딘가 고독한 분위기가 풍겼다. 일찍 아내를 잃고 두 아이를 키운 이야기를 실바나에게 들었던 탓일까. 대부분 경사면이고 원래는 (무척 좁은) 목초지였던 2, 3천 제곱미터가량의 토지가 가족의 전 재산이지만, 지금은 그 자리에 티롤 양식으로 지은 보기 좋은 5층 공동주택에서 들어오는 수입도 있고 아들도 어엿하게 독립했으므로 그로브레크너는 여유 있게 살아갈 수 있을 터였다. 그런데도 젊을 때부터 쉬지 않고 일을 해온 사람답게 늘 그의 본업인 목수 일이며 마을 여기저기에 하나둘씩 들어서기 시작한 별장의 정원수 관리를 부탁받거나 해서, 그의 하루는 눈 깜박할 사이에 지나간다. 그래서인지, 평야에서 농업에 종사하며 자못 가장인 척하는 알도의 이모부들과 달리 그에게는 어딘가 자유인 같은 호쾌함이 있었다.

그날 우리는 실바나의 오빠인 줄리아노 부부의 점심 식사에 초대받았다. 겨울철에는 두 사람 다 그 지역의 스키 학교에서 가르치고, 여름철이면 줄리아노는 지붕 이는 일과 목공 일을 하고 아내 릴리아나는 셋집을 돌보는 부지런한 가족이었다. 하지만 그로브레크너는 실바나가 결혼하여 밀라노로 떠나 혼자가 된 후에도 점심 식사만 아들 집에서 해결하고, 그 나머지는 예전부터 사는 낡은 아파트에서 혼자 해나가려고 했다.

5월에 마을에서 거행된 알도와 실바나의 결혼식에도 참석하지 않았던 나를 환영하여 그날은 릴리아나가 마치 연회와도 같은 맛있는 음식을 만들어주었다. 하지만 그로브레크너는 식탁에서 활기를 띤 이야기에도 거의 가세하지 않았다. 그뿐 아니라 자신의 접시에 담긴 음식과 와인 한 잔을 재빨리 해치우고는 갑자기 하다 만 일이 생각났다는 듯한 얼굴로 그럼, 하고 일어나고 말았다. 아마 드문 일이 아닌 듯 아들인 줄리아노는 나를 신경 쓰고 겸연쩍은 웃음을 지으며 아버지의 등에 대고 말했다. 아버지, 카페인가요?

거기에는 대답도 하지 않고 그로브레크너는 우리 앞에서 모습을 감췄다. 줄리아노가 미안하다는 듯이 설명했다. 일요일에는 식사가 끝나면 늘 저렇게 카페에 갑니다. 카드 게임을 하는 친구들이 기다리고 있거든요. 하지만 신기하게도 그로브레크너는 식사 도중에 손님을 남겨두고 일어서는 것이 무례한 태도라는 인상을 전혀 주지 않고 아주 자연스럽게 그렇게 하는 느낌이었다.

점심을 먹고 한동안 식탁에서 이야기를 나눈 후, 우리는 줄리아노가 마을을 안내해주겠다고 해서 밖으로 나갔다. 그로브레크너의 집은 기복이 많은 폴가리아의 거의 동쪽 끝에 자리하고 있었다. 거기에서도 그들의 가난했던 과거의 시간을 알 수 있었다. 그렇지만 평지의 농민과 달리 공동체 사람들 사이에서는 빈부의 차이는 있어도, 지금도 농노라는 말을 떠올리게 하는 평지의 소작인과 지주 사이의 목이 옥죄이는 듯한 불화는 존재하지 않는 것처럼 보였다. 그것은 뒤쪽의 골짜기가 내려다보이는 마을 중앙에 있는 교회의 깔끔한 묘지의 묘석이 모두 비슷한 크기에 같은 종류의 석재로 세워져 있는 사실에서도 알 수 있었다. 옛날 공동체의 '두령'이었던 집안의 묘석이라는, 작은 성당을 본뜬 두세 개의 사치스러운 건축만이 조금 예외였다.

줄리아노의 사촌이 소유하고 있다는, 겨울 스키객과 여름 피서객을 위한 숙소에 어울리지 않게 '프리마베라(primavera, 봄)'라는 이름을 붙인 펜션 근처까지 돌아왔을 때, 나는 카페에서 카드 게임을 하고 있을 그로브레크너가 어디선가 나타나 우리와 함께 걷고 있는 것을 알았다. 그것도 단순히 함께 걷는 정도가 아니라 산길을 걷는 것에 익숙하지 않아서 자칫 모두에게 뒤처지기 쉬운 내 옆에서 아무 말 없이 보조를 맞춰 걸어주고 있었다. 수십 미터를 가는 중에 우리 사이에는 잠깐 대화 같은 것도 오갔다. **배우자가 딱한 일을 당했다**고 하더군요. 그로브레크너는 이렇게 죽은 남편에 대한 애도의 말을 했다. 그로브레크너 씨도, 하고 내가 말하자 그는 잠자코 있었다. 잠시 후 내가 폴가리아는 멋진 곳이네요, 하고 말하자 그는 또 잠깐 입을 다물고 나서 말했다. 우리는 여기밖에 모르니까요. 그나마 지금은 딴 데서도 사람들이 오게 되어 조금은 다른 이야기도 들을 수 있지요.

그날 저녁 밀라노로 돌아갈 시간이 되어 우리는 옆 펜션 지하에 있는 카페에서 이탈리아식으로 선 채 카운터를 둘러싸고 그라파 한 잔을 하고 있었다. 낮에 그로브레크너가 카드 게임을 하러 가는 마을 중앙 근처의 카페가 아니라 저녁 식사 후에만 문을 여는 카페인 듯 손님은 우리뿐이었다. 알도(알코올에 약해 유일하게 에스프레소를 주문했다)와 실바나, 실바나의 오빠 부부와 사촌이며 육촌, 거기에 각자의 배우자나 아이들까지 합해서 모두 열두세 명은 되었을 것이다. 취했다고는 하지 않더라도 다들 말하는 속도가 상당히 빨라져 있었다. 낮 동안 내내 함께 보냈는데도 일본인인 나를 앞에 두고 신기함과 거북함으로 내 쪽을 보지 않는 척하는 마을 친족들과 분위기를 돋우려고 공연히 떠들어대는 알도 사이에서 나 역시 뭘 어떻게 말해야 좋을지 몰라 멍하니 있었다. 피부 가득 빨아들인 여름의 투명한 하루를 반추하고 있었는지도 모른다.

그때 어둑한 카페의 문을 밀고 그로브레크너가 들어왔다. 그는 아들 줄리아노에게 뭔가 말하고 나서 신문지로 싼 꾸러미를 내밀었다. 짧은 대화와 함께 그 꾸러미가 두 사람 사이를 두세 번 오가는 것 같았다. 하지만 결국 줄리아노가 그것을 받아들었고 그로브레크너는 그대로 나갔다. 무엇일까, 하고 생각하고 있는데 줄리아노가 다가와 그 꾸러미를 내게 내밀며 말했다. 이거, 아버지가 드리랍니다. 밀조한 그라파가 들어왔다고 하면서요. 직접 건네면 될 텐데, 쑥스러워하시네요.

그라파, 특히 밀조한 그라파에 대해서는 약간 설명이 필요하다. 외국의 증류주 중에서는 프랑스의 마르marc가 아무래도 그라파와 가장 가까운 것이다. 포도의 씨와 껍질을 포함한, 이를테면 즙을 짜고 남은 포도 껍질로 만든 이 강한 증류주를 평지의 이탈리아인까지 마시게 된 건 제1차 세계대전 후부터일 것이다. 이탈리아 내에서 가장 치열했던 북쪽 전선에서 눈부신 활약을 한 알프스 저격병이 전쟁이 끝난 후에 평야의 도시로 이를 가지고 돌아왔다는 이야기를 들은 적이 있다. 알코올이 평균 50도 가까이 되는, 센 술의 대명사 같은 것이었다. 예컨대 남편 집안에서는 숙부에 해당하는 사람이 어렸을 때 엽폐렴에 걸려 세균으로 목이 막혀 의사도 단념했을 때 할아버지가 어차피 죽을 거라면, 하고 그라파를 입에 머금었다가 아들의 입에 넣어줬더니 호흡이 살아나 목숨을 건졌다는 이야기도 있었다. 무색투명하고 첫 한 모금은 약간 마음에 걸리는 냄새가 나지만, 좋은 점이라면 결코 뒤끝이 없다는 것이다. 물론 이건 어떤 술에도 할 수 있는 말이겠지만.

내가 이탈리아에서 살기 시작한 1950년대 말 무렵에는 아직 아무도 그라파를 마시지 않았다. 농민이나 산 사람만이 마시는 술이었고, 굳이 말하자면 '저급'한 술에 속했다. 예컨대 밀라노의 명문가에서 태어난 친구인 루치아가 식사 후에 무엇을 마시냐는 질문을 받고 아, 나는 그라파, 라고 대답하자 직장 동료 남자들이 우와, 하는 느낌으로 감동한다거나, 오랫동안 밀라노에서 초등학교 교사를 했던 모란디노 부인이, 학창 시절 늘 반에서 1등을 놓치지 않았던 장남 안토니오가 병역을 알프스 부대에서 수행한 이래 그라파를 마시는 것에 기겁하여 얼굴을 찌푸리는 식이었다.

　밀조한 그라파가 맛있다는 이야기는 남편이 살아 있을 때도 사람들에게 들어 익히 알고 있었다. 사람들은 깊은 산의 비밀 오두막에서 그라파가 얼마나 많은 노력과 시간을 들여 만들어지는지, 얼마나 부드러운지 한번 맛보면 잊을 수가 없다고 했다. 하지만 나는 그런 것에 맞닥뜨린 적이 없었고, 또 누구에게 부탁해야 그런 귀중품을 입수할 수 있는지 짐작도 할 수 없었다. 산 위에 뒤처진 채 남겨진 듯한 폴가리아에서도 밀주의 적발은 해마다 엄해진다고 해서 밀조자는 어지간히 신뢰할 만한 사람이 아니면 그라파를 팔지 않는다. 그로브레크너는 그 한 병을 내게 주라고 줄리아노에게 건넨 것이었다. 왜 직접 주지 그래요? 줄리아노가 묻자 아, 나는 안 돼, 하고 그로브레크너는 듣지 않았다고 한다. 그런 것은 네가 더 나아. 부탁한다, 하고 말하며.

　대단하네! 모두가 나를 놀렸다. 아저씨는 좀처럼 밀조 그라파를 주지 않거든. 누구한테서 구하는지, 어디에 숨겨두는지 우리도 모르니까.

그 후 우리는 몇 번이나 만났을까. 얼마 후 알도 부부에게 아기가 태어났고, 줄리아노 부부에게도 건강한 사내아이 둘이 태어났다. 겨울이 이상하게 추웠던 어느 해 2월에는 밀라노에서 알도 부부와 함께 살고 있던 시어머니도 84세를 일기로 세상을 떠났다. 그 이후 내가 일본에서 살게 되었어도 가끔 밀라노로 돌아가면 알도는 반드시 나를 산촌으로 데려가 주었다. 또한 그로브레크너가 밀라노로 와서 저녁 식사 때 잠자코 커다란 사발에 우유를 가득 따라 마신 적도 있었다. 그것과 빵이 그로브레크너의 저녁 식사였다. 내가 제대로 답장도 보내지 않는데도 반년에 한 번은 보내오는 알도의 긴 편지는 반드시 폴가리아의 그로브레크너네 사람들도 당신에게 안부를 전한다는 말로 끝맺었다. 그로브레크너가 실바나 몫으로 자신이 소유한 아파트 하나를 산촌에 준비해준 것도 알도의 편지로 알았다. 이제 알도 가족에게는 누구도 신경 쓰지 않고 산촌에서 휴가를 보낼 집이 생긴 것이다.

카를로나 사촌들이 8, 9세쯤 될 무렵이었을까. 비교적 긴 여름 휴가를 얻어 나는 산촌의 알도 집에서 며칠을 보냈다. 어느 날 아이들이 내일은 일찍 일어날 거라고 말하기에 이유를 물었더니 카를로가 설명해주었다. 내일은 할 아버지와 숲에 가서 다 같이 장작을 만들 거예요.

나도 갈까. 이렇게 말하자 카를로는 딱 잘라 대답했다. 안 돼요. 아침에 일찍 일어나서 숲에 가면 온종일 일을 해야 하니까요.

우리는 절대 놀러 가는 게 아니에요. 큰어머니는 거치적거리기만 할 거라고 말하려는 듯했다. 공기를 오염시키는 중유를 좋아하지 않아서 겨울에도 난방의 대부분을 장작 스토브에 의지하는 폴가리아에서는 여름이 끝나기 전에 공동체의 숲으로 가서 각 가족이 필요한 만큼의 장작을 만든다고 한다. 아침이 되자 일행은 전날 밤에 실바나가 올케인 릴리아나와 함께 준비한 오믈렛과 치즈, 빵, 물, 그리고 어른을 위한 와인을 커다란 바구니에 담아 출발했다. 집에 남은 우리 세 여자는 온종일 지금쯤 뭘 하고 있을까, 하고 남자아이들 이야기를 했다. 특히 그날 처음으로 '일'하는 데 간, 릴리아노의 응석받이 막내인 마티오가 어떻게 하고 있는지, 또 고집불통인 카를로가 사촌들과 싸움이나 하지 않는지 걱정했다.

저녁에 남자아이들은 너무 피곤한 나머지, 마치 술에

취한 듯한 걸음으로 각자의 집으로 돌아왔다. 다음 날 아침 식탁에서 나는 카를로에게 뜻밖의 이야기를 들었다. 숲에서 지낸 하루 동안 아이들에게 가장 엄했던 사람은 할아버지였다는 것이다. 잠시도 쉬게 해주지 않았어요, 하고 카를로가 말했다. 우리가 젊었을 때는 낮에도 빵과 물밖에 없었어. 일해, 일하라고. 게다가 장작을 묶는 게 서투르다, 도끼 쥐는 법을 모른다, 하며 엄청 혼났다니까요. 그 이야기를 듣고 나는 줄리아노의 장남 니콜라가 그 비슷한 이야기를 했던 사실을 떠올렸다. 니콜라가 여덟 살이 된 생일에 할아버지가 앞으로 목수 일을 가르쳐주겠다고 했다고 한다. 내가 실수하면 할아버지는 서투르다며 제대로 때렸어요. 그 이야기를 들었을 때 나는 농담인가, 하고 생각해서 흐음, 하고 건성으로 대답했을 뿐이었다.

거의 계절을 불문하고 두툼한 울로 된 티롤모를 깊숙이 눌러 쓰고 베이지색 스웨터 속에는 밝은 격자무늬 플란넬 셔츠를 입고 묵직한 등산화를 신은 채 걸어 다니며 사람을 만나면 큰 소리로 인사하고 큼지막한 손으로 악수하는, 여름 태양을 한껏 받으며 마을의 언덕길을 느긋하게 걸어가는, 이미 일의 제일선에서 물러난 그로브레크너에게서는 상상하기 힘든 일이었다. 카드 게임을 좋아하는 자상한 할아버지, 라고 내가 멋대로 믿고 있던 그 인물은 얼마 남지 않은 여생에 필사적으로 후배를 키워내고자 한 산촌의 엄숙한 대선배였던 것이다.

내가 베네치아에서 밀라노에 도착한 날 밤, 알도의 집에서 실바나가 자기 아버지에 관한 이야기를 해주었다. 내가 떠나 있던 동안 일어난 일을 나는 이렇게 하나씩 듣고 지나간 시간을 되살린다. 오랫동안 쓰지 않았던 시계를 맞추듯이.

실바나가 말했다. 아버지는 마치 우리 집에 이별을 고하러 온 것 같았어요. 2월 중순의 어느 날 폴가리아에서 전화가 왔는데 우리 집으로 오시겠다는 거예요. 그때까지도 종종 그런 일이 있었으니까, 알았어요, 하고 말하고는 중앙역으로 마중을 나갔어요.

그로브레크너는 딸의 집에 와서 정말 즐거운 듯했다. 도착한 직후의 일요일에 실바나와 함께 이곳저곳 주변을 산책했다. 철길 건너편에 신축한 이 근처에서는 드물게 큰 건물이 주택을 분양한다는 이야기를 듣고 구경하러 갔고, 그 후 옥상으로 올라가서는 저 멀리 두오모 대성당의 하얀 첨탑이 보이는 것에 기뻐했다. 아버지가 여느 때보다 더 밀라노가 마음에 드는 것 같구나, 해서 실바나는 기분이 좋았다.

그 이튿날 정오가 지나 위 언저리가 이상하다고 해서 실바나가 알고 지내는 의사에게 전화를 걸어 의견을 물으니 그 의사는 곧 병원으로 가서 검사를 받아보라고 했다. 뭐랄까, 불길한 기분이 들었어요. 그녀는 이렇게 말했다. 아버지께 그렇게 말하자 당치도 않다, 밀라노의 병원이라니, 하며 언짢아했다. 꼭 병원에 가야 한다면 부탁이니 로베레토로 데려다줘. 로베레토는 고속도로의 분기점으로, 폴가리아로 올라가는 산길 어귀에 있는 도시다. 그런데 하필 그날 알도는 출장을 가서 밀라노에 없었다. 실바나는 카를로의 직장에 전화를 걸어 일찍 들어오게 했고, 아들이 운전하여 그로브레크너를 뒷자리에 태우고 로베레토의 병원까지 두 시간을 달렸다.

세 사람이 각자의 생각 속에 병원에 도착하자 전화로 연락을 받은 줄리아노와 릴리아나가 두 아이들과 친구, 지인과 함께 폴가리아에서 내려와 기다리고 있었다. 그렇게 증세가 중하다고 아무도 생각하지 않았는데도 다들 와 준 거예요. 아버지는 행복한 사람이에요. 실바나가 진지하게 말했다.

나도 지쳐 있었고 카를로도 녹초가 되었어요. 그렇게들 같이 있다가, 아버지도 병원 측에서도 괜찮다고 해서 우리는 일단 아버지를 병원에 두고 폴가리아로 돌아가기로 했어요. 아버지도 그러는 편이 좋겠다고 했고요.

여기까지 데려다줘서 정말 다행이다. 고마워, 하고 모두에게 인사하고, 그럼 내일 보자. 이렇게 말하고 혼자 병원에 남은 그로브레크너가 조용히 숨을 거둔 것과 30분 후에 실바나 일행이 산촌에 도착한 것은 3분밖에 차이나지 않았다고 한다.

힘든 산 일을 마치고 한숨 돌렸을 때처럼 그로브레크너는 잠깐 쉬는 느낌으로, 아무에게도 진심을 말하지 않고 조용히 세상을 떠난 것이다.

새로운 집

알도가 드디어 밀라노를 떠날 결심을 했다는 편지를 보낸 것은 막 2월에 들어섰을 때였다. 고베 지진(1995년 1월 17일)의 충격이 아직 생생하던 무렵이었다. 그 편지를 읽었을 때 나는 날카로운 바늘 끝 같은 것이 가슴을 콕 찌른 것 같았다. 예순이 넘어 생각지도 못한 새로운 일을 시작해서 이제 일 자체에도 익숙해졌고, 그것을 통해 알게 된 사람 중에서 친구라 부를 만한 사람도 몇 명 생겼다. 그래서 요즘은 사람들이 '당신의 밀라노' 등으로 말하면 오히려 낯간지러울 정도였으므로 편지를 받고 '아, 나의 밀라노가 없어진다'며 당황한 나 자신이 더 의외였다. 알도나 남편 페피노가 괴로운 청춘 시절을 보냈고, 시어머니가 돌아가신 후로는 알도 부부의 소유가 된 전 철도원 관사였던 밀라노의 집에 대해서는 똑똑히 기억하고 있어서 무슨 일이 생겨도 괜찮다고 자신만만하게 생각했는데, 그 집은 남에게 세를 주게 될 거라는 이야기를 읽고 나는 어쩐 일인지 크게 낙담했다. 밀라노는 역시 그렇게 간단히 잊을 수 있는 곳이 아니라는 것인 듯했다.

알도가 오래 살아서 정든 밀라노를 떠나 아내 실바나가 태어나고 자란 산촌으로 이사하는 것을 생각하기 시작한 건 작년 여름쯤이었다. 아들 카를로는 일단 병역을 마쳤으나 기술 고등학교를 중퇴한 데다 불경기가 겹쳐서 좀처럼 이렇다 할 일자리를 찾지 못했다. 그래도 본인은 의외로 태연해서 대체 어떤 일을 하고 싶으냐고 물으면, 그게 나도 잘 모르겠어요, 하고 말하는 형편이었다. 그러므로 그의 미래는 아직 안개에 싸여 있었다. 봄에 드디어 경비회사에 취직하여 야간 경비원을 하게 되었지만, 매일 밤만 되면 집을 나서는 아들을 볼 때마다 부부는 마음이 우울해졌다. 이 뒤숭숭한 세상에서 경찰복 비슷한 제복을 입고 허리에 권총을 찬 것도 기분 좋은 일은 아니었다. 친척도 지인도 많은 산촌에서라면 카를로가 좀 더 건실한 일자리를 찾을 수 있지 않을까. 희미한 희망 같은 것이 알도의 결심을 굳혔음이 틀림없다. 그의 마음이 조금씩 산쪽으로 기울기 시작한 것은, 작년 5월에 밀라노에서 만났을 때의 얼굴에서도, 몇 달에 한 번씩 근황을 전해오는 편지의 행간에서도 알 수 있었다.

지진이 일어난 직후에, 그리고 올해는 3월과 4월에 알도로부터 편지가 왔다. 큰 결심을 하게 된 것에 즈음한 흥분된 마음 같은 것이 잇따라 도착하는 시동생의 편지에서 헤아려졌다. 3월에 온 편지에는 산에 짓는 새로운 집에 대한 구체적인 계획이 적혀 있었다. 실바나의 아버지 소유였던 현재의 집은 토지와 함께 옆에서 펜션을 하고 있는 사촌들에게 판다. 건축비의 일부는 그 대금으로 조달할 수 있다. 그리고 새로운 집을 짓는 장소는 지금 집의 북쪽, 지금까지 빨래를 널었던 목초지의 경사진 곳 꼭대기 근처를 생각하고 있다, 은행의 대출금은 시간이 걸리겠지만 실바나의 오빠가 보증인이 되어주니 걱정할 필요는 없다, 물론 마음은 무겁지만.

알도로서는 드물게도 자세하고 신중하게 설명한 편지였고, 밀라노의 집을 정리하는 일에 대해 내게 마음을 써주고 있음이 행간에 배어 있었다. 그리고, 산촌으로 이사를 간다 해도 당신의 방은 확실히 만들어 둘 것이다. 지금까지와 마찬가지로 우리는 당신이 와주기를 기대하고 있다. 잊지 말았으면 좋겠다. 우리 집은 당신 집이라는 사실을, 이라고 맺어져 있었다.

그 편지에는 건축 중인 집 사진 한 장이 동봉되어 있었다. 검게 보일 만큼 파란 하늘을 배경으로 산의 햇볕을 잔뜩 받은 건축 현장이 오렌지색의 크레인이나 주위에 아직 남아 있는 눈과 같은 흰색의 콘크리트 구조물 같은 풍경 속에 찍혀 있다. 큰 지붕의 경사나 지금은 일시적으로 판자로 둘러쌌을 뿐인 발코니의 상태 등으로 보아, 흰 벽과 타르를 칠한 목재 부분이 아름다운 대조를 이루는 티롤풍이라고 해야 할 이 고원 마을의 집들과 같은 양식인 듯했다. 환경 파괴에 대한 규제가 까다롭기도 하고 우리가 돈이 있는 것은 아니라서 고작 이것이다, 하고 사진 뒷면에 쓰여 있었다.

고작 이것이라니, 하고 나는 생각했다. 알도가 자기 집을 짓는다는 말을 들으면 돌아가신 어머니도, 페피노도 얼마나 놀라고 마음을 졸일까.

1967년 남편이 죽기 조금 전의 어느 날 아침, 나는 코르시카 거리의 모타 제과 앞을 걷고 있었다. 오전 중에 우체국에 가지 않으면 안 되는 용무가 있어 일을 보고 돌아오는 길이었다. 3월22일 거리와의 교차로까지는 조금만 걸으면 되는 곳에 이르렀을 때, 가전 판매점 주인인 니노가 가게 앞에 멍하니 서 있는 것이 보였다. 남편의 초등학교 동급생이었던 니노는 자주 이렇게 가게 앞에 있다가 내가 지나가면 히죽히죽 웃으며 페피노한테 안부 전해주세요, 한다거나 어머님은 건강하신가요, 하며 말을 걸어온다. 처음 그렇게 말을 걸어왔을 때 나는 흔히 있는 이탈리아인의 붙임성이라고 생각했으므로 나도 붙임성 있게 나름대로 응대를 했다. 하지만 남편에게 가전 판매점 주인 니노가 안부를 전하더라고 하자 그는 또야, 하는 표정을 지으며 중얼거렸다. 그 자식, 농땡이를 쳤겠지, 항상 그렇다니까. 목소리는 작았으나 남편치고는 심한 어조였다. 그러고 보니 언젠가 니노의 가게에서 전구를 샀다고 하자 전구라면 다른 가게도 있을 텐데, 하고는 어떻게든 니노는 상대하지 않는 게 좋아, 하며 불쾌한 표정을 지었던 적이 있었다.

그런 남편의 태도에 영향을 받아서인지 나도 점점 니노를 피하게 되었다. 길에서 어슬렁거리고 있는 그가 멀리서 보이면 건널목을 건너거나 옆길로 빠진 적도 있었다. 그날도 내가 그만 깜빡했다가 니노를 마주친 곳은 그의 가게에서 몇 발짝 떨어지지 않은 곳이었다. 보행로 한가운데에서 마치 가부키 〈간진초勸進帳〉에 나오는 관문을 지키는 사무라이처럼 팔짱을 끼고 서 있어서 이제 와 오른쪽으로 돌아갈 수도 없었다.

순간적으로 그가 나를 등지고 가게로 돌아가는가 싶었던 것은 나의 희망적 관측에 지나지 않았다. 아, 괜찮을지도 모르겠다, 하고 안심한 순간 니노는 싹 방향을 바꿔 내 앞길을 가로막더니 말을 걸어왔다. 부인. 그가 얼굴을 너무 가까이 내밀었으므로 어머나 하는 느낌으로 나는 쓰윽 물러섰다. 그것을 보고 니노는 쑥스러운 듯 히죽히죽 웃더니 다시 한번 나를 불렀다. 시뇨라(signóra, 부인).

본조르노! 한껏 냉담함을 가장한 인사로 나는 그 자리를 벗어나려고 했다. 하지만 니노는 기가 꺾이기는커녕 어깨가 닿을 것처럼 더욱 가까이 와서 이번에는 나를 정면으로 응시했다. 봄 스키장에라도 다녀왔는지 좁은 이마가 번들번들 빛나고 있는 것이 까닭 없이 싫었다. 니노는 내게서 눈을 떼지 않고 빠른 말투로 말했다. 시뇨라. 어머님께 전해주세요. 알도의 빚, 빨리 갚지 않으면 나한테도 생각이 있다고요. 네? 잘못 들었나 싶었다. 이 사람과 알도 사이에 무슨 관계가 있는 것일까. 내가 미심쩍어하는 표정을 짓는 걸 보고 니노는 한 발짝 더 다가와 같은 말을 되풀이했다. 알도의 빚 말이오. 빨리 갚아달라고 어머님께 전해주시오.

알도가 돈 문제에 칠칠치 못하다는 것은 전부터 남편에게 들어서 알고 있었다. 여기저기 가게에 빚이 있을 뿐 아니라 공장에서 받는 월급도 마치 용돈이라도 받은 것처럼 펑펑 다 써버렸고, 대단한 액수도 아닌 어머니의 연금에서 자기 몫의 생활비를 내게 하고도 태연했다. 근본적으로 응석이 있었을 것이다. 그래도 그는 자기보다 약한 사람에게는 상냥했다. 코치를 맡고 있는 근처 교회 축구팀의 소년들이 시합에서 이기면 카페로 데려가 크게 한턱을 내기도 하고, 북쪽 지방에서 가족과 이주해온 소년이 고등학교 통신교육을 받는 비용을 소리 없이 거들어주고 있는 모양이었다. 그러므로 시어머니는 화를 내면서도 왠지 모르게 용서해주고 있는 것 같았다. 일요일 저녁, 우리 부부가 시댁인 철도원 관사로 식사하러 가자, 시어머니는 얼마 전에도 또 알도의 빚을 갚아주었다고 털어놓았다. 곤란했겠네요, 하고 나는 자리에 앉으면서 말했지만, 깊이 생각하고 있었던 것은 아니었다. 알도의 일까지 걱정하고 싶지 않다는 마음과, 내가 있는 자리에서 시어머니가 그런 이야기를 해서 남편이 거북할 것이라는 마음이 내 안에서 교차하고 있었다. 사실 시어머니의 불평이 알도의 금전 문제에 이르면 남편은 아무렇지도 않다는 듯 화제를 바꿔버렸다.

가전 판매점의 니노가 알도의 약점을 내게 고자질하며 내 반응을 보려고 했는지, 아니면 그저 내게 말을 걸 구실이 필요했는지는 알 수 없다. 어쨌든 그의 한마디는 그의 상상을 훨씬 뛰어넘는 위력을 발휘했다. 느닷없이 손바닥이 뺨에 날아온 것처럼 나는 극히 통상적인 판단력을 잃었다. 니노가 하는 말 같은 건 진지하게 듣지 않아도 돼, 라고 했던 남편의 말을 생각했더라면 순식간에 내가 냉정함을 되찾을 수 있었을 것이다. 그런데 갑자기 길 한복판에서 배우자의 가족에 관한 이야기를 들으니 당황한 나머지 나는 그만 냉정함을 잃고 허영심에 상처를 입고 말았다. 머리카락이 한 올도 빠짐없이 곤두서고 손이 차가워지는 느낌이 들면서, 나는 창피함을 견딜 수 없는 마음으로 니노 옆을 빠져나가 마침 파란불이 들어온 건널목을 종종걸음으로 건넜다. 알도, 시어머니, 남편까지도 원망스러워 그들 가족의 일원인 것이 싫었다.

알도고 뭐고 그냥 어디 멀리 가버렸으면 좋겠어. 그날밤, 지금은 전혀 기억도 나지 않은 어떤 원인으로 남편과사소한 말다툼을 하고 나는 무심코 소리를 질렀다. 뭐야,뭐냐고, 하며 나의 엉뚱한 화풀이에 아주 어이가 없다는듯 웃음을 터뜨린 남편에게 나는 그날 아침 길에서 니노에게 들은 말을 전했다. 모두가 걷고 있는 길 한복판에서내 것도 아닌 빚 이야기를 듣다니, 죽을 만큼 분했고 당신가족 때문에 그런 사람한테 무시당할 만한 일을 나는 한적이 없어. 내 이야기를 잠자코 다 들은 남편이 말했다. 니노 같은 놈한테 업신여김을 당하다니, 그래, 알도는 바보가 맞아. 다음에 내가 말해둘게. 하지만 니노 같은 놈한테겁을 먹다니, 당신답지 않아.

근무처인 서점에서는 절대 언성을 높인 적이 없는 온

218

후한 남편이 니노를 '그런 놈'이라고 하는 것을 듣고 나는 깜짝 놀랐다. 그렇구나, 이 사람들은 모두 어릴 적 친구였던 거구나. 니노도 알도도 남편도, 그리고 전쟁이 끝난 직후에 세상을 떠난 브루나 마리오까지 지금은 3월22일 거리나 코르시카 거리가 되어 있는 초원을 크게 소리를 지르며 흙투성이가 되어 뛰어다닌다. 아직 젊은 시어머니가 금색 솜털 같은 머리를 석양에 빛내며 멀리서 아이들을 데리러 온다. 그리고 나만 거기에 없었다.

됐어, 알도 일로 당신하고 싸워봤자 아무 소용이 없으니까. 나는 이렇게 말하고 식후의 설거지를 하러 일어섰다. 하지만 그래도 역시 니노 같은 남자에게 이러쿵저러쿵 말을 들을 틈을 준 알도에 관한 일이 머리에서 떠나지 않았다.

남편이 세상을 떠났을 때 알도는 전날까지 이탈리아 남부로 출장을 가 있어 밀라노에 없었다. 내 전화를 받고 시어머니가 연락한 것인지, 우연히 집에 돌아와 있었던 것인지, 아무튼 병원에도 와 있었을 터였다. 그런데도 그가 병실 어디쯤에 있었는지, 뭔가 내게 말을 걸어주었는지 전혀 기억나지 않는다. 남편의 마지막 시간 동안 내내 함께 있어 준 두세 명의 친구에 대해서는 그들이 있던 장소까지 확실히 떠올릴 수 있다. 그런데 알도가 내 기억에서 완전히 빠져 있는 것은 어찌 된 일일까. 산카를로 성당에서 열린 장례식 때도, 그리고 모든 것이 회색이었던 람브라테의 묘지로 이동해서도, 몇 년 전 내가 페피노와 결혼했을 때는 일본에서 못 오신 아버지 대신이라며 제단까지 곁에서 따라가 주었던 알도가 남편의 죽음을 둘러싼 시간에는 내 시야에서 완전히 사라졌었다. 페피노가 죽었는데 알도는 이렇게 건강하게 살아 있다. 그런 생각이 내 안에서 불길한 거미줄을 치는 일이 있었다.

산촌 아침의 투명한 태양을 가득 받은 건축 현장의 사진을 보고 나는 눈을 의심하고 싶었다. 고작 이것이라고 말하면서도 알도가 자신의 집을 지을 생각을 한 것이다. 이십수 년 전 그저 주말의 즐거움을 찾아서 간 산촌에서 실바나와 마을 사람들을 만난 것이 모든 일이 시작이었다. 그리고 얼마 후 카를로가 태어났다. 원래 일에는 열심인 사람이었으므로 실바나에 카를로까지 생기자 알도는 마치 하늘을 나는 슈퍼맨처럼 헌신했다. 실바나의 산촌

친구들은 나이 차이는 좀 났지만 실바나가 좋은 사람과 결혼했다며 기뻐해 주었다.

아내에 이어 알도를 변화시킨 것은 외아들 카를로였다. 하지만 아이가 성장함에 따라 이번에는 이 아이가 알도에게 박힌 작은 가시로 보일 때가 있었다.

카를로의 경우, 우선 병역을 마치지 않으면 정규 직업을 얻을 수 없었다. 병역을 마치지 않은 청년을 고용하는 것은 기업에 큰 부담이 되기 때문이다. 하지만 학교를 중간에 그만둔 탓도 있어 카를로의 소집 영장은 좀처럼 나오지 않았다. 그것을 기다리는 반년 동안 그는 주유소에서 일을 하기도 하고, 그렇게 모은 돈으로 다이빙 스쿨의 면허를 따기도 하며 빈둥거리고 있었다. 그러는 동안 부모는 아들이 근처에서 날뛰는 수상한 아이들에게 엮이기라도 할까 봐 제정신이 아니었다. 결국 입대 영장이 나와 카를로는 전부터 지원해둔 낙하산 부대에 무사히 들어갔다. 하지만 몇 달인가의 육상 훈련을 거쳐 강하 연습을 시작한 날 착지에 실패하여 큰 부상을 당했다. 바람이 거셌던 탓에, 신병인 그는 떠내려가는 낙하산을 제대로 다룰 수 없었던 것이다. 카를로는 장딴지가 크게 찢어지고 발

목도 복합골절을 당해서 그대로 병원으로 이송되었다. 그 날 밤늦은 시간에, 마침 나폴리의 근무처에서 밀라노로 돌아온 알도에게 부대에서 전화가 걸려왔다. 아드님은 피사의 육군병원에 있습니다. 생명에는 별 지장이 없습니다, 하는 판에 박은 듯한 전화에 알도와 실바나는 격노했다. 하지만 그대로 있을 수도 없는 노릇이어서 일단 준비를 하고 차로 밤길을 달렸다.

착지에 실패하다니, 말로 하면 간단하지만, 말하자면 하늘에서 떨어진 것이나 마찬가지니까, 깜짝 놀랐지요. 작년 5월 내가 밀라노에 들렀을 때 카를로의 불운을 한탄하며 실바나가 이야기해주었다. 골절이고 생명에 별 지장이 없다는 말을 들었지만 우리는 나쁜 쪽으로만 생각하잖아요.

군대 병원에 그대로 두면 무슨 일을 당할지 모른다. 부부는 차가운 안개가 자욱한 고속도로를 달리며 의논한 끝에 이틀 후에는 아들을 피사의 중앙병원으로 옮기는 절차를 마쳤다.

아니, 군대 병원에서 그렇게 간단히 나올 수 있는 건가요, 하며 놀라서 눈을 동그랗게 뜨는 내게 실바나는 웃으며 입을 삐죽 내밀었다. 보내주지 않아도 데리고 나왔을

거예요. 당신 나라에서는 안 될지도 모르겠네요. 하지만
비용은 물론 우리가 내야 했지요.

한동안 충격으로 인한 열이 내리지 않았던 카를로의 상
태가 안정을 찾자 알도와 실바나는 아들을 피사의 병원에
남겨두고 각자의 일이 기다리고 있는 나폴리와 밀라노로
돌아갔다. 그로부터 두 달간 병원 생활을 하고 그런대로
걸을 수 있게 된 카를로가 퇴원한 것은 4월이 되어서였다.
그러나 집에 돌아와도 당분간은 밀라노의 병원에 다니며
보행 연습을 계속하지 않으면 안 되었다.

입원과 재활로 1년여를 허비한 카를로가 신청해둔 제
대 통지를 받고 드디어 열심히 일자리를 찾게 된 것은 작
년 늦봄이 되고 나서였다. 군대 때문에 이래저래 2년 가까
이나 손해를 본 셈이다. 이게 우리나라죠, 하고 카를로는
노인처럼 아무렇게나 말했다.

하지만 일자리를 찾는다고 해도, 당연한 얘기지만 학력
이 부족한 데다 특정한 흥미가 없는 것이 이번에도 그의
발목을 잡았다. 열심히 알아본 끝에 드디어 찾은 것이 야
간 경비원 일이었다. 그래도 찬밥 더운밥 가릴 수 없다며
일단 해보기로 했다. 그런 일을 언제까지 계속할 수 있을

까요. 실바나는 이렇게 말하며 한숨을 내쉬었다. 달리 채용해주는 곳이 없으니까 어쩔 수 없잖아. 아들을 감싸듯 알도가 말했다. 내게는 알도가, 그 아이를 위해 내가 할 수 있는 일이라곤 기다려주는 것밖에 없잖아, 하고 말하는 것처럼 들렸다. 가장 괴로울 때는 굳어진 몸으로 그저 입을 다문다. 그것이 리카 집안 남자들의 방식이라는 것을 지금의 나는 알고 있으므로 아무 말도 할 수 없었다.

알도가 처음에는 세를 놓겠다고 했던 밀라노의 집을 팔지 않으면 건축 자금이 부족하다고 4월의 편지에 써서 보냈을 때 나는 역시, 하며 겨울부터 맺혀 있던 감정이 구체적인(그리고 당연한) 형태를 갖추었다고 생각했다. 남의 손에 넘긴다면 다시 한번 그 집을 찬찬히 봐두고 싶었다. 그들이 밀라노에서 차로 세 시간가량이나 걸리는 산촌으로 이사를 해버리면 지금까지처럼 쉽게 만날 수 없게 되는 것은 분명했다. 그 무렵 마침 로마에 가서 조사하고 싶은 것이 생겼으므로 나는 그것을 구실로 일본을 출발했고, 도중에 밀라노에서 비행기를 내렸다.

알도와 실바나가 공항에 나와 있었다. 카를로는 한발 먼저 산촌으로 떠나 그곳에서 야간 경비 일을 하고 있었다.

1년 사이에 포를라니니 거리의 집은 모습이 완전히 바뀌어 있었다. 내가 알던 알도 부부의 아파트가 아니었다. 주민 대부분이 바뀌었고 전에 철도원 관사였던 건물 전체가 바뀌어 있었다.

공항에서 자동차로 다가감에 따라 올가의 집이 있던, 옛날에는 별로 특별한 것도 없었던 커다란 회색 벽면 가득히 교회의 프레스코화처럼 그려진 장 미셸 폴롱[10]의 그림이 보이기 시작했다. 국영 석유회사의 광고라고 실바나가 설명해주었다. 글자 부분이 작아 거의 보이지 않는 대신에 슬픈 듯이 흐릿한 인류의 대표 같은 중절모를 쓴 폴롱의 남자가 오렌지색 그림의 석양 속에서 파랗게 희미해지며 천천히 걷고 있었다. 실바나의 입에서 먼 북국의 일러스트레이터 이름이 나왔을 때, 처음에는 믿을 수 없어서 다시 물으며 나는 이 집에도 '바뀔 때'가 왔음을 깨달았다. 시어머니가 제라늄 화분을 늘어놓았던 창 아래의 안뜰은 벽돌로 포장되었고, 겨울날 안개가 주위를 소용돌

10) Jean-Michel Folon(1934~2005). 벨기에 출신의 예술가로 수채화, 판화, 조각, 일러스트레이션, 우표, 연극무대 장식 등 여러 가지 매체를 이용하여 작업했다.

이치고 있던 보리수 밑에는 큼직한 화단이 만들어져 장미와 석남화가 피어 있었다. 하얀 콘크리트로 덮인 철길둑 아래에는 벽에 작은 농구 보드가 설치되어 있고, 그 아래에서 이제껏 본 적 없는 젊은 엄마가 가까스로 걸을 수 있게 된 아이가 혼자 큰 공을 잡으려고 고투하고 있는 모습을 자, 똑바로, 똑바로, 하며 요란하게 떠들어대고 있었다. 알도가 말이에요, 하며 실바나가 보드의 유래를 이야기해주었다. 며칠이나 걸려 저기에 페인트를 칠하고 주위에 울타리를 쳤어요. 우리는 이제 이사하니까 상관없잖아, 하고 말했더니 이런 거라도 있으면 아이들이 안뜰에서 놀수 있을 거 아냐, 라고 하더라니까요. 55년이나 계속 일하고 드디어 연금 생활을 시작할 결심을 한 알도는 느긋하게 노후를 즐기고 있었다.

이튿날 오후 우리는 갑자기 산촌으로 가기로 했다. 가능하다면 건축 현장을 보여주고 싶다는 알도와, 가능하다면 그것을 꼭 보고 싶다는 나의 희망이 딱 맞아떨어졌기 때문이었다.

4년 만의 산촌행이었다. 알도의 차가 주차 구역에 멈춘것을 보고 실바나의 올케인 미인 릴리아나가 맞은편 집에서 샌들을 신은 채 뛰어 내려왔다. 두 아들 중 한 명은 산 아래 도시의 회계사 사무소에 다니고 있어 집에 없었다. 작은 마티오는, 하고 묻자, 그녀가 작다니, 하고 웃으며 알 도의 집 현장을 손으로 가리켰다. 호리호리하게 키가 큰 청년이 큰 지붕 위에서 이쪽을 향해 부끄러운 듯이 한 손 을 들어 보이고 있었다. 막내 마티오는 형들과 노는 데 너 무 열중해서 화장실에 가는 것을 잊고 바지에 실례를 하 여 꾸중을 들은 적이 있던 아이였다. 그 뒤에는 아버지 줄 리아노가 저녁놀이 진 하늘을 짊어지듯이 무릎을 살짝 구 부린 모습으로 디딜 곳이 안 좋은 지붕 위에 서 있었다. 오늘과 내일 또 한 장인의 도움을 받아 셋이서 지붕을 이 을 것이다. 요즘은 날씨가 흐려서, 하고 릴리아나가 말했 다. 줄리아노는 무척 기분이 안 좋아요. 이런 날씨에는 일 의 진척이 없다고 밤중에 잠을 깨기도 한다니까요.

일본으로 돌아온 나를 뒤따르듯이 알도로부터 다시 편 지 한 통이 도착했다. 집은 아직 팔리지 않았지만 우리는 6월 말에 산촌으로 이사하기로 했습니다. 앞으로 편지는 via Zandonai 10 Folgaria TN으로 보내주세요. 그리고 좋은 뉴스가 있습니다. 카를로가 결국 경비원을 그만두고 미늘창을 만드는 마을 목공소에 수습으로 들어갔습니다. 마티오로부터 그곳 주인이 사람을 찾고 있다는 말을 듣고 보러 갔는데 손으로 하는 일을 배울 생각이 있다면 다음 주 월요일부터 와보라고 했답니다. 가서 보니까 일이 마음에 들더랍니다. 이제 카를로도 줄리아노나 마티오와 마찬가지로 목공 일을 하며 살게 되는 것입니다. 우리는 산촌으로 갈 결심을 한 것이 정말 다행이었다고 생각하고 있습니다.

일단 자리를 잡았다는 말이 있다. 오랫동안 참기만 하고 살아온 알도의 가족이 이제야 드디어 밝은 쪽으로 일단 자리를 잡은 것이다. 편지를 읽고 나는 진심으로 안도했다.

떨리는 손

1

호텔에서 아침 식사를 마치고 보슬비가 내리는 길을 5분쯤 걸어 은행에 갔는데 삼엄하게 무장한 경관이 둘러싸고 있어 다가갈 수가 없다. 조금 전에 강도 사건이 있었다고 한다. 나는 여행자 수표를 리라로 바꾸기만 하면 되었기에 꼭 그곳이 아니어도 상관없었지만, 또야? 하는 생각에 우울해졌다. 닷새 전에 로마에 도착하고 나서부터 은행 업무가 한 번에 끝난 적이 없어서였다.

내가 갔을 때는 한바탕의 소동이 끝난 후였는지, 어깨에 걸친 기관총의 위엄 대신에 콧노래라도 부르기 시작할 듯한 표정의 경관은 빗속에서도 호기심에 구경하러 온 근처 사람들과 이야기하는 데 정신을 팔고 있었다. 내가 다가가자 물어보지도 않았는데 은행 업무는 오후에 재개된다고 알려주었다.

몇 명의 친구를 만나고 몇몇 볼일을 보기 위해 열흘간의 일정으로 로마에 왔다. 그런데 도쿄와는 생활 리듬이 달라 제대로 적응하지 못하고 허둥지둥하다 보니 예정된 일의 절반도 처리하지 못한 채 시간이 지나가고 있었다. 1991년 봄이었다. 당시 이탈리아 사람들은 노동 문제에서도 치안 면에서도 최악이라는 사회 정세에 기진맥진해 있었다. 자연히 여행객도 그들의 기분에 휩쓸려 일이 생각대로 풀리지 않으면 필요 이상으로 기분이 상해했다. 게다가 연일 비가 내려 4월의 로마 날씨라고는 믿을 수 없을 만큼 악천후였다.

여름 일본에는 소낙비라는 그리운 말이 있는데, 로마의 아콰초네acquazzóne는 거의 계절에 상관없이 내리는 소나기를 말한다. 물, 또는 비를 가리키는 아콰acqua라는 말을 확대형 어미로 변화시킨 말로, 억수같이 쏟아지는 비를 뜻하는 아콰초네는 로마의 명물이기도 하다. 길을 걷다가 문득 뺨에 닿는 바람이 묘하게 차가운 듯한 기분이 들면, 곧 주위가 밤처럼 어두워지고 눈을 뜨고 있을 수 없을 만큼의 비가 물보라를 일으키며 쏟아진다. 그것이 거의 동시에 일어난다. 대체로 요란한 천둥을 동반하기 때문에 통행인은 목을 움츠리고 발이 젖지 않도록 조심하며 가장 가까운 건물 처마 밑으로 피한다. 굉음 속에서 하늘을 올려다보며 비가 그치기를 기다릴 수밖에 없다. 차를 운전 중일 때는 와이퍼가 소용없게 되므로 차를 도로변에 세우고 기다린다. 길어야 30분, 짧을 때는 10분 정도 숨을 죽이고 비를 긋다 보면 비는 그치고 빨려들 것 같은 검푸른 하늘이 돌아온다. 뒤늦게 생겨난 조각구름이 몹시 서둘러 하늘을 지나가면 거기에 맞추기라도 하듯 공원이나 대로의 가로수에서 참새가 시끄럽게 지저귀기 시작하고 거리는 다시 한번 자동차 소음으로 가득 찬다. 아콰초네는 무엇이든 거대한 것을 좋아하는 로마인답게 호들갑스럽고 산뜻한 한순간의 호우다.

하지만 그해 봄 나를 우울하게 했던 것은 그 호쾌하고 어딘가 축제 같았던 아콰초네가 아니라 아침부터 밤까지, 그리고 날이 새도 여전히 추적추적 조용히 내리는 가랑비였다. 나보나 광장에서 가까운, 신록이 눈부신 담쟁이덩굴이 휘감긴 오래된 저택풍의 운치 있는 작은 호텔을 드나들 때도, 나는 한 손에 우산을 들고 또 한 손으로는 장단을 맞추며 때아니게 온통 깔린 어린잎에 힐이 미끄러지지 않도록 조심스럽게 걷지 않으면 안 되었다. 검게 변색한 것도 있고 산뜻한 신록 그대로인 것도 있는 낙엽은 검푸르게 빛나는 현무암 돌길에 두툼하게 겹쳐진 채 젖어 있었다.

이 은행이 안 된다면 차라리 도심까지 나가보자고 마음먹은 나는 버스를 타지 않고 뒷길을 가로질러 걸어가기로 했다. 어차피 15분쯤 걸리는 거리이고 도심에는 은행이 어디에나 있다.

어떤 길을 지나도 무심코 걸음을 멈추고 바라보게 되는 건물이나 사람을 만날 일이 적은 도쿄와 달리, 로마 거리에는 (그리고 아마 유럽의 어떤 거리에도) 걷기만 해도 영화를 보는 것처럼 즐겁거나 감탄할 만한 길이 헤아릴 수 없을 만큼 많다. 예컨대 테베레강과 평행한 비아 줄리아 Via Giulia. 내가 이 길을 발견한 것은 몇 년 전 로마에 반년쯤 머무를 때였다. 그때는 친구 집에 얹혀 지내고 있었는데, 어느 날 점심때 먹을 와인을 사러 나갔다가 우연히 발견한 길이었다. 그 길 한 모퉁이에 서 있기만 해도 어쩐지 위풍당당한 품격 같은 것이 느껴져 무심코 발길을 멈췄다. 테베레강 근처의 길에서 한 단 낮은 샛길이기 때문에 자동차의 왕래가 적다는 것 외에는 평탄하고 그저 똑바로 쭉 뻗은 도로에 지나지 않는다. 그런데도 어디까지나 걷고 싶어지는 불가사의한 매력이 있다. 걸어보니 그다지 길지 않은 길로, 300미터쯤 앞에서 활 모양으로 굽어지는 테베레강에 부딪혀 끝난다.

집에 돌아와 여행 안내서에서 그 길의 내력을 살펴보니 역시 유서 깊은 길이었다. 16세기 초에 건설된 로마 최초의 직선도로로, 당시의 교황 율리오 2세가 건축가 브라만테[11]에게 명해 설계하게 한 것이라고 한다. 건축가가 도로를 설계했다는 것도 신선하고 놀라웠지만, 이 도로의 아름다움은 도로 그 자체보다 다른 것에 있었다. 도로 양쪽에 늘어선 후기 르네상스 건축물들의 등질성이 아름다

---

11) Donato Bramante(1444~1514), 이탈리아의 건축가. 르네상스 건축의 선구자로 여겨지며 대표작은 바티칸 궁전, 스포르체스코성 등이 있다.

움을 더했고, 끝으로 갈수록 가늘어지는 4, 5층 건물들의 지붕 선이 그리는 원근법적인 두 선이 도로라는 허구를 연출하고 있는 듯했다. 실제로 길은 끝으로 감에 따라 조금씩 좁아지게 만들어진 것 같고 아름다운 파르네제궁의 정원에서 끝난다.

이 길이 내 흥미를 끈 또 하나의 이유는 '로마 최초의' 직선도로라는 설명이었다. 나는 쭉 뻗은 거리라는 것은 서구의 이른바 이론적 사고의 산물이라고 생각하고 있었다. 그래서 고대는 모르겠지만 중세에는 이 도시에도 직선도로라는 사고가 결락되어 있었다는 발견은 충격적이었다. 중세의 제멋대로 된 곡선과 르네상스의 정리된 직선. 그리고 나는 가난한 중세의 제멋대로도 버리기 아깝다고 생각했다. 쭉 뻗은 도로가 보여주는 기하학적 허구에 대한 동경과 인간의 현실을 그대로 구상화한 듯한 중세 길에 대한 향수.

강도가 막 떠난 은행도(습격은 성공했을까. 다친 사람은 없었을까) 정면 입구는 교통량이 많은 '어엿한' 도로에 면해 있지만, 건물 뒤쪽은 온통 꼬불꼬불한 좁은 길이 그물코처럼 둘러쳐진 구역이었다. 이런 날은 중세 길을 걸어보고 싫었다.

모퉁이를 돌자 비아 델 고베르노 베키오Via del governo vecchio, 옛 관청 거리라는, 이름만은 근사한 길이 나왔다. 테베레강을 배경으로 나바나 광장이나 판테온에서 가까운 이 부근은 실제로 직선적인 큰길에서는 상상도 안 되는 햇빛이 들지 않는 축축한 거리가 마치 두더지 굴을 지상에 재현한 것처럼 뒤얽혀 있다. 길 하나만 잘못 들어서면 아주 엉뚱한 곳으로 나와버리기도 하고, 심할 때는 다시 출발점으로 돌아오는 지경에 빠지기도 한다. 그런 만큼 일단 지도를 숙지하고 나면, 큰길처럼 '사람들에게 보여주기 위해' 만든 길이 아니어서 거드름을 피우지 않고, 어딘가 방심하고 있는 로마를 어깨너머로 슬쩍 들여다보는 듯한 그런 길이 이어져 있다. 가게 앞에 쌓아 올린 물품을 팔고 싶은 건지 그저 쌓아놓았을 뿐인 건지 도무지 판단이 안 서는 헌 옷 가게들이 줄지어 있는가 하면, 휘발성이 강한 니스 냄새가 자욱한 가운데 장인이 오래된 가구를 닦거나 다시 칠하고 있는 가게가 있고, 그 옆에는 자동차의 전기 계통만을 수리하는 가게도 있다. 무심코 못 보고 지나칠 만큼 폭이 좁은 서점인데 일단 안으로 들어가 보면 깊이를 알 수 없어서 자기도 모르게 시간을 허비하게 되는 곳도 있다. 이런 데서 찾고 있던 책을 만나는 보기 드문 즐거움도 버리기 힘들다. 납작한 돌이 깔린 길에는 물을 잘 빠지게 하는 도랑이 없으므로, 오늘처럼 비오는 날은 낮아진 가운데를 졸졸 흐르는 흙탕물에 발이 더럽혀지지 않도록 조심하며 때로는 채소 찌꺼기가 떠 있는 물웅덩이를 뛰어넘어 간다. 보행로가 따로 없는 그 좁은 길을, 차도 고양이도 사람도 언짢은 기분으로 서로 양보하며 걷고 있다. 양쪽의 건물은 서로 경쟁하듯 하늘을 향해 뻗어 있고, 훨씬 위쪽에 회색의 가는 띠 같은 하늘이 보인다. 그것에 안심하고 잠시 걸음을 멈춰 서서 벽을 따라 내려오는 비를 바라보았다.

고베르노 베키오 거리에서 산타 마리아 델 아니마 거리로 나간다. 이 길의 막다른 곳에는 '영혼anima의 산타 마리아'라는 이름의 성당(산타 마리아 델 아니마 성당)이 있을 뿐이다. 하지만 이곳을 지날 때마다 나는 붉게 타오르는 불덩어리를 만날 것 같은 기분이 든다. 형형색색의 초롱을 매단 디스코장이나 아이스크림 가게가 있어서 밤에는 젊은이들로 활기가 넘친다. 애초에 어떤 유래로 이런 이름의 성당이 생긴 것일까. 거기서 또 한 골목을 빠져나가 2천 년 전 로마 황제의 경기장이었다는 고귀한 나바나 광장을 가로질러 상원 건물이 있는 폭이 넓은 거리로 나갔다. 우연히 왼쪽을 보자 지금까지 몇 번인가 왔으나 하필 문이 닫혀 있어 들어가 보지 못했던 산 루이지 데이 프란체시 성당이 있었다. 다행히도 그날은 앞쪽이 아닌 옆의 작은 문으로 여행객인 듯한 차림의 사람들이 삼삼오오 드나들고 있었다.

역시 긴 이름을 가진 이곳은 프랑스 사람들의 성자 루이 왕, 즉 십자군을 이끌고 두 번이나 지중해를 건넌 끝에 결국 튀니지에서 페스트에 걸려 죽은 13세기 프랑스의 왕을 기념하는 성당이다. 그런 이름이어서 프랑스인들이 이곳을 즐겨 방문하는지 어떤지는 모르지만, 이 성당은 로마에 있는 프랑스인 가톨릭 신자들의 집회장이기도 하고, 옆에는 프랑스어 서적을 파는 가게도 있다. 로마에서 공부하던 무렵에는 이곳에 몇 번 온 적이 있었으나 한 번도 성당 내부에 발을 들여놓지는 않았었다. 성당의 깊숙한 곳에 있는 한 제단에 카라바조의 〈성 마태오의 소명〉이라는 유명한 그림이 있는 것을 안 것도 극히 최근의 일이다.

그리스도의 열두 사도 가운데 한 사람인 마태오는 사람들에게 멸시당하는 세리稅吏였다. 그런 그에게 어느 날 예수가 찾아와 따라오라고 한다. 그는 당장 '모든 것'을 버리고 예수를 따랐다고 성서에 쓰여 있다. 그 부름 장면을 그린 16세기의 작품으로, 한 번 볼 만한 가치가 있다고 친구가 알려주었다.

카라바조라는 화가의 작품을 처음 본 것은, 로마의 학창 시절로부터 몇 년이 지난 후 밀라노의 암브로지아나 미술관에서 그의 정물화를 마주한 때였다. 가로로 긴 화폭에 대칭적인 구도였는데, 바구니에 넘칠 듯이 담긴 과일을 노란색이 두드러진 색조로 그린 작품이었다. 근대 정물화를 개척했다고 평가받는 작품이라고 하는데, 역사적이나 종교적인 화제畫題밖에 그리지 않던 시대에 과일이라는 일상적인 것을 중앙에 배치한 구도는 확실히 진기했을 것이다. 하지만 당시의 내게 그 주제는 아주 평범한 정물로밖에 보이지 않았고, 그 이상의 흥미를 끄는 그림이 아니었다. 그의 본명이 미켈란젤로 메리시 다 카라바조Michelangelo Merisi da Caravaggio라는 것은 그때 알았다. 카라바조라는 것은 이 화가가 태어난 도시의 이름이고, 그곳이 밀라노에서 동쪽으로 2, 30킬로미터쯤 떨어진 곳에 있다는 것도 자동차로 달리다가 우연히 알게 되었다. 한 없이 펼쳐지는 포Po강의 평야에 있는 이렇다 할 것 없는 작은 도시다.

만약 그날 성당의 문이 그때까지와 마찬가지로 닫혀 있었다면 나는 그대로 지나치고 말았을 테지만, 스무 명쯤 의 여행객 무리가 나오는 것을 보고 마음이 움직였다. 모처럼 열려 있다면 카라바조의 작품을 보고 가자, 하는 정도의 가벼운 마음이었다.

들어가니 〈성 마태오의 소명〉이 있는 왼쪽 제단은, 창이 있을 법한 벽면도 두 폭의 그림으로 막혀 있었다. 외부의 빛이 완전히 차단되어 깜깜했고, 벽에 달린 작은 철제 상자에 2백 리라 동전을 넣으면 조명이 들어오게 되어 있었다. 제단을 몇 겹으로 둘러싼 견학자들이 얌전히 가이드의 설명에 귀를 기울이고 있어서 나는 뒤에서 기다리기로 했다. 카라바조의 그림 연작은 제단을 둘러싸듯 걸려 있었는데, 세 점 모두 사도 마태오의 생애에서 특히 극적인 장면을 그린 것이었다. 세 점의 그림을 다 둘러보았는데, 그중 〈성 마태오의 소명〉이라는 그림만이 마치 보이지 않는 손이 어깨를 힘껏 누르는 것처럼 나를 끌어당겼다.

렘브란트를 생각하게 하는 어두운 화면의 오른쪽에서 한 줄기 빛이 들어와 거의 중앙에 그려진 소년의 얼굴을 비추고 있다. 그 순간 그 소년이 마태오인가 싶었을 만큼 빛에 드러난 하얀 얼굴이 인상적이었다. 좀 더 가까이에서 보고 싶다고 생각한 순간 조명이 꺼졌다. 2백 리라분의 관람이 끝난 것이다. 관광객이 술렁거리더니 누군가 작은 상자에 다시 한번 동전을 넣는 소리가 들렸다. 그런 일이 몇 차례 반복되었고, 그때마다 구경꾼이 술렁술렁 갈마들었다. 이번에야말로 앞으로 나아가려고 생각했지만, 단체 관람객의 벽에 가로막혀 나는 계속 뒤에 남겨졌다. 몇 번이나 그런 식이었으므로 나는 더이상 거기에 머물기를 포기했다. 호텔에서 멀지 않으니까, 하고 생각했다. 로마를 떠나기 전에 다시 한번 오면 된다. 가능하다면 아무도 없는 시간에 혼자 그림 앞에 서 있고 싶었다.

성당을 나오자 비는 거의 그친 듯했다. 다시 확 밝아진 인도에 내려섰을 때 비로소 나는 조금 전에 깊은 데서 영혼을 흔드는 듯한 작품을 만나고 왔다는, 좀처럼 없는 감동에 잠겨 있는 자신을 발견했다. 한동안 잊고 있던, 진짜를 접했을 때의 그 확실한 감촉이었다.

2

같은 해 11월, 나는 다시 한번 로마에 갈 기회를 얻었다. 1년에 두 번 로마를 볼 수 있는 것은 참으로 행운이었다. 그렇다고 모든 일이 잘 풀린 것은 아니다. 다시 한번 나는 비에 시달렸다.

그날도 울퉁불퉁해서 걷기 힘든 돌길을 빗속에 이리저리 돌아다녔다. 나는 늘 묵는 호텔에서 도심으로 이어지는 길을 걸어 판테온에서 가까운 캄포 마르지오 광장을 지나갔다. 광장이라고 하기에는 심하게 불규칙한 모양인데, 모퉁이에 있는 노랗게 칠한 18세기 풍의 낯익은 건물이 눈에 들어왔다. 그 저택 안에는 현대 이탈리아를 대표하는 작가의 한 사람인 나탈리아 긴즈부르그의 아파트가 있다. 나는 몇 번인가 그 집의 아름다운 대리석 계단을 숨을 헐떡이며 올라갔었다. 지난 4월에 왔을 때도 나는 그녀를 방문했다.

나탈리아 긴츠부르그의 자전적 소설《가족어 사전Lessico famigliare》[12]을 처음 읽은 것은 이미 30년이나 전의 일이다. 그 무렵 나는 밀라노에 살고 있었다. 일본의 문학작품을 이탈리아어로 번역하는 일을 시작한 지 얼마 되지 않은 무렵이었다. 나는 여전히 모국어로 글을 쓰기를 소망하고 있었다. 다만 주위에 이탈리아어만 있는 곳에서는 내 안의 일본어가 생기를 잃고 시들어버리지나 않을까, 그것만이 마음에 걸렸다. 이런 상황에서는 자신의 문체를 만드는 것은 생각할 수가 없었다. 그렇다고 이탈리아어로 글을 쓰는 것도 도저히 넘을 수 없는 큰 벽처럼 보였다. 마침 그 무렵 서점에서 일하고 있던 남편이 퇴근하며 이탈리아 소설을 들고 왔다. 표지 커버에 에곤 실레의 그림이 들어 있는 아름다운 에이나우디사社의 책으로, 그 무렵 좋은 평가를 받고 있었다. 제2차 세계대전에 농락당하며 파시스트 정부와 독일군에 대항하는 레지스탕스로 일관한 유대인 가족과 친구들 이야기가 한없이 구어에 가까운, 얼핏 문체를 무시한 듯한, 그런데도 한 치의 틈도 없는

---

12) 나탈리아 긴츠부르그, 이현경 옮김,《가족어 사전》, 돌베개, 2016.

훌륭한 붓놀림으로 펼쳐져 있었다. 대체 이건 뭐지? 그때까지 읽은 적이 없는 책이었다.

어느 날 나는 저자가 어렸을 무렵 프루스트에 몰두해 있던 그녀의 어머니가 의학자였던 아버지의 '연약한' 제자들과 함께 마음에 든 대목을 소리 내어 읽었다는 이야기를 머릿속에서 반추하고 있었다. 그리고, 그때까지 그 이야기를 몇 번이나 들었으면서도 프루스트에 몰두하는 어머니나 형제가 있었다니 꽤 멋진 가족이구나 하는 정도밖에 생각하지 않았다는 사실을 깨달았다. 어쩌면 이것은 그저 자의적으로 삽입된 에피소드 같은 게 아니라 그녀의 문체 선언을 대변하는 것이 아닐까. 문득 이런 생각을 하게 되고서야 오랫동안 마음에 맺혀 있던 응어리가 싹 풀리는 느낌이었다. 좋아하는 작가의 문체를 자신에게 가장 가까운 데로 끌어당겨 놓고 나서, 그것을 지켜나가며 자신의 문체를 다듬는다. 지금 이렇게 쓰고 보니 상당히 진부하고 당연한 것 같지만, 그때의 내게는 더할 나위 없는 발견이었다.

내가 마치 붙들고 늘어지듯 나탈리아 긴츠부르그의 책을 읽고 있는 것을 보고 남편은 웃었다. 알고 있었어. 그는 말했다. 서점에 이 책이 배달되었기에 페이지를 훌훌 넘겨보다 바로 이건 당신 책이라고 생각했거든.

이렇게 해서 《가족어 사전》은 언젠가 내 글을 쓰게 되는 날에 대한 목표로서 먼 곳에서 계속 반짝이고 있었다. 이탈리아어로 쓸지, 일본어로 쓸지는 아마도 그때가 되어봐야 알 수 있을 터였다.

나탈리아 긴츠부르그를 만날 기회는 전혀 예상하지 못할 때 예상하지 못한 방식으로 실현되었다. 처음으로 그녀의 책을 읽고 10여 년의 세월이 지났을 때였다. 정말 우연이었다. 어느 날 친한 로마 친구인 필로메나와 이야기를 나누다가 아주 자연스럽게, 내가 번역하기로 되어 있던 나탈리아의 작품이 화제에 올랐다. 그러자 그녀가 정말 뜻밖의 제안을 해왔다. 너, 나탈리아를 만나보지 않을래? 뭐, 하고 그녀의 얼굴을 쳐다보는 내게 필로메나는 웃으며 설명했다. 피는 섞이지 않았지만 그녀는 나탈리아 긴츠부르그의 '사촌'이라는 것이다. 괜찮으면 네가 로마에 있는 동안 그녀를 집으로 부를게. 그러면 네 직성이 풀릴 때까지 나탈리아와 이야기 나눌 수 있을 거야.

처음으로 대면한 나탈리아와 나는 도심의 대로에 면한

필로메나 집의 정취 있는 응접실에서, 그다음에는 옆방에서 하얀 장갑을 낀 남자 하인이 시중을 드는 식탁을 사이에 두고, 그리고 식후 커피를 날라온 응접실에서, 친구와 그 가족의 존재를 거의 잊어버릴 정도로 이야기에 열중했다. 나탈리아는《겐지 이야기》에 대해 무엇이든 내게 물어보고 싶어 했다. 나는 물론《가족어 사전》에 대해 백 가지쯤 물어보고 싶은 게 있었다. 어머, 이렇게 늦은 시간까지 이야기를 나눠서 미안해. '사촌'에게 미안해하며 나탈리아가 자리에서 일어났을 때, 처음으로 나는 그녀가 아무리 봐도 그녀답지 않게 무척 허세를 부린 검은색 챙 없는 모자를 쓰고 있다는 것을 알았다.

그러고 나서는 내가 로마에 갈 때마다 나탈리아에게 미리 편지로 알린다거나 도착하고 나서 전화를 걸어 캄포 마르지오 3번지에 있는 그녀의 집을 방문했다. 처음으로 만났을 무렵에 이미 '유명인'이었던 그녀는 그 후 극작품에도 손을 댔다. 그중 몇 작품은 극장에서 성공리에 상연되었다. 문화공로자로서 상원의원에 뽑힌 그녀에게 전화를 하면, 네, 그 시간이면 상원에서 돌아와 있을 테니까 오세요, 하고 말하는 일도 있었다. 그런데도 계속해서 에이

나우디사의 브레인이자 편집자여서 내가 그 출판사의 요청으로 이탈리아어로 번역한 가와바타 야스나리(川端康成)의 《아름다움과 슬픔과(美しさと哀しみと)》의 원고를 자신이 직접 손봐주기까지 했다. 미안해요, 이탈리아어가 어딘가 어색하게 느껴진 부분만 몇 군데 고쳤어요. 아주 조심스럽게 이렇게 말하며 미안해하는 그녀를 나는 깜짝 놀라며 바라보았다. 마지막까지 서로 '너tu'라고 부르는 일이 없었던 것에서도 알 수 있듯이 우리는 아주 친한 사이는 결코 아니었지만, 내게는 고맙고도 반가운 선배였다.

그해 운 좋게 두 번째 로마행이 실현되기 한 달 전인 10월 9일, 나탈리아 긴츠부르그가 세상을 떠났다. 친구의 전화로 그 소식을 들었을 때 내내 귓가를 맴돌던 음악 하나가 사라진 듯하고, 낯익은 나무 한 그루가 갑작스러운 큰바람에 쓰러진 듯했다. 그와 동시에 그녀가 세상을 떠났다는 사실은 내 의식 속에 단단히 뿌리를 내렸을 텐데도 로마와 도쿄라는 거리에 가로막혀 현실감이 희박했다.

그날 캄포 마르지오의 광장을 지나가다 그 노란 벽의 저택이 눈에 들어왔을 때 그녀의 죽음이 명확한 사실로서 돌연 나를 덮쳤다. 도로에서 보이는 미덥지 못한 철제 난간이 달린 하얀 대리석 계단을 여러 번이나 꺾어 올라가 꼭대기 층에 있는 그녀의 아파트 벨을 눌러도 이제 부끄러운 듯이 맞아주는 그녀가 없다는 생각이 불시에 머리를 스쳤고, 그것에 충격을 받아 나는 걸음을 멈추었다. 그녀의 죽음에 충격을 받을 만큼 나와 그녀 사이에 친밀한 유대가 있었던 것은 아니었다. 그렇게 생각을 한다 해도, 어쩔 도리가 없는 상실감이 거의 내 의지와는 상관없이 소중한 책에 묻은 돌이킬 수 없는 잉크 얼룩처럼 내 안에 검은 그늘을 키우고 있었다.

4월에 그녀를 찾아갔을 때의 일이 차례로 떠올랐다. 몇 번 방문하는 사이에 어느새 애착을 느끼게 되었던 그곳의 모든 벽면을 채우고 있던 책장에도, 테이블 위에도, 그리고 때로는 바닥에까지 책이 넘쳤던 천장이 높은 굉장한 응접실. 어느 날 문을 열어준 사람이 여느 때의 몸집이 작은 가정부가 아니라 그녀 자신이었던 것도 그 전과 달랐다. 커피도 가정부가 아니라 그녀가 직접 끓여주었다. 그녀의 뒤를 따라 환한 부엌으로 가자, 에스프레소 커피 끓이는 작은 기구로 은 포트에 커피를 따르며 그녀는 마치 남의 일처럼 작은 목소리로 말했다. 12월에 큰 병을 앓았어요. 이제는 다 나았지만요.

그녀는 커피 끓이는 기구의 손잡이가 뜨거워서 입고 있는 검은색 캐시미어 스웨터의 소매를 당겨 그것을 주방 장갑처럼 만들었다. 챙 없는 까만 모자를 떠올리며 나는 도와줄까 말까 망설이고 있었다.

하지만 그날 나탈리아는 결코 '다 나았던' 것이 아니었다. 얼마 후 로마에서 보내온 신문의 기사에는 발병이 6월이었다고 나와 있었지만, 그날의 나탈리아는 그전과는 다르게 피로한 기색이 확연히 짙었다. 그런데도 나는 나를 향하는 약한 시선을 나이 탓으로 돌리고 내 감각이 탐지해낸 불길한 인상보다는 그녀의 "다 나았다"는 말을 믿고 말았던 것이다. 그리고 로마에 가기만 하면 또 언제든 만날 수 있다며 가벼운 마음으로 이별을 고하고 그 하얀 대리석 계단을 종종걸음으로 뛰어 내려왔다. 11월의 비 내리는 길에서 그 일이 돌연 꺼림칙하게 느껴졌다.

이제 두 번 다시 나탈리아의 목소리를 들을 수 없고 그 계단을 오를 일도 없을 것이다. 비 내리는 캄포 마르지오 광장에서 나는 무거운 현실을 완전히 떠받치지 못하고 있었다. 이제 와 돌이켜보니 그날 나탈리아의 불안한 손에서 받침 접시로 흘러내린 커피의 색깔까지 애석하게 느껴져 슬펐다. 내게는 숨을 쉬는 것과 같은 정도로 소중한 글쓰는 일을 작품을 통해 가르쳐준 둘도 없는 스승이기도 했던 나탈리아에 대한 애석함에 나는 비 내리는 인도에서 몸도 마음도 사그라지는 심정이었다.

나는 빗속에 다시 한번 카라바조의 작품을 보러 가기로 했다. 그 그림이 시든 마음을 위로해줄지도 모른다. 4월의 비 오는 날에 찾아간 이후로 산 루이지 데이 프란체시 성당을 다시 들어갈 기회는 없었다. 그날 왜 그 그림을 좀 더 여유 있게 봐두지 못했을까, 하는 미련이 있었다. 하지만 그 이튿날 오후에도, 그다음 날에도 성당의 문은 굳게 잠겨 있었다.

아직 이른 시기 탓인지 성당 안에는 여행객의 모습은 없고 휑뎅그렁한 어스레함만이 침묵에 휩싸여 있었다. 준비한 동전을 차례로 상자에 넣으면 꼭 생각대로 시간을 보낼 수 있을 터였다.

오른쪽 문으로 들어온 그리스도가 자늑자늑하게 손을 뻗어 세리 마태오를 가리키고 있다. 예수의 얼굴은 거의 어둠 속에 있어, 그라는 걸 알 수 있는 표시는 머리 위에 그려져 있는 실처럼 가는 빛의 고리뿐이다. 세리 마태오는, 내가 처음에 착각한 것처럼, 얼굴에 빛을 받은 소년이 아니라 그 옆에 아니, 당신이 저한테 말을 하는 겁니까, 하는 듯이 자신의 가슴을 가리키고 있는 중년의 남자다. 마태오는 "사람들이 좋아하지 않았다"고 성서에 쓰여 있는데, 그런 사람치고는 꽤나 '어엿하고' 평범한 인물로 그려져 있다.

렘브란트나 라 투르[13]에 앞서 빛이 아니라 그림자로 그림을 그리는 것을 생각해냈다고 여겨지는 카라바조의 그림에서 나는 그리스도의 대극인 왼쪽 끝에 그려진, 모든 빛에서 거부당한 듯한 한 인물을 알아차렸다. 남자는 등을 구부리고 얼굴을 숨기는 듯 상반신을 테이블에 내던지고 있었다. 무슨 까닭인지 그 테이블에 올려놓은 남자의 추하고 뒤틀린 두 손만이 극명하게 그려져 있고, 그 손 앞에는 마치 은 30닢에 그리스도를 팔았던 유다를 방불케

---

13) Georges de La Tour(1593~1652). 프랑스의 화가로, 명쾌한 형태 파악과 예리한 명암 대비로 독특한 정감과 정적이 감도는 풍속화와 종교화, 특히 야경의 독자적인 화풍을 전개했다. 대표작으로 〈그리스도의 강생〉, 〈목수 성 요셉〉 등이 있다.

하는 은화 여러 개가 놓여 있으며, 그 주위는 짙은 어둠에 갇혀 있었다.

카라바조다. 순간적으로 나는 생각했다. 아주 자연스럽게 상상될 터인 유다는 머릿속에 없었다. 화가가 자신을 그렸다고 생각했다. 전승에 따르면 이 화가는 일종의 성격 파탄자라고 할까, 때로 심하게 난폭한 행동을 했던지, 작품의 높은 예술성은 모두에게 인정을 받았으면서도 동료에게 따돌림을 당했다. 그 때문에 종종 일을 얻지 못했고, 끝내는 사람을 다치게 했는지 죽였는지 하여튼 마치 안데르센의 《즉흥시인》이나 스탕달의 이야기에 등장하는 인물처럼 이탈리아 북부에서 로마로 추방당했다고 한다. 그 후에도 다시 나폴리로, 끝내는 몰타섬에서 시칠리아로 도망쳤다는 이야기는 곳곳에 남아 있는 그의 작품으로 짐작해볼 수 있다. 하지만 이상하게 변형된 손이 모든 것인 듯한 남자를, 카라바조가 안이하게 독특한 자화상으로 그렸을 리가 없다고 생각되기도 했다. 어쩌면 얼굴에 빛을 모은 듯한 소년도 마찬가지로 그의 자화상인 게 아닐까. 두 인물 사이에 가로놓인 나락의 깊이를 알고 있는 것은 화가 자신뿐이다.

왼쪽 끝에 그려진 인물은 어둠에 가려 있지만, 신기하게도 뒤틀려 추악한 두 손만 빛 속에 놓여 있다. 아무리 추해도 그림을 그리는 손만이 화가에게 빛을 가져오게 하는 것임을 카라바조는 뼈저리게 알고 있었을 것이다.

여전히 2백 리라분의 조명이 꺼질 때마다 분주하게 다음 동전을 넣지 않으면 안 된다. 마침 조명이 곧 꺼지려고 할 때 활기차게 타다닥 하는 작은 발소리가 들렸다. 초등학생 무리가 젊은 남자 교사에게 인솔되어 들어왔다. 아직 미술 학도처럼 보이는 젊은 교사가 그림을 설명하자 아이들은 얌전히 듣고 있다. 이윽고 나는 기묘한 것을 알아차렸다. 조명이 꺼지자 교사는 딴 데를 보며 내가 동전을 넣기를 기다리는 것이다. 그리고 조명이 다시 켜지자 또 아이들에게 그림을 설명하기 시작한다. 뭔가 머쓱한 기분으로 나는 그 자리를 떠나기로 했다. 그러자 또 한 가지 기묘한 일이 일어났다. 내 가까이에 있던 몇 명의 아이가 아주머니, 고맙습니다, 하고 작은 소리로 말하는 것이다. 알면서도 모르는 척하는 교사와 정중하게 고맙다고 말하는 아이들. 그때 돌연 직선의 비아 줄리아와 구불구불한 중세의 길이 각각의 빛에 휩싸여 기억 속에서 흔들렸다. 사람에게는 어느 쪽이나 필요하고 우리는 아마 늘 양쪽을 바란다. 정면으로 하얀빛을 받은 소년과 보기 흉한 손의 남자 둘 다를 버릴 수 없는 것처럼.

성당 밖은 여전히 비가 내렸다. 빗속을 걸으며 나는 그림 속의 남자에 대해 생각했다. 저지른 죄에 대한 의식과 일에 침식당해 뒤틀린 그 손은 역시 카르바조 자신의 손이 틀림없다. 아무튼 넘겨짚은 추측이었지만, 나는 확실히 위로받고 있었다. 미켈란젤로의 〈천지창조〉에 등장하는 손을 의식하며 그렸다는 그리스도의 아름다운 손의 대극에 두고 자신의 추한 손을 다 그렸을 때, 그는 결국 자기 예술의 극점에 설 수 있었던 게 아니었을까.

문득 추위에 얼어붙을 듯한 카라바조의 손 너머로 4월, 결국 마지막 방문이 되었을 때 커피를 끓여준 나탈리아 긴츠부르그의 지치고 가냘픈 손을 본 것 같았다. 주방 장갑을 대체한 검은색 스웨터의 소매 안에서 늙은 그녀의 손은 어쩔 도리 없이 떨려 살짝 엎질러진 커피가 받침 접시로 천천히 넘치고 있었다.

오래된 연꽃 씨앗

*

1995년은 종교라는 말이 거리에 흘러넘치고 사람들의 눈에 닿으며 입에 오른 잊을 수 없는 해였다. 특별히 이것에 한정된 이야기는 아니지만, 정확한 의미가 밝혀지지 않은 채 말만 불길한 역병처럼 거리를 내달리고 있다.

그 안에서 종교와 문학에 대해 생각하려고 하면 갑자기 종교심이라든가 신앙, 기성 종교라는, 종교와 관련된 떠들썩한 말의 무리가 우르르 몰려들어 나는 혼란스러움을 느낀다. 종교에 비해 문학 쪽은 조용하다. 문학은 혼자라서 일 것이다.

*

　시의 기원은 공동체가 신 또는 신들에게 바친 기도에
있다고 한다. 13세기에 아시시의 프란체스코가 지은 〈태
양의 찬가Canticum Fratris Solis〉가 오랫동안 이탈리아 문학사
의 첫머리를 장식해왔다. 범신론적이라고도 하는 이 시는
우선 전능하고 지고한 신을 찬양하고, 태양, 달, 그리고 자
연 현상에 대해서도, "주님, 찬미를 받으소서", 하고 노래
한다. 많은 사람에게 사랑받아온 이 '찬가Laude'는 동시대
또는 그 이전의 그리스도교도들이 노래했던 것과는 달랐
다. 그것은 이제 전통적인 성서의 레토릭을 떠나려고 하는
새로움, 예컨대 "자매인 물"에게 "너는 무척 쓸모 있고 겸
허하며 귀중하고 순결하다"고 호소하고, 또 "형제인 불"에
게 "너는 밤을 밝혀주고 아름다우며 유쾌하고 꿋꿋하며 강
하다"고 호소하는, 개체에서 나온 수식어구의 새로움이다.
　그렇다고는 해도 시의 형식 면에서는 나중에 '찬가'로 정
의되는 독특한 시법이 우선 여기서는 의식되지 않는다. 또
한 언어적으로도 라틴어와 움브리아어의 방언이 섞인 이
시의 이탈리아어는 미완성 단계에 있고, 그런 이유에서도

'문학작품'이라 부르기에는 미숙하다. 이른바 유아기의 수법이라도 해도 좋다. 그런 '찬가'가 문학사 첫머리에 놓인 것은 단지 그런 시대가 그리워서만은 물론 아닐 것이다.

〈태양의 찬가〉는 공동체를 떠난 '기도'가 개인의 표현이라고도 할 수 있는 '문학'이 되려고 하는 시점을 상징하고, 개인에 의한 작품의 시대가 바로 눈앞에 왔다는 것을 예고하고 있다.

*

프란체스코가 태어나 생애 대부분을 보낸 움브리아주는 이탈리아 중부에서 산이 가장 많은 지역이다. 이곳을 둘러싼 주변에서는 바다가 없는 주가 드물다. 이탈리아 사람이 움브리아를 '신비한mistica'이라는 형용사로 표현하는 것을 가끔 보게 되는데, 그럴 때마다 뭐가 '신비'한 것인지 모호하게 느껴졌다. 하지만 이를 '종교적인'으로 번역해보니 그 의미가 조금 더 와닿았다. 그것은 또 이탈리아어로는 종교가 신비한 것이라는 생각이 아직 남아 있다는 증거이기도 할 것이다. 프랑스나 독일에서는 어떨까.

르네상스의 탄생지인 피렌체를 안고 있는 토스카나주 사람에 비해 바로 옆에 있는 움브리아주 사람은 논리성이 부족하다(흔히 말하자면 신비적 사고에 적합하다)는 것일까. 또 무슨 까닭으로 그런 차이가 생긴 것일까.

프란체스코의 영향을 받았다는 중세의 신비주의자이자 수녀였던 폴리뇨의 안젤라도, 또한 프란체스코파의 시인으로 종교 운동에 의심을 가졌다는 죄목으로 인생의 후반을 감옥에서 지낸 야코포네 다 토디[14]도 첩첩산중인 움브리아에서 태어났다. 걸출한 시인과 신비주의자가 한 세기에 배출된 것은 지형 탓일까 아니면 그냥 그런 시대였기 때문일까.

*

마틴 루터의 프로테스탄티즘은 그때까지 공동체의 것이었던 기도를 개인의 것으로 하려고 한 사람들의 극적이

---

14) Jacopone da Todi(1230경~1306). 이탈리아의 시인이자 프란치스코회 수도사. 이탈리아 종교시의 모범인 《찬가집》의 작가.

고 고뇌에 찬 선택이었다. 그리하여 종교 그 자체도 역시 공동체의 종교에서 개인의 종교로 가는 길을 밟게 된다. 16세기 독일 이야기다.

*

기도에는 공동체의 기도와 개인이 신과 남모르게 가만히 대화하는 기도가 있다.

공동체의 기도가 문학과 공유했던 점은 둘 다 말에 의한 표현이라는 점이다. 하지만 공동체에 머무는 한 기도는 영혼을 어둠 속에 가두지 않는다.

개인의 기도는 신비 체험에 이르려고 하여 황홀의 문법을 찾고, 그 점에서는 시와 비슷하다. 하지만 궁극적으로는 빛이 있다는 것을 믿는다. 공동체의 기도나 산문은 비상하고 싶은 기분을 억제하고 인간과 함께 지상에 머무르려고 한다. 아마 고대인은 개인의 기도에 있는 어둠 속 심연을 알고 있었을 것이다.

＊

　공동체에 의해 창화唱和하는 일이 없어졌을 때 기도는 특정한 리듬도 운율도 그 밖의 형식도 필요하지 않게 되기 때문에 운문을 버리고 산문이 주류를 차지하게 된다. 산문은 논리를 떠날 수 없기 때문에, 사람들은 그것에 몹시 지쳐 기도의 대용품으로 주문呪文을 찾는 일이 있을지도 모른다.

＊

　신앙은 개인적이고 종교는 공동체적이라고 딱 잘라 말하면, 우리는 정말 아무것도 잃지 않는 것일까.

＊

　단테의 《신곡》은 거대한 천막처럼 그리스도교가 '보편적인 종교'로서 서구인의 사상과 생활의 모든 것을 뒤덮었던 시대에 쓰인 서구 중세를 대표하는 문학작품이다.

작가는 인간이란 어떤 것인가, 무엇을 추구하며 사는가, 라는 주제를 유례없는 강력함과 사실성으로 그려낸다. 하지만 단테가 종교 이야기를 너무 아무것도 아닌 듯이 이야기하기 때문에, 후세의 독자는 심지어 학자까지도 무심코 문학과 현실, 시와 종교를 잘못 이해하여 혼동하는 일이 있다.

*

틀은 완전히 중세적이고 그리스도교적이어도 지식의 분화가 이루어지지 않았던 시대를 살았던 단테가 무엇보다 야심을 불태우고 흥미를 쏟았던 것은 백과사전적인 지식의 집성을 이야기에 짜 넣는 일이었다. 동시에 인간 그 자체를, 또 인간의 지식이나 욕망을 근저에서 지탱하고 있는 에너지에 관한 이야기를, 이야기시詩로서 어떻게 정리하고 어떤 시 형식으로 표현하면 좋을까 하는 거시적인 의도가 그를 떠받치고 있었다.

단테가 그의 분신을 마지막에는 신의 실재에 침잠시키는 형태로 이 작품을 맺는 것도 지식의 종합성을 중시한 중세다운 발상이다. 단편성斷片性을 가치로서 인정하는 관습은 근대가 되어 생겨났다.

그래도 그 유명한 신비로운 장미의 하얀빛이 비치고 노래에 가득한 "신이 보기에 아름다운 자들"의 행복은 인류가 일찍이 상상할 수 있었던 최고의 환희를 표현한 것임이 틀림없다.

＊

토스카나 출신의 친구로부터 이런 이야기를 들은 적이 있다. 그가 아직 어렸을 때 지인인 늙은 농부(아마 그의 집안 영지의 소작인이었을 것이다)가 《신곡》의 시구 여러 편을 완벽하게 암기하고 있었는데 그가 가면, 도련님, 오늘은 어느 대목으로 할까요, 하고 묻고는 그가 좋아하는 구절을 들려주었다.

친구는 대체 그 이야기로 내게 뭘 전하고 싶었던 걸까.

'무지해야 할 농부와 소년'과 '지식 덩어리' 같은 《신곡》
이라는 대조의 재미에 대해서였을까. 아니면 노인에게는
단테가 마을의 사제보다 훨씬 신용할 수 있는, 종교나 도
덕의 인도자였다는 이야기를 하고 싶었을까.

하지만 노인이 쾌활하게 낭송하고, 아직 어린애에 지나
지 않았던 친구가 무엇인지도 모른 채, 11음절 시행으로
구성된 새겨넣은 듯한, 그런데도 긴 호흡의 리듬이나 테
르차 리마terza rima[15)라 불리는 각운의 묘, 나아가 이러한
테크닉을 구사하여 표현되는 리얼리즘의 모범 같은 묘사
와 이야기를 반세기 후에도 잊을 수 없을 만큼 즐길 수 있
었다는 이야기에서 내가 읽어낸 것은 《신곡》이 지닌 문학
성의 깊이와 확실함의 감촉이다.

*

소년은 분명히 노인에게 자신과 같은 네 명의 어린 형

---

15) 3행이 한 연으로 구성되는 시 형식.

제가 아버지와 함께 비명非命의 최후를 맞이하는 '지옥'편 33곡의 노래를 한 번 더, 한 번 더 하며 집요하게 거듭 졸라댔을 것이다. 토스카나의 완만한 언덕의 올리브 나무 그늘에서 소년은 지옥 밑바닥의 얼음 바다에 갇힌 우골리노 백작이, 적과 내통하여 자신과 아들들을 간계에 빠뜨린 대주교의 "머리와 목덜미가 맞붙은 언저리"를 마치 "배가 고파 빵을 씹어대듯이" 이빨로 물어뜯고 있는 피투성이 정경을, 아니면 또 유폐된 탑의 감옥에서 백작의 아들들이 소리를 모아 아버지, 제발 우리를 먹고 살아남아 주세요, 라고 하는 구절을, 그리고 지금은 눈이 보이지 않게 된 우골리노 백작이 마지막까지 남은 두 아들을 손으로 더듬자 둘 다 이미 차가워져 있었다는 그 처참한 이야기를, 너무나 생생하고 끔찍하여 몸서리를 치면서도 눈을 반짝이며 열심히 들었을 것이다.

현재의 우리가 시라 부르고 종교라 부르는 것이 단테의 시대와는 비교할 수 없을 만큼 부분적이고 단편적이라는 사실을 깨닫는다.

＊

　'연옥'편 제2곡에서 시인 카셀라의 영혼이 친구 단테를
만나는 대목을 읽을 때마다 나는 신기한 감동에 휩싸인
다. 카셀라가 찾아와 다가오는 것인데, 상대를 포옹하려고
뻗은 단테의 팔은 공중을 가른다. 그렇구나, 몸이 없는 거
구나, 하고 깨달은 단테의 얼굴은 발그레 물든다. 그 모습
을 보고 "웃음을 지으며 그 그림자는 뒤로 물러났으므로
나는 그것을 쫓는 듯이 몸을 앞으로 내밀었다"고《신곡》
은 노래한다. 괜찮네, 괜찮아, 하고 부드럽게 상대가 제지
하는 목소리를 듣고 단테는 비로소 그가 시인이자 가수
였던 옛친구 카셀라임을 알아본다. 서로 근황을 이야기한
후 단테가 카셀라에게 말한다. 예전에 우리가 그렇게 소
중히 여겼던 그 노래를 자네는 기억하고 있나. 물론이지,
그건 단테의 시야. 순간적으로 연옥의 고뇌를 잊은 것처
럼 카셀라가 조용하고 부드러운 목소리로 노래하기 시작
한다. 그 삼행 시구는 이렇게 맺는다.

　"그 감미로움은 지금도 내 안에서 울리고 있다."

　얼핏 그리스도교에 모든 것이 묶여 있었던 듯한 이탈리

아의 중세에 쓰이기는 했어도《신곡》은 이미 말의 세계가 그것과는 별도로 혼자 걸어가기 시작했다는 사실을 이야기하고 있다.

*

《신곡》의 '지옥'편 제26곡에서 여행자 단테는 오디세우스를 만난다. 단테의 오디세우스는 우리가 알고 있는 호메로스, 끝내 아들이나 아내에게 돌아가 한숨 돌리는 이타케의 영웅이 아니라 길을 헤맨 채 "늙어서 기력이 쇠한" 오디세우스로, 그와 그의 동료들을 태운 배는 결국 중세인이 "세계의 끝"으로 믿고 있던 지브롤터의 바위에 당도한다.

> "형제들이여" 하고 나는 불렀다. "수많은
> 위험을 겪고 서쪽 바다에 당도한 그대들은,
> 앞으로 얼마 지나지 않아, 우리에게
>
> 남겨진 오관五官의 주야에,

태양의 배후, 사람이 살지 않는 세계의

경험을 설마 거부하리라고는 생각하지 않을 것이다.

(…)"

내게 있는 교정본은 태양의 배후di retro al sol를 "태양의 뒤를 쫓아"라고 설명하고 있지만, 나는 굳이 태양의 뒤(세계)로 이해하고자 한다. 육지 세계는 지브롤터에서 끝난다고 믿고 있었고, 거기서부터는 바다만의 어둠 일색일 터였다.

그렇다 치더라도 인간에게 허락된 것 이상을 알려고 한 죄, 그 모험에 동료를 끌어들인 죄로 지옥의 최하층에 갇혀 있는 오디세우스와 종교의 인도와는 별도로 태양 빛이 비치지 않는 시의 세계로 방랑을 떠난 단테와의 유사성은 놓칠 수 없다. 내게는 지브롤터의 바위 너머야말로 단테 문학이 시작되는 장場인 것처럼 생각된다.

*

문학과 종교는 분리된 두 세계다, 라고 나는 작은 목소리로 말해본다. 하지만 어쩌면 나라는 진흙 속에는 신앙이 오래된 연꽃 씨앗처럼 숨어 있을지도 모른다.

*

제라드 맨리 홉킨스(Gerard Manley Hopkins, 1844~1889)는 19세기 영국의 시인으로 오랫동안 비주류 종교 시인으로만 여겨지고 있었다. 그런데 최근에 그를 재평가해야 한다는 목소리가 높다. 내가 그의 존재를 알게 된 것은 학생 무렵이었다. 시인이었던 그가 예수회 수도사가 되어 모든 작품을 태워버렸다는 데서 내 관심은 중단되었다. 그런 사람의 시는 읽지 말자고 나는 생각했는데 아무래도 성급하게 판단했다가 낭패를 본 일인 듯하다.

전기에 따르면, 옥스퍼드 대학에서 고전을 공부하며 시를 쓰고 있던 홉킨스는 존 뉴먼(John Henry Newman, 1801~1890)의 영향을 받아 가톨릭교도가 되고 스물네 살 때 예수회 수도사가 되었다. 일시적인 중단을 제외하고 시 창작을 계속했지만, 수도회의 상사가 발표를 금지했기 때문에, 마흔다섯 살에 타계할 때까지 시인으로서의 이름이 알려지는 일은 없었다.

　시어의 선택도, 리듬을 구사하는 방법도 독특한 홉킨스의 시는 난해하다고 한다. 설사 생전에 발표되었다고 해도 그의 동시대인에게는 도저히 이해되지 않았을 것이다.

*

　홉킨스의 작품 중 'Pied Beauty'라는 제목의 시가 있다. 이 무슨 어구의 선택이란 말인가. 〈얼룩덜룩한 아름다움〉의 1행에 있는, 내가 '얼룩덜룩한'이라고 번역한 dappled라는 말을 나는 제임스 조이스의 《율리시즈》 첫머리에서 배웠다. 제목의 Pied도, 송어 등을 묘사한 stippled도, 얼룩소를 의미하는 brinded도 유사어 또는 동의어인 듯하다. 번역하면 이렇게 된다.

> 신에게 영광을 돌리자, 얼룩덜룩한 것들을 위해.
> 얼룩소 같은 두 가지 색 하늘을,
> 헤엄치는 송어 지느러미 위에 피어나는 장미 반점들,
> 숯불처럼 벌어진 알밤들, 핀치새의 날개를,

목초지, 휴경지, 경작지, 구획된 밭들의 풍경,

그리고 모든 이들의 직업, 그들의 복장과 도구와 용구를.

쌍이 되는 모든 것, 기발하고 남아돌고 이상한 것들,

쉬이 변하는 것, 점이 박혀 있는 것, 그 무엇이든(누가 그

이치를 알까?)

빠른 것과 느린 것, 달콤한 것과 쓴 것, 눈부신 것과 희미

한 것,

아름다움이 변하는 그 모든 것을 아버지가 낳았느니.

그를 찬양하라.

Glory be to God for dappled things –

  For skies of couple-colour as a brinded cow;

    For rose-moles all in stipple upon trout that swim;

Fresh-firecoal chestnut-falls; finches' wings;

  Landscape plotted and pieced – fold, fallow, and plough;

    And áll trádes, their gear and tackle and trim.

All things counter, original, spare, strange;

Whatever is fickle, freckled 〈who knows how?〉

With swift, slow; sweet, sour; adazzle, dim;

He fathers-forth whose beauty is past change:

Praise him.

번역에서는 사라져버리는 두운(alliteration)과 그 밖의 운
(swift, slow, sour, sweet/fold, fallow, and plough), 꼭 필요하지 않
는데도 집요하게 하이픈으로 연결한 어군(couple-colour,
chestnut-falls, fathers-forth 등), 플랫과 피치카토를 조합하여
만든 뛰어오르는 듯한 리듬. (홉킨스의 리듬은 영어 시법을 따
르지 않고 이탈리아어처럼 단순하고 통일되어 있다.)

그의 친구였던 시인 로버트 브리지스(Robert Seymour
Bridges, 1844~1930) 외에는 생전 누구의 눈에도 띄지 않았
던 시들. 하마터면 잊히고 말았을 뻔했을 때 발표되었던
시인의 내면 일기.

종교가로도 시인으로도 홉킨스는 숲에 살기보다 황야의
한 그루 나무로 잠깐 멈춰 서 있는 운명을 택한 것 같다.

이미 19세기에 난해한 언어에 기대지 않고 종교적인
체험을 시로 표현하는 것이 어려웠다는 사실에 나는 끌린
다. 내게 있는 앤솔로지에 수록된 홉킨스의 시에는 동시
대인이었던 빅토리아 시대의 시인들, 예컨대 알프레드 테
니슨(Alfred-Tennyson, 1809~1892)이나 로버트 브라우닝(Robert
Browning, 1812~1889)에게는 없는 단단함과 반짝임이 있다
고, 앤서니 버지스(Anthony Burgess, 1917~1993)도 절찬했다.
자기 내면의 갈등과 이를 둘러싼 외부 세계와의 알력을
그런 예리함으로 표현할 수 있는 시인은 드물다고.

*

며칠 전 요시유키 준노스케(吉行淳之介, 1924~1994)의 〈나
무들은 녹색인가(樹々は緑か)〉(1958)를 학생들과 교실에서
읽었다. 그다지 알려지지 않은 단편으로, 이렇게 시작한다.
"육교 위에서 이기 이치로(伊木一郎)는 걸음을 멈추고 눈
아래에 펼쳐져 있는 해 지는 거리로 눈을 돌렸다."

이 얼마나 부드러운 시작인가, 지쳐 있었던 걸까. 저녁 수업으로 서른 명쯤의 학생이 있었고, 그중 대여섯 명은 평소처럼 열심히 듣고 있다. 그것이 오히려 나를 불안하게 한다. 학생들이 뭔가를 물어도, 묻지 않아도 교사는 불안하다.

그런데 이기 이치로는 서른세 살로 야간고등학교의 교사다. 아마 서민 동네를 내려다보는 듯한 그 다리 위에서 그는 자신의 마음을 재고 있는 듯하다. 거리를 뒤덮은 안개 속으로 도저히 내려갈 수 없는 기분일까, 아니면 다소 용감하게 내려갈 수 있는 기분일까. 나도 늘 둘 사이에서 흔들린다. 그는 가도 되는 걸까, 가지 않아야 아무 일 없이 끝나는 걸까.

그날 그는 다리를 건넌다. 그리고 돌아가신 아버지의 머리를 깎았던 이발사와 우연히 마주친다. 그 사람은 조심하는 게 좋다. 심하게 독선적이고 이쪽에서 하는 말을 들으려고 하지 않는 남자라서, 이기 이치로는 순간적으로 경계했다. 그런데 의외로, 아버지를 꽤나 닮아가는군, 했고 다음 순간 이치로는 이미 하얀 천을 두른 채 이발소 의자에 앉아 있다. (그 하얀 천에서 자유로워지는 방법을 누가 가르

처주었으면 좋겠다.)

이발소 의자 위에서 이기 이치로는 소년 시절, 머리 깎고 와, 빡빡 밀어, 하는 아버지의 명령을 듣고 억지로 이발소로 간 날의 일을 생각하고 있다. 같은 이발사다. 그날 그는 다소 자란 머리를 반쯤 깎고 나서는 어딘가로 사라져 버렸었다. 거울 속 자신의 모습을 보고 소년 이치로는 패닉에 빠졌다. 그 무렵 좋아하던 여자아이가 있었기에, 혹시 그 아이가 이발소 앞을 지나다가 들여다보면 어쩌지, 이런 머리를 하고 있는 모습을 보게 되면 견딜 수 없을 거라고 소년은 생각했던 것이다. 하지만 어지간히 이상한 모습은 아니었을 것이다. 모히칸이라든가 그런 사람들처럼 절반만 빡빡 밀었고, 나머지 절반은 소년답게 더부룩했다. 지금도 아버지가 원망스럽다.

그렇게 잠깐 옛일을 생각하는 사이에 이기 이치로는 중대한 사실을 알아차린다. 이발사가 억지로 쳐올린 머리 모양의 그가 거울 속에서 '소년 같은' 얼굴로 이쪽을 보고 있다. 난감하군. 이 머리로 학교에 가는 것은.

대학 강의실에서는 앞에서 세 번째 줄쯤에 앉아 있던 남학생이 난감하다는 듯한 얼굴로 이쪽을 보고 있다. 나는 어쩐지 안도한다. 한 사람이라도 괜찮아, 그런 얼굴이 있으면 수업은 그럭저럭 원활하게 진행된다.

"소녀를 사랑하면 머리 모양까지 소년풍으로 하고 싶어지는 걸까." 이런 구절이 그날 밤 불현듯 이기 이치로의 뇌리에 자리 잡아 그를 우울하게 만든다. 누군가 그에게 그렇게 말한 것은 아니다. 그는 야학에서 한 소녀에게 특별한 감정을 갖고 있다. 그것이 이런 구절이 되어 이기 이치로를 괴롭히는 것이다.

다른 날 이기 이치로는 예전 친구를 직장으로 찾아간다. 사무실에는 빨간 스웨터를 입은, 가슴이 큰 여자아이가 있다. 그녀 앞에서 친구는 태연하게 야비하고 외설스러운 말을 한다. 좋겠다, 너는. 이기 이치로가 친구에게 말한다. 생각하는 것을 그대로 입에 담을 수 있어서. 그 말만 듣고 친구가 말한다. "누군가한테 반했구나. (…) 아무튼 젊은 아가씨야. 소녀군." 놀랍게도 그는 이기 이치로가 의식하고 있던 그 구절까지 입에 담는다. "그래서 너는 그런 머리 모양을 한 거로군. 소녀한테 빠지면 그렇게 되는 건가."

이기 이치로는 소녀에게 특별한 마음을 갖고 있기는 하지만 사랑한다고는 생각하지 않았다. 하지만 친구가 그렇게 말하자 그럴지도 모른다는 생각이 든다.

아사코(朝子)라는 그 학생이 술집 딸이라는 사실을 알게 되자 친구는 이기 이치로를 끈덕지게 회유하여 억지로 그 가게로 데려간다. 학생의 가게에 가다니, 하고 이기 이치로는 가슴속에서 저항하고 있다. 아사코가 언젠가 학교에서 술집 일은 좋아하지 않아요, 하고 이야기한 적이 있다. 집에서 하는 일이니까 어쩔 수 없어요.

하지만 이기 이치로는 가게에 들어가자마자 아사코가 화려한 목소리로 맞이하는 것에 깜짝 놀란다.

"그보다 더욱 이기 이치로를 당황하게 한 것은 아사코의 태도였다. 그가 예상하기로, 아사코는 화장기 없는 얼굴로 어색하고 무료하게 가게 구석에서 서성거리고 있을 터였다. 그러나 아사코는 가벼운 몸놀림의 춤추는 듯한 동작으로 이기 이치로 옆으로 다가왔다."

그뿐 아니라 아사코는 민낯이 보이지 않을 정도로 짙은 화장을 하여 마치 가면을 쓴 것처럼 보인다. 빨간 립스틱을 덕지덕지 바른 소녀의 화장은 그녀의 얼굴을 평소보다 '귀엽고 애교 있게' 보이게 하지만, 이기 이치로에게는 어딘가 인공적으로 보이기도 한다. 친구는 그런 것에 상관하지 않고 눈을 빛내며 소녀에게 묻는다. "네 아버지는 수염을 기르지 않았지?"

이런 상황에서 왜 아버지의 수염 같은 걸 생각하는 거죠, 하고 여학생이 물었다. 세 번째 줄의 남학생이 뒤를 돌아보며 질문을 한 여학생의 얼굴을 본다. 모르는 건가, 하는 표정으로. 그 나이 무렵에는 나도 몰랐을 것이다. 학생들의 얼굴을 비교해보며 나는 생각한다.

그러고 나서 캥거루 이야기가 된다. 짙은 화장을 한 소녀의 얼굴을 보고 있다가, 아주 어렸을 때 서커스에서 눈이 마주친 캥거루의 어리둥절한 눈을, 그래서 오히려 섬뜩했던 눈을 떠올린 이기 이치로는 "불길한, 불안한 마음"에 사로잡혀 그 이미지 뒤에 죽어서 누워 있던 할머니의 얼굴이 있는 것을 깨닫는다.

그렇지, 캥거루야. 나는 말해보지만, 어리둥절해 있는 것은 캥거루가 아니라 학생들이었다.

소설이 그 뒤에 어떻게 전개되었는지 선명한 기억은 없다. 평범하게 끝나버린 것 같기도 하지만, 나는 거의 쓰러져 울고 싶을 만큼 감동에 휩싸였다. 그때 아무런 맥락도 없이 단테의 신비한 하얀 장미가 떠올랐다.

이렇다 할 줄거리도 없는 채 생각의 흔들림만으로 진행되는 이 작품 밑바닥에 묵직하게 놓인 성性의 고독—그것은 곧 삶의 고독이지만—에 나는 느닷없이 찔린 것 같은 느낌이었다. 오래된 연꽃 씨앗 탓인지도 모른다.

만약 지금 종교라고 해도 좋은 것이 있다고 한다면, 이 소설과 비슷한 것이 아닐까. 다리 위에서 어떻게 할까, 하고 안개 낀 거리를 바라보고 있는 이기 이치로에게 나는 한없이 위로받았다.

〈신초(新潮)〉, 1996년 1월호〉

스가 아쓰코 씨에 대한 노트

유카와 유타카(湯川豊)

1

1991년 2월 초, 날씨가 잔뜩 찌푸려 뼛속까지 추위가 스며드는 오후, 처음으로 조치(上智) 대학 비교문화학부의 연구실로 스가 아쓰코 씨를 찾아갔다. 1990년 말에 간행된 스가 씨의 첫 책《밀라노, 안개의 풍경》[16]을 읽고 감탄했다. 이런 필자가 지금까지 알려지지 않은 것도 그 놀라움에 포함되어 있었다. 무언가를 읽고 마음이 움직인 편집자의 인지상정으로 나는 책의 저자를 몹시 만나고 싶었

---

16) 스가 아쓰코, 송태욱 옮김,《밀라노, 안개의 풍경》, 문학동네, 2017.

다. 물론 만날 뿐만 아니라 뭔가를 써달라고 하고 싶은 마음도 꿈틀거리고 있었다.

맞아준 연구실 안에서 스가 씨는 책 속에 파묻혀 간신히 그곳만 공간이 있는 책상을 앞에 두고 앉고, 나는 입구를 등지고 놓인 작은 의자에 앉아 이야기를 나누었다. 회색빛이 도는 트위드재킷, 팔랑거리는 빨간색 스카프가 아무렇게나 목에서 양어깨로 흘러내려 있었다. 그리고 다소 짧은 산뜻한 은발.

이야기할 때는 미소가 끊기지 않았지만, 이야기의 내용에 문득 시선을 멈추는 게 느껴졌다. 내가 이야기한 말을 가만히 응시하는 듯한 표정이었다. 또 그 눈에는 이따금 수줍음과 장난기가 재빠르게 가로질렀다. 스가 씨가 이야기하는 방식은, 파도가 밀려왔다가 그대로 물러나는 듯한 문체와 달리 드문드문 끊어지는 듯한 느낌이 있고, 그런데도 이야기 전체는 온화함을 띠고 있었다.

책에서 상상했던 대로의 사람 같기도 하고, 한편으로는 어딘가 의외의 느낌이 있는 듯도 했다. 유럽에 오래 살았던 인텔리라는 분위기가 동작에서도 이야기하는 방식에서도 거의 느껴지지 않았기 때문일까. 아무튼 스가 아쓰코라는 사람에게는 의외성 같은 것이 있다고 나는 생각했다.

이런 추억담을 쓰는 건 거의 의미가 없다. 다소 곡절을 포함한 스가 씨와의 8년에 걸친 인연을 재현하는 것 또한 거의 의미가 없다. 무엇보다 한 편집자에게는 힘에 겨운 일이다. 그렇다고 스가 씨의 저서를 정면으로 논평하는 것도 물론 내가 할 수 있는 일이 아니다. 일단 《트리에스테의 언덕길》을 나는 이렇게 읽었다, 하고 스가 씨에게 보고하는 듯한 생각으로 써보는 수밖에 없다. 어찌 된 일인지 나는 《트리에스테의 언덕길》이라는 책에 대해 생전의 스가 씨에게 정리된 감상을 말한 일이 없었다.

스가 아쓰코 씨는 첫 저서인 《밀라노, 안개의 풍경》으로 갑자기 세간의 주목을 받았다. 문단이라든가 논단이라는 틀 안에서가 아니라, 좋은 책을 만나는 것을 무상의 기쁨으로 여기는 독서가들 사이에서 좋은 평가가 빠르게 퍼져나갔다.

《밀라노, 안개의 풍경》은 1985년부터 5년에 걸쳐 〈스파치오(スパーツィオ)〉에 연재한 글을 모은 것이었다. 〈스파치오〉는 일본 오리베티주식회사가 1년에 두 번쯤 간행하

는 묵직한, 격조 있고 우아한 분위기의 홍보지다. 그런 눈
에 띄지 않는 곳에서 50대 후반의 스가 씨는 이탈리아 문
학의 번역이 아닌 자신의 글을 쓰기 시작했다. 13년을 지
낸 이탈리아에 관해 쓴다는 정도의 느슨한 틀 안에서 마
음 가는 대로 쓴다는 느낌으로 한 편씩 제재를 선택하고
그 윤곽 뚜렷한 에세이를 계속 써나갔다.

이 책《트리에스테의 언덕길》은 마지막에 실린 두 편을
제외하고 모두 〈스파치오〉에 연재한 에세이를 모은 것이
다. 스가 씨는 1년에 두 번, 또는 한 번이라는 느긋한 속도
로 〈스파치오〉에 연재하며,《밀라노, 안개의 풍경》이후에
《코르시아 서점의 친구들》[17),《베네치아의 종소리》[18)라
는 두 권의 책을 더 출판했다. 그러므로《트리에스테의 언
덕길》은 그 두 권의 책을 뛰어넘어《밀라노, 안개의 풍경》
에 직결되는 듯한 위치에 있다.

그러나《트리에스테의 언덕길》에는《밀라노, 안개의 풍
경》에 보이지 않는 두드러진 특징이 있다. 이야기의 내용

---

17) 스가 아쓰코, 송태욱 옮김, 문학동네, 2017.
18) 스가 아쓰코, 송태욱 옮김, 문학동네, 2017.

면에서《밀라노, 안개의 풍경》이 임의로(두서없이) 이탈리
아에서의 체험을 잘라내 한 편씩 쓴 것에 비해《트리에스
테의 언덕길》에는 굴절되면서도 공통점이 있는 주제가
있다. 그것에 대해 잠깐 이야기하고자 한다.

이 책의 네 번째 에세이 〈빗속을 달리는 남자들〉에는
스가 씨의 모든 작품 중에서도 가장 잊기 힘든 정경이 있
다. 빗속을 달리는 남편 페피노의 모습이다.

이탈리아에서는 학생을 포함하여 생활이 빠듯한 계급
의 남자들은 우산을 갖고 있지 않다. 예기치 않게 비가 내
리면 양복의 양 옷깃을 두 손의 엄지를 똑바로 세운 듯한
모양으로 잡아 윗옷의 앞섶을 단단히 여민 채 달린다. 그
런 이야기 뒤에 결혼한 직후 어느 비 오는 날 저녁에 귀가
하는 남편을, 우산을 들고 마중을 나갔을 때의 에피소드
를 이야기한다.

"(…) 남편이 전차에서 내렸다. 내리려고 할 때 분명히
나와 시선이 마주쳤다고 생각했다. 그런데도 그는 나를
못 본 듯이 혼자 건널목을 건너가 버렸다. 마중 나온 게
겸연쩍었던 걸까. 아니면 마중 나온 것을 달갑지 않은 친

절이라고 느낀 걸까. 집에 도착하고 나서 물어도 그는 끝까지 나를 보지 못했다고 우겨서 싸움도 되지 않았다. 나는 그가 분명히 나를 봤다고 지금도 확신한다. 나를 내버려 두고 가버린 그때의 그도 빗속에서 두 손으로 윗옷의 앞섶을 단단히 잡은 채 달려갔다."

그것이 스가 씨의 평소 방식이기도 한데, 하나의 정경을 산뜻하게 그려내는 것에 그치고 그 정경의 의미를 별도로 풀어내거나 하지 않는다. 그러나 우리는 "나는 그가 분명히 나를 봤다고 지금도 확신한다"라는 한 행의 재촉을 받고 그 정경의 주위를 다시 한번 빙빙 둘러보는 것을 강요당한다.

전형적인 양갓집 자녀로 자랐고 미션스쿨에서 교육을 받았으며 전쟁이 끝난 직후 유럽으로 유학을 떠난 일본 여성. 그런 스가 씨가 밀라노에서 결혼한 상대는 조용하고 온화한 성격의 제일급 지식인이었다. 그는 하급 철도원의 아들로, 고학하여 대학을 나왔다. 신혼의 아내가 우산을 들고 마중을 나갔는데도, 남편은 자기 계급의 습관에 따라 양복 앞섶을 단단히 여민 채 빗속을 달린다.

스가 씨가 실로 많은 에세이에서 이야기하는 페피노와

의 생활은 이상적이라고 해도 좋을 만큼 온화함과 평온함으로 가득했다. 그러므로 이 정경에서의 '어긋남'은 확실히 싸움도 되지 않는다. 그저 '어긋남'은 틀림없이 있고, 거기에 남편과 아내가 자라온 세계의 차이가 암시되어 있다.

〈빗속을 달리는 남자들〉은 페피노와 같은 철도원 관사에서 자란 토니 부셰마라는 문제아가 주인공인 듯이 등장하고, 스가 씨와 페피노가 밤거리에서 꽃을 팔고 있는 토니를 만나러 가는 장면에서 끝난다. 비가 거세져 페피노가 우산을 씌워주자 토니는 양복의 옷깃 언저리를 단단히 쥐고 근처 건물의 처마밑으로 달려간다. 그리고 이 에세이가 "남편과 함께 길을 걸었던 것도, 토니를 본 것도 그것이 마지막이었다"라는 한 행으로 맺어질 때 지능지수가 낮은 문제아 토니와 인텔리 페피노가 어딘가에서 겹치는 것이다. 스가 씨는 계급이라든가 빈곤이라는 말을 결코 부주의하게 쓰지 않지만, 두 남자가 서로 겹쳐지는 것은 그런 말의 주변 이외에는 없다.

〈빗속을 달리는 남자들〉 다음에 실린 〈부엌이 바뀐 날〉부터 〈새로운 집〉까지의 에세이에서 스가 씨는 처음으로 세상을 떠난 남편 페피노의 가족을 정면으로 그렸다. 그러나 이탈리아에서의 생활을 다양하게 회상한 끝에 순번이 왔으니까 남편의 가족에 관해 쓸 마음이 들었다는 것은 결코 아니다. 그것을 엿보이게 하는 한 경위가 있다.

《트리에스테의 언덕길》의 차례는 〈스파치오〉에 연재할 때의 순서와 상당히 바뀌어 있다. 연재할 때 〈트리에스테의 언덕길〉 다음에 쓴 것은 〈아들의 입대〉였다. 그리고 잡지에 연재된 〈아들의 입대〉는 시동생 알도 일가의 이야기가 아니라 '친구 디노'라는 인물의 일가 이야기로 쓰였다. 조카 카를로 이외에는 이름도 전부 바뀌어 있고 스가 씨 자신은 디노의 형 프랑코의 형수로서 3인칭으로 그려져 있다.

책에 수록된 〈아들의 입대〉는 모두 실명으로 바뀌어 시동생 일가의 이야기가 되어 있다. 하지만 남편의 가족에 관해 쓰려고 할 때 굳이 친구 일가의 이야기인 것처럼 다른 이름으로 쓰려고 한 것은 역시 쓰기 힘들다는 마음이 있었기 때문일 것이다. 〈빗속을 달리는 남자들〉에서 페피노에 대해 쓴 것, 그 '어긋남'의 정경을 쓰면서부터 그런 마음에 하나의 단호한 결단이 내려졌는지도 모른다.

〈빗속을 달리는 남자들〉을 기점으로 하여《트리에스테

의 언덕길》에는 또렷하게 주제가 드러난다. '가족'이라는 주제다. 새삼스럽게 페피노 가족의 초상과 그 사람들과 스가 씨의 이야기를 쓴 것이 〈부엌이 바뀐 날〉이고, 〈새로운 집〉까지 이어지는 일련의 에세이였다.

가족에 관해 쓰는 데는 역시 상당한 망설임과 쓰기 힘든 점이 있었다. 그것을 극복하기 위해 허구화하는, 즉 소설처럼 쓰려고 한 것이 스가 씨의 망설임을 역으로 엿보이게 한다. 그 망설임이 어디서 유래하는지는 간단히 추단할 수 없지만, 〈부엌이 바뀐 날〉 이하의 글을 쓰려고 했을 때 결의라는 호들갑스러운 말은 적합하지 않다고 해도, 특별히 긴장한 의식이 있었던 것으로 보인다.

"당시 무엇보다 나를 당혹스럽게 하고 동시에 타인에게 들키고 싶지 않은 부끄러운 비밀처럼 내게 다가온 것은, 이 어둑한 방과 그 안에서 생활하는 사람들의 의식을 덮쳐 누르는, 언제 그칠지 모르는 장마처럼 그들의 인격 자체에까지 야금야금 스며들어 기존의 모든 해석을 완강히 거부하는 듯한 '가난'이었다. 나 자신이 조금씩 그 안으로 편입되어감에 따라 나는 그들이 안고 있는 그 '가난'이 단순히 금전적인 결핍에서가 아니라 이 가족을 차례로 덮쳤으나 살아남은 그들로부터 삶의 의욕을 빼앗아버린 불행에서 유래하는, 거의 파괴적이라고 해도 좋은 정신 상태가 아닐까, 하고 생각하게 되었다."(《부엌이 바뀐 날》)

위에서 인용한 한 구절은 꼭 이해하기 쉽지만은 않다. '가난'이나 '불행'에 대해 이야기할 때 스가 씨에게는 말하기 거북해 우물거리는 듯한 신중함이 있었고, 가족의 일원으로서 "조금씩 그 안으로 편입되어가는" 상황에서 그 경향이 한층 강해졌다.

스가 씨가 이 가족 안에서 본 '가난'은 기존의 모든 해석을 거부하는 듯한 것이라고 한다. 한 사람 한 사람의 인격 그 자체에까지 야금야금 스며 들어가는 것이라고도 한다. 그러므로 그것은 한 사람 한 사람의 살아가는 모습 안에서 파악할 수밖에 없다. "조금씩 그 안으로 편입되어가는" 현실 생활에서도 그랬을 것이고, 문장으로 재현해나갈 때도 그랬을 것이다. 앞에서 인용한 구절은 가족을 이야기한 일련의 에세이 중에서 거의 한 군데밖에 없는 다소 추상적인 말을 사용한 상황 설명이다. 나머지는 한 사람 한 사람의 인물상이 치밀하게, 그리고 신기할 정도로 구김살 없이 그려져 있다. 그들을 보고 있는 스가 씨 자신의 괴로움이나 슬픔으로 도망치는 일이 없다. 예컨대 "손바닥만 한" 채소밭에서 루타나 개미취 꽃다발을 부엌으로 가져오는 시어머니라는 존재감의 무게는 섣부른 해석을 받아들이지 않은 채 우리에게 다가온다.

그것보다 더 또렷한 것은 〈굴다리 너머〉에 등장하는 시아버지 루이지의 이미지다. 별난 철도원이었던 페피노의 아버지 루이지는 1954년에 갑자기 세상을 떠나, 스가 씨는 그분을 실제로 만나지 못했다. 제2차 세계대전 중 파시스트 당원이 되는 걸 완강히 거부한 사회주의자 하급 철도원. 거의 가정을 돌보지 않은 가장이었지만, 굴다리 너머에 모이는 가난한 창부들은 절대적으로 그를 신용했다. 〈굴다리 너머〉의 마지막 장면에서 루이지는 에세이의 틀을 넘어 독립해서 걸어가기 시작하고, "내 인생은 대체 뭐였을까" 하고 중얼거리며 싸구려 술집으로 향한다.

뛰어난 단편소설을 읽는 듯한 맛이 있지만, 시어머니나 남편을 통해 루이지를 중층적으로 받아들였기에 스가 씨는 이런 소설적인 이미지를 부풀릴 수 있었을 것이다. 확실히 가난 속에 살고 있는 한 사람 한 사람의 모습을 멋지게 포착하고 있다.

〈부엌이 바뀐 날〉 이하의 글을 읽다가 얼굴을 들어 조금 떨어진 데서 보면 이 가족의 이야기는 유럽의 '무산계급'이라는 (지금에 와서는 다소 예스러운) 말을 상기하게 된다. 일련의 에세이는 하급 철도원 일가가 빈곤이 들러붙어 있는 듯한 커다란 불행(가족의 죽음)을 경험한 후 조금씩 그것에서 해방되어가는 경위를 이야기한 것으로도 읽을 수 있다. 그렇다면 '가족'을 쓰는 것은 그 '가난'을 쓰는 것이기도 했다. 그렇게 생각했을 때 한 가지 생각나는 것이 있다.

스가 씨의 입에서 처음으로 그것을 들었던 것은, 스가 씨가 운전하는 자동차로 이노가시라 거리를 달리고 있을 때였다. 1991년 늦가을, 내가 부탁한《코르시아 서점의 친구들》(1992년 간행)을 한창 집필하고 있을 때였다. 새로 쓰는 작품으로, 한 장이 완성될 때마다 (때로는 제대로 되지 않아서) 스가 씨의 집에서 긴 이야기를 나누었다. 심야가 되어 돌아갈 때가 되면 스가 씨는 아끼는 빨간색 골프를 직접 운전하여 내 집까지 데려다주었다. 그때마다 나는 죄송하게 생각했지만, 스가 씨는 "저도 마침 기분전환이 되니까요" 하며 나를 조수석에 앉혔다. 두 번째쯤이었을 것이다. 자동차가 순환 7호선에서 이노가시라 거리로 들어서고 얼마 지나지 않았을 때 스가 씨가 말했다.

"이 길도 참 반갑네요. 늘 다녔던 길이거든요."

내가 왜요, 어디로 가는 길이었는데요, 하고 물었다.

"일본에 귀국하고 나서 한동안 넝마주이를 했었어요."

"넝마주이라니, 폐품 수거 말인가요?"

"네, 그 폐품 수거업의 본거지가 네리마(練馬) 변두리에 있었거든요. 몹시 낡은 라이트 밴으로 낡아빠진 폐품을 운반하는 게 일이었어요."

이야기가 몽롱해졌다. 빨간색 골프를 용감무쌍하게 몰고 있는 《밀라노, 안개의 풍경》의 저자와 라이트 밴의 폐품 수거업자가 제대로 연결되지 않아 나는 이것저것 질문을 연발했다. 그러나 단호한 어조에 비해 이야기가 전체적으로 분명하지 않은 것은, 스가 씨의 이야기 방식에 '이건 설명해도 제대로 전해지지 않을 거고, 그렇게 바로 알아듣지 못해도 상관없다'는 기색이 있었기 때문일 것이다.

그래도 내가 굴하지 않고 띄엄띄엄 질문하자, 스가 씨도 띄엄띄엄 대답했다. 점차 그것이 하나의 활동 같은 것이었다는 사실을 알 수 있었다. 그래도 중요한 대목에서 이야기를 슬쩍 모호하게 해버렸기 때문에 스가 씨가 어떻게 그 활동에 관계하게 되었는지는 지금까지도 자세히 모르는 부분이 많다.

그것은 엠마우스Emmaüs라는 그리스도교의 봉사활동이었다. 1949년 프랑스의 피에르 신부가 제창한 것으로, 스가 씨는 세이신(聖心)여자대학 시절 엠마우스 운동을 알고 있었던 것 같다. 1971년 밀라노에서 귀국한 후 본격적으로 관계하게 되었고 도쿄 영엠마우스의 중심으로 활동했다. 얼마 후 그 본거지가 되는 '엠마우스의 집'이 네리마구 세키마치(関町)에 만들어져 스가 씨는 얼마 동안인지는 분명하지 않지만 그 책임자가 되었다. 그 활동 중에서 폐품 수거업자를 통괄하거나 '엠마우스의 집' 자체가 폐품 수거 일도 한 것 같다.

그리스도교의 신앙이 어떻게 현실 세계의 빈곤을 구제할 수 있을까. 스가 씨의 이 명제에 대한 관심은 일찍이 학창 시절부터 깊었다. 최초의 파리 유학(1953년) 시절, 학교 공부 이외에도 많은 것을 알고 싶어 몸부림치며 혼자 '노동 사제'의 강의를 들으러 갔다는 에피소드가 《베네치아의 종소리》(1993)에 쓰여 있다. 낮에는 공장 등에서 일반 사람들에 섞여 일하고 나머지 시간에 사제의 책무를 한다는 것이 '노동 사제'로, 전후 이 운동이 프랑스에서 유럽 각국으로 퍼져나갔다.

스가 씨는 전쟁이 끝난 직후의 프랑스에서 최고조에 달한 가톨릭 좌파의 사상과 운동에 일관되게 관심을 가져왔다. 그것은 "완고한 정신주의에 틀어박히려 한 가톨릭교회를 다시 한번 현대사회, 또는 현세에 편입시키려는 운동"[19]이고, 그 중심적 존재였던 엠마누엘 무니에(Emmanuel Mounier, 1905~1950)는 그것을 "저항운동의 경험을 바탕으로 주장한 혁명적 공동체 사상"[20]이라 했다고 스가 씨 자신이 설명하고 있다(《코르시아 서점의 친구들》).

가톨릭 좌파의 이탈리아판이 다비드 마리아 투롤도(David Maria Turoldo, 1916~1992) 신부나 스가 씨의 남편 주세

---

19) 스가 아쓰코, 송태욱 옮김, 《코르시아 서점의 친구들》, 문학동네, 2017. 38쪽.
20) 스가 아쓰코, 송태욱 옮김, 《코르시아 서점의 친구들》, 문학동네, 2017. 38쪽.

페(페피노) 리카 등이 주도한 운동이다. 페피노가 관리하는 코르시아 서점은 그 운동의 거점이기도 했다. 학창 시절부터 스가 씨의 관심을 생각할 때, 두 번째 유학(1958년)에서 로마에서 밀라노로 옮겨가고 페피노와 결혼한 것은 인연의 붉은 실에 의한 것일 뿐 아니라 필연적인 일이었다고 할 수 있다.

이야기가 《트리에스테의 언덕길》에서 꽤 벗어나고 말았다. 그러나 스가 씨가 '가족'과 그것에 얽힌 빈곤을 썼을 때 일종의 긴장된 의식을 지니고 있었다면, 위에서 말한 자세로 세계를 대했던 스가 씨가 있었다는 것을 상기하지 않을 수 없다.

자신이 의거하고 있는 그리스도교의 신앙과 사상이 현실 사회의 빈곤과 어떻게 관계할 수 있을까. 그것은 스가 씨가 젊은 시절부터 계속해서 품고 있던 명제였다. 게다가 스가 씨가 패전 직후의 피폐한 시대에 유럽으로 유학을 떠날 수 있었던 '양갓집 자녀'였던 것을 결부시켜 생각하면, 결혼으로 가난한 가족에 편입되었다는 구도는 더욱 복잡한 성격을 띤다.

이 책 첫머리의 〈트리에스테의 언덕길〉에 나오는 시인 움베르토 사바는 트리에스테라는 두 문화, 두 세계가 병존하는 도시에서 살았다. 〈전찻길〉은 성인이 된 후에 모국을 떠나 밀라노에 정착한 두 노인이 모국어를 잊어버렸다는 이야기다. 모국과 이국이라는 두 세계에 산다는 주제는 자신이 바로 그러했던 스가 씨가 몇 번이나 썼던 것이므로, 스가 씨의 독자에게는 아주 친숙한 것이다.

그러나 스가 씨의 이중성은 그것만이 아니었다. '부유한 것'과 '가난한 것'이라는 두 세계 역시 스가 씨에게는 이중성이었다. 스가 씨는 이중성이 복잡하게 얽혀 있는 장소에 몸을 두고 살아온 듯한 구석이 있다. 그 글이 단지 기분 좋은 노스탤지어로 채색된 회상을 훨씬 뛰어넘어 비할 데 없는 중층성을 가지면서도 독자에게 강력하게 다가가는 이유의 한 부분은 그 점에 있는 게 아닐까.

스가 씨가 걸어온 이력에서 말하자면, 페피노와의 결혼은 결정적인 요인이 되어 스가 씨를 그런 장소에 두었다. 무척 매력적인 인텔리로서 결혼 후 불과 7년 만에 세상을 떠난 페피노는 스가 씨의 에세이에 단편적이지만 종종 등장한다. 그리고 이 책의 가족 이야기에는 다른 작품 이상으로 페피노의 그림자가 짙게 드리워져 있다. 그리고 이 책의 이야기여서 당연한 것 이상으로, 페피노에 대한 이야기가 명백하게 이루어지지 않았다는 점에서도 그의 존재가 강하게 느껴진다.

스가 씨가 어디까지 의식하고 그렇게 썼는지는 알 수 없다. 어쩌면 자연스럽게 그렇게 되었을지도 모른다. '가족'에 대해 쓰는 것은, 죽은 남편에게 다시 한번 남모르게 가만히 말을 붙이는 일이기도 했다.

2

스가 씨의 문장은 지극히 독창적이고 비할 바 없이 매력적이다. 그 매력의 비밀을 새삼 생각하려고 할 때 자연스럽게 떠오르는 몇 개의 문장이 있다. 그중 하나가 앞에서 잠깐 언급한 〈빗속을 달리는 남자들〉의 마지막 부분이다.

소나기가 쏟아지는 밤거리에서 꽃을 팔고 있는 토니를 만나는 대목이다.

"눈부시게 아름다운 조명이 비치고 있는 밤거리와는 대

조적으로 펠트 모자에 반쯤 가려진 얼굴은 거무스름했다. 표정은 분명하지 않았으나 눈만은 반짝반짝 빛나고 있었다. (중략)

　페피노가 말을 걸자 토니는 기쁜 듯이 어깨를 으쓱하고는 허리를 살짝 옆으로 뒤트는 듯한 자세로 꽃다발을 다른 손으로 옮겨 잡고는 악수를 하기 위해 새끼손가락을 내밀었다."

　치밀하고 적확한 묘사가 거의 '소설처럼' 토니의 정경을 떠올리게 한다. 거의 20년 전에 본 것과 경험한 것을 떠올리고 있는 문장이 아니라 토니가 있는 정경을 현재형으로 만들어내고 있다.

　물론 과거의 어떤 장면을 세부까지 기억하고 있는 사람이 있는데, 스가 씨도 그런 능력을 가지고 있다는 것은 분명할 것이다. 하지만 여기에 묘사된 토니는 기억을 덧그린 것이 아니라 기억 안에서 좀 더 적극적으로 만들어지고 있다. 그것은 뛰어난 기억력이라기보다 뛰어난 묘사력인 것이다.

　그리고 이 토니의 정경은,

"남편과 함께 길을 걸었던 것도, 토니를 본 것도 그것이 마지막이었다"라는 한 행으로 끝난다. 이 한 행은 동시에 〈빗속을 달리는 남자들〉을 매듭짓는 한 행이기도 하다. 즉, 지금 눈앞에서 보고 있는 듯한 생생한 묘사를, 마지막에 회상이라는 틀 안으로 되돌린다. 그래서 글 전체가 에세이라는 그릇 안에 말끔하게 들어간다.

일일이 예를 들 것까지도 없이, 스가 씨의 마술적인 묘사력(재차 말하지만 기억력이 아니다)은 이 《트리에스테의 언덕길》여기저기서도 확인할 수 있다. 과거의 기억을 현재형으로 만들어버리는 근사한 세부의 묘사. 대화 역시 묘사의 일종이므로 시어머니나 남편이 있는 장면을 생생하게 눈앞에 펼쳐내는 대화도 그 안에 포함된다.

스가 씨는 《밀라노, 안개의 풍경》에서 시작하여 마지막까지 회상적 에세이라는 형식을 이용했다. 그것이 틀림없기는 하지만, 이 회상의 내실은 과거 자신의 체험을 생각해내는 대로 적는 듯한 직선적인 과거의 재현이 아니다. (그런 회상록은 때로 향수를 불러일으키는 자기도취에 빠지는 법이다.)

과거에 만난 사람들을 현재의 의식 안에서 다각적으로 본다. 기억에 의한 것처럼 보이지만 대부분 만들어내고 있다. 그것으로 스가 씨의 회상적 에세이는 하나의 '작품 세계'에 한없이 다가간다. 좀 더 대담하게 말하자면, 에세이라는 틀 안에 훌륭한 '소설'이 잉태되어 있는 것이다.

스가 씨의 모든 에세이가 그렇다고는 말할 수 없어도, 잊을 수 없는 작품은 대부분 그런 구조를 가지고 있다. 그리고 오십 대 후반부터 자신의 글을 쓰기 시작한 스가 씨의 경우, 쓰는 중에 점점 능숙해져 그런 작품이 탄생한 것이 아니다. 처음부터 의식적으로 취한 방법이었다.

《밀라노, 안개의 풍경》의 첫머리에 있는 〈아련한 안개 냄새〉는 밀라노 특유의 두꺼운 벽 같은 안개에 대한 추억을 자못 에세이풍으로 여기저기서 이야기한다. 그 후 마지막 부분에서 안개 속에서 남동생을 기다리는 누나 로사에 대한 이야기를 한 후 극적으로 끝난다. 아마 처음으로 썼던 아주 짧은 에세이에서도 스가 씨는 소설 같은 세계를 실현하고자 했다.

"스가 아쓰코는 등장한 순간부터 거의 대가였다"는 소설가 세키카와 나쓰오(関川夏央) 씨의 지적이 있다. 정말 그 말 그대로라고 생각한다. 그러나 스가 씨가 오십 대 후반에 글을 쓰기 시작해서 드물게 보는 완성도를 가지고 출현하기까지는 뭔가를 쓰고 싶다고 생각한 날로부터 상당히 긴 시간이 흘렀을 것이다.

스가 씨는 아주 오래전부터―《먼 아침의 책들》(1998)[21]에서 말한 것처럼 소녀 시절부터 책의 세계에서 살아왔다. 읽는 것뿐만 아니라 동시에 자신도 책을 쓰며 살고 싶다는 희망은 꽤 젊을 때부터 갖고 있었다. 그것을 증명하는 흔적은 여러 에세이에서 보이지만, 이 《트리에스테의 언덕길》의 마지막에 놓인 〈떨리는 손〉에도 있다. 큰 영향을 받았고 자신이 그 작가 작품의 번역자이기도 한 나탈리아 긴츠부르그와의 교류를 적은 대목에서 뽑아본다.

"일본의 문학작품을 이탈리아어로 번역하는 일을 시작한 지 얼마 되지 않은 무렵이었다. 나는 여전히 모국어로 글을 쓰기를 소망하고 있었다. 다만 주위에 이탈리아어만 있는 곳에서는 내 안의 일본어가 생기를 잃고 시들어버리지나 않을까, 그것만이 마음에 걸렸다."

'쓰고 싶다'고 생각하면서 책을 계속 읽고 있던 스가 씨

---

21) 스가 아쓰코, 송태욱 옮김, 한뼘책방, 2019.

의 의욕이 어떤 시련을 겪었는지는 말하지 않았으므로(말할 필요도 없는 일이었으므로), 작품을 통해 그것을 확인할 수는 없다. 그것은 아마 작품 바닥 깊숙이 숨어 있을 것이다.

앞에서 인용한 문장이 이야기하는 시기로부터 실제로 쓰기 시작하기까지는 25년의 세월이 흘렀다. 즉, 스가 씨는 상당히 오랜 시간 글을 쓰지 않았다. 쓸 수 없었다고 해도 좋다.

여기서부터는 추측이 되겠지만, 위에서 언급한 것처럼 쓰고 싶다는 의욕 외에 너무나도 많은 것을 짊어지고 있었다는 점이 있다. 복수의 '두 세계'를 살지 않으면 안 되었다는 것은 쓰려고 하는 의욕만 더욱 강하게 할 뿐이고 그것을 어떻게 표현할까 하는 미로에서 헤매게 했음이 틀림없다.

"이렇게 해서 《가족어 사전》은 언젠가 내 글을 쓰게 되는 날에 대한 목표로서 먼 곳에서 계속 반짝이고 있었다. 이탈리아어로 쓸지, 일본어로 쓸지는 아마 그때가 되어봐야 알 수 있을 터였다."(〈떨리는 손〉)

이렇게 쓴 것에서도 헤아릴 수 있듯이, 스가 씨는 미로에서 서둘러 탈출하려고 하지 않았다. 미로를 헤매며 정말 그것이 올지 어떨지 분명하지 않은 채 "나도 쓸 수 있게 되는 날"을 기다렸다. 역시 그것은 굉장한 일이다.

그것과는 별개로 또 한 가지 툭 털어놓고 말해두고 싶은 것이 있다. 스가 씨의 글을 읽은 많은 사람은 글에 정취가 있다고 느낄 것이다. 그 정취는 자신 안에 까다로운 성미의 비평가를 안고 있는 것의 한 발로라고 여겨진다. 정취가 있다는 것은 자질 덕일 수도 있겠지만, 한편으로는 예사롭지 않은 독서량이 그것을 빚어냈음이 틀림없다. 이런 사람은 간단히 쓸 수 없을 것이고, 썼을 때는 높은 완성도를 가진 '대가'가 된다. 스가 씨의 출현에는 그런 사정이 작용하고 있었다.

같은 〈떨리는 손〉에 "내게는 숨을 쉬는 것과 같은 정도로 소중한 글 쓰는 일"이라는 행이 있다. 정말 오랫동안 글을 쓰고 싶었구나, 하고 생각한다. 그리고 오십 대 후반이 되어 "쓸 수 있게 되는 날"에 이르러 그런 작품을 실현한 정신의 강인함에는 역시 경탄하지 않을 수 없다.

스가 씨가 세상을 떠난 후에 간행된 두 권의 책 중 하나인 《때의 조각들(時のかけらたち)》(1998년 6월)은 잡지 〈유레카(ユリイカ)〉의 1996년 1월호부터 12월호까지에 불규칙적

으로 연재된 에세이를 중심으로 모은 것이다. 스가 씨는 특히 건축과 회화에 깊은 관심을 가지고 있었는데, 이 책에서는 특히 좋아했던 로마의 판테온이나 아라첼리 대계단을 즐거운 듯 논의하고 있다. 작지만 정말 좋은 책이다.

자신의 마음을 설레게 한 건축이나 때로는 거리 전체를 다뤄서인지 글은 어느 때보다 느긋하고, 그래서인지 신기하게도 자신의 글 쓰는 방법을 명석하게 이야기한 부분이 있다.

"틀을 소홀히 하고 세부에만 집착했던 파리의 날들, 우선 틀을 느긋하게 구성하는 것을 배운 이탈리아의 날들. 그리고 그런 뭔가 뻣뻣한 짐을 팔에 가득 안고 일본으로 돌아온 무렵의 일. 25년이 지나 틀과 세부를 귀중한 물감처럼 조금씩 녹여서 섞는 것을 배운 지금, 나는 가까스로 자기 나름대로 언덕길을 내려가는 방법을 배웠는지도 몰랐다."(〈도서관의 기억〉)

틀과 세부. 틀이란 이야기의 기승전결이라는 평면적인 전개만을 말하는 것이 아니라 이야기의 깊이까지도 포함하고 있다는 의미에서 작품의 구조를 가리키는 것 같다. 그리고 세부는 이미 언급한 것처럼 기억의 디테일을 덧그리는 것이 아니라 기억을 근거로 하여 말로 만들어지는 것이었다.

작품의 구조와 세부가 서로 떠받친다. 하지만 서로 떠받치는 모습이 보이지 않는다. "불감처럼 조금씩 녹여서 섞는"다는 것은 그런 것이리라.

스가 씨의 작품이 가지는 매력은 바로 거기에 있다. 그리고 이러한 방식은, 스스로 '뻣뻣한 짐'으로 일본에 가지고 돌아왔다고 말하는 것처럼, 근대 유럽 소설의 골격이다. 스가 씨는 유럽에서 생활하며 그런 것을 배웠다. 그리고 귀국 후 20년 가까이 지나고 나서 회상적 에세이로 그 골격을 실현했다.

따라서 스가 씨의 에세이는 자신의 과거 체험을 이야기하고 있지만, 결코 회상록이 아니다. 성격이 다른 것이다. 예컨대 스가 씨의 모든 에세이를 시간순으로 다시 늘어놓는다고 해도 반생의 회상록이 되지는 않는다. 무엇보다 세부가 치밀하게 만들어져 있지만, 작품 안에서 연보를 만들려고 하면 모순된 점이 상당히 많아 좀처럼 앞뒤가 맞지 않는다.

스가 씨의 에세이는 안에 '소설'을 숨기고 있다고도 할 만큼 아주 독창적인 작품이다. 그런 면에서 근대 일본 문학 안에서 유사한 것을 떠올릴 수가 없다. '소설'을 내실로 숨기고 있다고 해도, 이른바 사소설과는 전혀 다르다. 스가 씨의 문학은 사소설의 특징인 (적나라한) 고백 같은 경향에서 아주 멀리 있다.

문체 역시 충분히 독창적이다. 호흡이 긴, 전체적으로 부드러운 느낌이 드는 문체는 사실 꽤 논리적이다. 감수성이 전면에 드러나 있을 때도 정서적이 아니라 어딘가 강인한 느낌이 드는 것은 문체에 논리가 있기 때문일 것이다. 그리고 이는 스가 씨가 거기서 호흡하고 있던 유럽 사회의 특성이다. 어학에 뛰어나지 않은 나는 추측으로 말할 수밖에 없지만, 아마도 이탈리아어나 프랑스어를 배경으로 하여 짜낸 문체가 아닐까.

이상으로 스가 씨의 글이 성립하고 있는 장소 주위를 서성거려봤다. 내실은 '소설'을 숨기고 있는 듯한 구조. 그것에 호응하고 있는 듯한 견고한 문체. 그러나 그 위에서 회상적 에세이의 형식을 취하고 있는 탓인지, 그 문장은 소설이라 불리는 것을 어딘가에서 거부하고 있다.

스가 씨가 형태로서는 회상 형식만을 썼으므로 그 점에

서는 아무래도 퇴행적으로 보인다. 그러나 과거를 이야기 풍으로 재현한 각 편은 사실 작품으로서의 '현재'를 갖고 있다. 우리는 거기서 20년 전, 30년 전의 '현재'를 사는 사람들을 만난다.

3

처음 만나고 나서 1년쯤 지난 무렵이었을 것이다. 스가 씨가 특히 영향을 받은 작가에 관한 이야기가 나왔다. 나탈리아 긴츠부르그, 유르스나르, 그리고 프루스트 등의 이름이 나왔다. 잠깐 틈을 두고 나서 스가 씨가,

"시몬 베유 같은 사람을 좋아하지는 않죠?"

하고 내게 물었을 때 그의 수줍은 듯한, 기묘하게 냉담한 듯한 표정이 잊히지 않는다. 시몬 베유를 애독하고 있다(또는 애독했다)는 것은 스가 씨에게 뭔가 복잡한 심정이 얽혀 있는 듯했다. 그러나 나는 시몬 베유를 읽은 적이 없고 어렴풋하고 단편적인 지식이 있을 뿐이어서 "아니요, 좋아합니까?" 하고 얼빠진 응수를 하자 스가 씨는 "네, 뭐"

라는 식으로 말하며 화제를 돌리고 말았다.

시몬 베유(Simone Weil, 1909~1943)는 프랑스의 특이한 철학자다. 소녀 시절부터 천재라는 평을 받았으나 생전에는 저서가 없다. 꾸준히 써서 모아둔 노트가 열한 권이어서 전쟁이 끝난 후 '카이에르Cahiers'라는 제목으로 출판되었다.

시몬 베유는 유대계이지만 가톨릭 신앙을 갖고 있었다. 중학교의 철학 교사를 하며 노동자와 교류하고, 한때는 긴 휴가를 얻어 공장의 여공으로 일하기도 했다. 노동자, 그리고 빈곤을 본격적으로 생각하기 위해서는 그렇게 할 필요가 있다고 생각한 듯하다. 그리스도교는 현대사회 안에서 여전히 유효한 종교일 수 있을까. 스가 씨가 젊을 때부터 집착하고 있던 주제는 시몬 베유의 것이기도 했다. 그리고 시몬 베유의 공장 체험과 스가 씨의 엠마우스 봉사활동 간에는 확실한 유사점이 있다.

긴츠부르그의 작품은 스가 씨가 훌륭하게 번역한 것이 있고, 긴츠부르그는 스가 씨의 에세이에도 종종 등장한다. 유르스나르에 대해서는 한 권의 책을 썼다.[22] 시몬 베유에 대해서는 미스즈쇼보(みすず書房)의 《카이에르》 제1권의 월보에 기고한 짧은 글이 있다는 걸 최근에야 미스즈쇼

보 편집부의 오가타 구니오(尾方邦雄) 씨를 통해 알았다. 거기에서도 스가 씨는 시몬 베유로부터 큰 영향을 받았음을 인정하면서도 여전히 시몬 베유에 관해 이야기하는 것에 멈칫거리는 느낌이 있다. 언젠가 좀 더 차분한 자리를 마련하여 이야기하지 않으면 안 된다고 유보해두는 듯한 글이었다. 아무튼 결코 짧지 않은 스가 씨와의 만남에서 시몬 베유의 이름이 나온 것은 앞에서 말한 한 번뿐이었다. 그만큼 나는 스가 씨와 시몬 베유의 관련성이 더욱 궁금했다.

그런데 최근에 신초샤(新潮社)의 스즈키 리키(鈴木力) 씨가 보여준 스가 씨의 '창작 메모'에 '시몬 베유'의 이름이 있었다.

스가 씨는 세상을 떠나기 1년쯤 전부터 처음으로 본격적인 소설을 쓰려 하고 있었다. 자신도 "소설을 쓴다"고 분명히 말했고, 그 담당자가 스즈키 씨였다. 우선 대강의 줄거리를 메모한 시놉시스가 완성되었고, 60매쯤의 첫 장이 완성되었을 때 건강을 해쳤다. '창작 메모'의 타이틀은

---

22) 스가 아쓰코, 송태욱 옮김,《유르스나르의 구두》, 한뼘책방, 2020.

'알자스의 구불구불한 길'이었다.

프랑스의 알자스에서 태어나 수녀가 되었으며 일본에도 오랫동안 체재하며 봉사활동을 했던 여성이 주인공의 모델이다. 물론 스가 씨는 그 여성과 깊은 교제가 있었고, 스가 씨의 생활 방식이 가진 이중성과 서로 투영하도록 하여 그녀의 생활 방식이 이야기될 터였다. 여주인공에 대해 현실의 모델과는 떨어트려 놓고 "예컨대 시몬 베유를 중심에 두고 만들어간다"고 메모되어 있다. 거기서 시몬 베유의 이름을 봤을 때 역시 그랬구나, 하고 생각했다. 그리스도교의 신앙은 현실 세계와 어떻게 관련될 수 있을까. 젊을 때부터 스가 씨 안에 있었던 이 절실한 주제는 살아서 면면히 이어지고 있었던 것이다. '시몬 베유'라는 이름은 그것을 상징한다. 스가 씨는 최초의 장편소설에서 비로소 정면으로 그 주제를 쓰려고 했다고 추측할 수 있다. 종교라는 난제를 쓸 적당한 기회가 찾아왔고 그 기분은 고양되어 있었다.

소설에 주력하기 1년쯤 전이지만 잡지 〈신초〉(1996년 1월호)에 〈오래된 연꽃 씨앗〉이라는 글을 발표했다. 마침 옴진리교 사건이 연달아 세상에 드러나던 시기에 그것에 촉발된 것처럼 썼던 종교를 둘러싼 사색 노트다. 이것도 소설로 나아갈 준비의 하나였다. 스가 씨는 이 사색 노트에 적은 세계를 소설로 만들고 싶다는 말을 했다고 한다. 그런 사정을 근거로 하여 신초샤는 이 문고판에 특별부록 같은 형태로 〈오래된 연꽃 씨앗〉을 수록하기로 했다.

《알자스의 구불구불한 길》의 첫 60매는 스가 씨 자신이 마음에 들지 않는 점이 있어서 수정하고 있던 미완성 원고인 채로 끝났다. 스가 씨가 의도한 첫 장편소설을 읽을 수 없었다는 것은 역시 무척 안타깝다.

그러나 스가 씨는 목표를 채 이루지 못하고 쓰러진 것이 아니라고 생각한다. 그렇게 길다고는 할 수 없는 시간에 그렇게 여러 편의 완성도 높은 작품들을 썼다. 거기에서 유럽을 자유롭게 호흡하며 살았던 한 인간의 고독과 용기가 전해온다. 그리고 나는 거기에 스가 씨가 쓰고 싶어 했던 '소설'이 그다운 독자적인 방식으로 이미 실현되어 있다고 말하고 싶은 심정이다.

1998년 7월

편집자 유카와 유타카

스가 아쓰코의 에세이

그동안 스가 아쓰코의 에세이집 다섯 권을 번역했고 이번이 여섯 권째다. 한 작가의 에세이를 여섯 권이나 번역한다는 것은 예사로운 일이 아니다. 깊은 인연이다. 무엇보다 그의 글을 좋아해서일 것이다.

그가 그려내는 세계의 인간은 품위와 고상함을 갖고 있다. 철도원이나 창부 같은, 생활이 빠듯한 계급 사람들도 품위와 고상함을 잃지 않는다. 생활이 빠듯한 계급 사람들에게서 품위와 고상함을 발견하는 스가 아쓰코의 다감한 시선 때문일 것이다.

예컨대 〈힘든 산일을 마친 후처럼〉에 소개된, 수줍은 손으로 '저급'한 술 그라파를 스가 아쓰코에게 건넨 산 사나이 그로브레크너는 분명히 품위 있고 고상한 사람으로 보인다. 이런 인물은 이 에세이집에 실린 거의 모든 에세이에 등장한다. 가족을 돌보지 않은 철도원이었으나 창부들의 절대적인 신뢰를 받았던 시아버지 루이지(〈굴다리 너머〉), 아쓰코의 시어머니를 위로하러 집으로 찾아와주는 마음씨 고운 창부 올가(〈굴다리 너머〉), 행실이 단정치 않아 여러 번 낙태를 한 미혼모 마리아, 그런 마리아와 결혼하여 조용히 나이 들어갈 뿐인 과묵한 아다모(〈마리아의 결혼〉), 옷자락이 긴 수도복을 입고 뼛속까지 추위가 스며드는 밀라노의 겨울에도 맨발에 샌들을 신은 백발노인의 수다쟁이 수도사 루드비코(〈전찻길〉), 옷을 많이 껴입어 마트료시카 같으며 일요일마다 묘지를 찾아 지인들 묘에 성묘하는 이바나의 러시아인 외할머니(〈전찻길〉), 지능지수가 낮고 품행이 좋지 못하나 꽃과 작은 새를 사랑하는 거리의 꽃장수 토니 부셰마(〈빗속을 달리는 남자들〉). 이들은 빠듯한 생활 속에서도 품위와 고상함을 잃지 않는다.

스가 아쓰코의 시선에 들어오는 이들이 모두 품위와 고상함을 간직하고 있는 것은 그들에게 세상의 기준을 함부로 들이대지 않기 때문이다. 스가 아쓰코는 한 사람 한 사람을 하나의 세계로 보는 듯하고, 당연히 그 세계들을 관통하는 외부의 기준 같은 것은 없다. 따라서 누구도 판단하지 않는다. 각각 다른 세계이고 독립된 기준을 갖고 있을 뿐이다. 그는 그들을 각 세계의 주인공으로 대한다. 그러므로 그에게 한 인물은 하나의 세계이자 이야기다. 성숙한 인간의 자세라 하지 않을 수 없다.

글은 그 사람을 보여준다고 한다. 나는 그 말을 믿지 않는다. 그렇지 않은 사람을 많이 봐왔기 때문이다. 그러나 스가 아쓰코의 글에서는 그가 보이는 듯하다. 그의 시선이 향하는 대상, 그 시선의 온도에서 그를 느낀다. 그래서 그의 글에서는 온화한 미소를 머금은, 응시하는 듯한 시선이 느껴진다.

2024년 8월

송태욱

트리에스테의 언덕길

첫판 1쇄 펴낸날 2024년 8월 28일

지은이 | 스가 아쓰코
옮긴이 | 송태욱
펴낸이 | 박남주

펴낸곳 | (주)뮤진트리
출판등록 | 2007년 11월 28일 제2015-000059호
주소 | 서울시 마포구 토정로 135 (상수동) M빌딩
전화 | (02)2676-7117 팩스 | (02)2676-5261
전자우편 | geist6@hanmail.net
홈페이지 | www.mujintree.com

ⓒ 뮤진트리, 2024

ISBN 979-11-6111-132-2 03830